UN CRIME DANS LA TÊTE

RICHARD CONDON

UN CRIME DANS LA TÊTE

traduit de l'américain
par Jean Rosenthal

ARCHIPOCHE

Cet ouvrage a été publié sous le titre
The Manchurian Candidate
par Mc Graw-Hill Book Company, New York, 1959.

www.archipoche.com

Si vous désirez recevoir notre catalogue et
être tenu au courant de nos publications,
envoyez vos nom et adresse, en citant ce livre,
aux Éditions Archipoche,
34, rue des Bourdonnais 75001 Paris.
Et, pour le Canada, à Édipresse Inc.,
945, avenue Beaumont,
Montréal, Québec, H3N 1W3.

ISBN 978-2-35287-534-5

Avant-propos

Sorti en 1959 aux États-Unis, *The Manchurian Candidate* paraît en France trois ans plus tard sous le titre *Un crime dans la tête* (Stock). La presse américaine le reconnaît immédiatement pour ce qu'il est : un chef-d'œuvre de politique-fiction. Même les réserves de *Time*, jugeant avoir affaire à « l'un des dix meilleurs livres ratés jamais publiés », sont un éloge.

L'auteur de ce roman atypique est un homme-orchestre de quarante-quatre ans qui a exercé tous les métiers. Né en 1915 dans une famille d'avocats, Richard Condon travaille depuis vingt ans dans une agence de publicité. En 1936, à vingt et un ans, il est entré chez Walt Disney pour superviser la promotion de *Fantasia* et de *Dumbo*. Après avoir travaillé au sein de divers studios, il atterrit chez United Artists, qu'il quitte en 1958. À qui veut l'entendre, il assure que son travail à Hollywood lui a provoqué trois ulcères. Mais aussi que, ayant visionné durant ces années une dizaine de milliers de films, il y a gagné « un sens inconscient de la narration ». À Hollywood, Condon s'est en outre forgé une morale cynique mais optimiste : puisque la vie est d'une noirceur uniforme, semble-t-il dire, qu'elle soit source de divertissement !

En 1958, contaminé par le virus de la création, Richard Condon dresse le bilan de ses compétences et dit à sa femme : « La seule chose que je connaisse, c'est l'alphabet ! » Il se lance aussitôt dans l'écriture d'un premier roman, *Confidence pour confidence*, dont sera tiré un film de George Marshall, *Les Joyeux Voleurs* (1961). Puis il commence *Un crime dans la tête*, bien convaincu que ce deuxième livre deviendra lui aussi un film, en dépit de son étrangeté et de son écriture à la fois neutre et abrupte, très noire, ponctuée de descriptions encyclopédiques. En effet, ainsi que l'a depuis montré Tom Clancy, le secret d'un thriller à succès consiste à ralentir de temps en temps l'action par des digressions purement informatives : comment fabrique-t-on un avion ? Qu'est-ce qu'un sous-marin nucléaire ? Peut-on bricoler une bombe atomique ? Dans *Un crime dans la tête*, Richard Condon s'intéresse à une technique de guerre psychologique bien particulière : le « lavage de cerveau ».

Aujourd'hui, le fantasme paranoïaque du lavage de cerveau pratiqué par des agents communistes nous semble un pur produit de la guerre froide. Dans les années 1950, cependant, cette phobie n'était pas sans fondement. Le terme *« brainwashing »* (lavage de cerveau) apparaît en 1951 sous la plume d'Edward Hunter, un journaliste farouchement anticommuniste ayant servi dans l'armée américaine du Pacifique, auteur d'un ouvrage intitulé *Brain-Washing in Red China : The Calculated Destruction of Men's Minds* (« Le Lavage de cerveau dans la Chine rouge, ou la Destruction calculée de l'esprit humain »). « Lavage de cerveau », explique Hunter, est la traduction du terme chinois *« hsi-nao »*, qu'il a entendu prononcer par de nombreux Occidentaux faits prisonniers en Chine en 1949.

En 1955, deux ans après la fin de la guerre de Corée, l'armée américaine publie un rapport sur le traitement de ses prisonniers. Ce document confirme que nombre d'entre eux ont été soumis à un endoctrinement intensif de la part des communistes chinois. Après avoir soigneusement écarté les prisonniers considérés comme «incorrigibles», les Chinois ont soumis ceux qu'ils estimaient possible de «retourner» à cinq heures quotidiennes d'endoctrinement, lors de «cours» de propagande où les «instructeurs» tâchaient d'obtenir les «aveux» de leurs «élèves». Si ces séances de «bourrage de crâne» s'accompagnaient parfois de tortures, les Chinois préféraient recourir aux méthodes traditionnelles de pression mentale: martelage et psychologie. Choix payant, puisqu'il était établi qu'un nombre impressionnant de prisonniers, à un degré ou un autre, avaient fini par céder.

Ce rapport militaire ayant été relayé par la presse américaine, la peur du «lavage de cerveau» devient une obsession outre-Atlantique et suscite de nombreuses interrogations, telles que: la psychiatrie est-elle une forme subtile du lavage de cerveau? Nul doute que Richard Condon a beaucoup lu à ce sujet. Il connaît l'ouvrage d'Andrew Salter, *Conditionnal Reflex Therapie* («La Réflexothérapie conditionnée»), paru en 1949. Tous ces documents le persuadent que le lavage de cerveau, le conditionnement psychologique par l'hypnose ou la méthode de Pavlov sont une hypothèse tout à fait plausible, ainsi que l'expérience récente de la guerre de Corée en a convaincu la majorité des Américains. Dans *Un crime dans la tête*, Condon ne fait que pousser l'hypothèse jusqu'à son extrémité: un lavage de cerveau permanent et irréversible, laissant l'esprit humain à jamais altéré.

Mais le thème essentiel du roman est le conditionnement. Avant de tomber entre les mains de Yen Lo, Raymond est déjà psychologiquement conditionné, par le comportement de sa mère, à mépriser tout le monde ; victime d'inceste très jeune, celle-ci est elle-même conditionnée pour trahir ; quant au peuple américain, il l'est par la propagande politique à avaler la paranoïa anticommuniste du sénateur McCarthy. Dans cette optique, le monde est bipolaire : d'un côté les manipulateurs, de l'autre les manipulés, ceux qui conditionnent et ceux qui sont conditionnés, les publicitaires et le public. Dans un tel univers, il est certainement préférable d'être le publicitaire, si l'on peut en supporter la responsabilité !

Lorsque, peu après la parution, le réalisateur John Frankenheimer s'empare du livre de Condon pour le porter à l'écran, il se heurte d'abord aux réticences des majors américaines, peu convaincues par le scénario de ce qui sera l'un des premiers films de politique-fiction. Frank Sinatra, qui vient de troquer sa panoplie de crooner pour celle d'acteur hollywoodien dans *Tant qu'il y aura des hommes* de Fred Zinnemann, pèse alors de tout son poids, y compris financier, pour s'imposer dans le rôle principal et convaincre les producteurs. Il est vrai que Sinatra est un proche de John F. Kennedy, le nouveau président des États-Unis, dont l'assassinat est mis en scène dans le roman…

Le film, dont l'adaptation est signée George Axelrod, l'auteur de *Sept ans de réflexion*, sort en 1962. Parabole sur les effets désastreux du maccarthysme dans le cinéma américain, il est fraîchement accueilli par la critique, qui lui reproche sa partialité politique. Elle n'est toutefois pas telle que le film soit applaudi dans les pays du bloc communiste, où il est au contraire immédiatement interdit. Quant au président Kennedy, c'est lui-même qui décroche son téléphone pour assurer Arthur Krim, le producteur d'United Artists, de son soutien plein et entier !

Un crime dans la tête ne recueillera pas les suffrages des spectateurs. Le scénario est-il trop audacieux ? Selon Janet Leigh – à l'affiche du film –, « le public américain n'était pas prêt ». Il faudra l'assassinat du président Kennedy, en novembre 1963, pour le dessiller. Mais il est alors trop tard et, basculant soudain de la fiction dans le réel, le roman de Condon et le film de Frankenheimer y gagnent la réputation d'œuvres maudites…

Remis sur le métier par Jonathan Demme en 2004, *Un crime dans la tête* semble n'avoir rien perdu de son pouvoir visionnaire et de sa charge historique. Ce n'est plus en Corée mais au Koweït, en pleine guerre du Golfe, que le major Bennett Marco (Denzel Washington) et le sergent Raymond Shaw (Liev Schreiber) tombent aux mains de l'ennemi. Douze ans plus tard, Marco est monté en grade ; Shaw, quant à lui, chaperonné par sa mère (Meryl Streep), est candidat à la vice-présidence des États-Unis. Un sujet toujours explosif… en attendant une nouvelle interdiction ?

L'ÉDITEUR

À Max Youngstein,
et pas seulement pour des raisons
d'affection et d'admiration,
ce livre est cordialement dédié.

L'ordre des Assassins fut fondé en Perse à la fin du IIe siècle. Ils s'attachaient au service de qui voulait bien les payer. Les Assassins ne croyaient guère à l'existence de Dieu, ils professaient que le monde de la pensée était venu le premier, et puis le reste de la création.

Dictionnaire de Folklore,
de Mythologie et de Légende

Je suis toi et tu es moi et que nous sommes-nous fait ?

Manuel des Pleureuses d'Irlande

1

Il y avait du soleil à San Francisco : un vrai miracle... Raymond Shaw n'était pas insensible à la beauté du paysage qu'il apercevait de la fenêtre de l'hôtel, du haut d'une colline, mais il serrait le téléphone dans sa main comme un stéthoscope et se refusait à penser à ce qui l'attendait au-delà de cet instant : un bistro quelque part, un autre lit, ailleurs.

Son uniforme de sergent était jeté sur une chaise. Allongé sur le lit d'hôtel, vêtu d'une robe de chambre bleu marine toute neuve à cent vingt dollars, il attendait que la standardiste fût arrivée au bout de la série d'appels qui lui permettraient de trouver le père d'Ed Mavole, quelque part à Saint Louis.

Il savait qu'il avait tort de faire ça. Ses deux années de guerre en Corée n'étaient qu'à trois jours derrière lui et il devrait, à tout le moins, dépenser son argent à se faire conduire en taxi parmi ces collines, au soleil, mais il se dit qu'il devait avoir l'esprit déformé, qu'il était ivre de charité ou en proie à quelque sentiment aussi invraisemblable. Parmi tous les pères de tous ceux qui étaient tombés là-bas et qu'il devait appeler, à cause de son cœur d'artichaut, il fallait que celui-ci travaillât la nuit, car, en ce moment, il devait faire nuit à Saint Louis.

Il écouta la téléphoniste entrer en communication avec le standard du *Post-Dispatch*. Il entendit la standardiste du journal lui dire que le père de Mavole travaillait au marbre. Une voix de femme répondit à une voix d'homme ; il y eut un silence. Raymond contemplait son gros orteil.

— Allô ! (C'était une voix très aiguë.)

— C'est lui-même.

— Monsieur Arthur Mavole ?

— Oui, oui.

— Parlez, demandeur.

— Allô ! monsieur Mavole ? Ici, le sergent Shaw. Je vous appelle de San Francisco. Je... hem... j'étais dans la même compagnie qu'Eddie, monsieur Mavole.

— La même compagnie que mon Ed ?

— Oui, monsieur.

— Vous êtes Ray Shaw ?

— Oui, monsieur.

— Le Ray Shaw qui a été décoré de la médaille de...

— Oui, monsieur.

Raymond lui coupa la parole, haussant un peu le ton. Il avait envie de laisser tomber le récepteur, de laisser tomber la conversation, de laisser tomber tous ces propos de masochistes larmoyants. Mieux encore, il aurait dû se donner un coup sur la tête avec ce foutu téléphone.

— Vous comprenez, monsieur Mavole, il faut... heu... que j'aille à Washington, et je...

— Nous sommes au courant. Nous avons lu cela dans les journaux. Permettez-moi de vous dire, avec tout le cœur qui me reste, que je suis aussi fier de vous, bien que je ne vous aie jamais rencontré, que si c'était Eddie, mon propre enfant. Mon fils...

— Monsieur Mavole, dit Raymond précipitamment, j'ai pensé que, si vous étiez d'accord, je pourrais peut-être m'arrêter à Saint Louis en allant à Washington. J'ai pensé, enfin je me suis dit, que, pour Mme Mavole et pour vous, ça vous ferait peut-être du bien, ce serait une sorte de soulagement, si nous bavardions un peu. Si nous parlions d'Eddie… Vous voyez? Enfin, j'ai pensé que c'était le moins que je pouvais faire.

Il y eut un silence. Puis M. Mavole entreprit d'émettre une série de bruits syncopés par l'émotion, si bien que Raymond déclara brutalement qu'il câblerait dès qu'il saurait quel avion il prendrait, puis il raccrocha, se sentant idiot. Comme un homme en colère qui avec une canne perce un trou dans la voûte du Paradis et se trouve ébouillanté par la joie qui déferle sur lui, Raymond avait le don de tourner ses plaisirs contre lui.

Lorsqu'il descendit de l'avion à l'aéroport de Saint Louis, l'envie le prit de courir à toutes jambes. Il se dit que le père de Mavole devait être ce nain aux lunettes en forme de bouteilles de lait et qui transpirait si abondamment. Dans un instant, cet homme allait lui sauter dessus comme un élan en train de charger.

— Attendez! Attendez! s'exclama le reporter photographe au visage boutonneux.

— Posez ça, grogna Raymond d'une voix encore plus désagréable que sa voix normale.

Tout d'un coup, le photographe perdit de son assurance.

— Qu'est-ce qu'il y a? demanda-t-il, stupéfait, car il vivait à une époque où seuls les auteurs de crimes sadiques et les trafiquants de drogue essayaient de ne pas se laisser photographier par la presse.

— J'ai fait tout ce chemin pour voir le père d'Ed Mavole, dit Raymond, tâchez de le trouver, parce que vous n'en prendrez pas une où lui ne soit pas.

« Non, mais écoutez-moi cette version du sergent bourru mais au grand cœur, se dit Raymond avec rage. Je joue l'authentique camarade de guerre avec une telle conviction qu'il faudra que j'envoie un chèque à la Société des auteurs. Regardez-moi ce clown de photographe qui essaie de s'adapter au phénomène. Il va d'un instant à l'autre se rendre compte qu'il est juste devant le père de Mavole. »

— Oh, sergent ! dit la fille, et il sut tout de suite qui elle était.

Elle n'avait pas les yeux rouges ni le nez qui coulait de chagrin pour le héros défunt, elle devait donc être la jeune journaliste que l'on avait chargée du reportage local sur le passage du Héros en route pour la Maison Blanche, et il avait dû fournir son introduction avec son arrivée d'acteur de tournée de province.

— Je suis le père d'Ed, déclara le producteur de sueur. (On était en décembre, bon Dieu, il n'y avait pas de quoi être en nage.) Je suis Frank Mavole. Je suis désolé de cet incident. Il se trouve simplement que j'ai dit au journal que vous avez téléphoné de San Francisco en proposant de vous arrêter pour voir la mère d'Eddie avant de vous rendre à la Maison Blanche, la chose s'est sue à la rédaction et, ma foi… les journaux, vous savez ce que c'est.

Raymond fit trois pas en avant, étreignit la main de M. Mavole, de l'autre main lui serrant le bras droit, complétant ainsi le coup d'œil incisif, puis le regard de fer et maintenant l'expression figée de son visage. Il avait l'impression d'être le Capitaine Idiot d'un de ces albums d'aventures spatiales, et le photographe prit la photo et cessa de s'intéresser à eux.

— Est-ce que je peux me permettre de vous demander quel âge vous avez, sergent Shaw ? dit la petite journaliste, son carnet à la main, le crayon prêt, comme si Mavole et elle l'attendaient pour un essayage, et il songea que c'était peut-être le premier reportage qu'on lui avait confié après des années d'école de journalisme.

Il se souvint de son premier reportage et de la crainte que lui avait inspirée l'acteur de cinéma au visage de gaufre qui lui avait ouvert la porte de son appartement à l'hôtel, vêtu seulement d'un pantalon de pyjama, avec des tatouages ridicules comme *«Adieu Mabel»* sur chaque épaule. Une fois introduit, Raymond avait réussi à faire comprendre qu'il aurait autant aimé boxer ce type que de lui parler et il avait dit: «Passez-moi le communiqué, ça nous fera gagner du temps.» Le chargé de presse qui accompagnait l'acteur, un gros type dont les lunettes ne cessaient de glisser sur son nez, avait répondu: «Quel communiqué?» Raymond avait grogné qu'il préférerait peut-être qu'il commence par demander quel était le passe-temps favori du grand homme et sous quel signe astrologique il était né. C'était incroyable, mais la vedette avait le visage aussi grêlé et marqué qu'une gaufre, et pourtant c'était un des plus grands noms du cinéma, ce qui donne une idée de ce que ces cochons-là sont prêts à faire pour plaire au public! L'acteur avait dit: «Vous avez le trac, mon garçon?» et puis, après ça, tout s'était bien passé.

Bien qu'il se trouvât poire de le faire, il demanda à M. Mavole et à la fille s'ils auraient le temps de prendre un café au restaurant de l'aéroport, car il était journaliste lui-même et il savait que la petite dame avait un article à faire. La petite dame? Là, il en remettait.

— Vraiment? dit la fille. Oh, sergent!

M. Mavole dit qu'il prendrait volontiers une tasse de café.

Ils s'installèrent à une table. Les vitres étaient embuées. Il n'y avait pas grand monde et malheureusement la serveuse semblait avoir tout son temps. Ils commandèrent trois cafés et Raymond se dit qu'il aimerait bien prendre une part de tarte, mais il n'arrivait pas à choisir laquelle. Est-ce qu'ils étaient tous obligés de le regarder comme s'il était malade sous prétexte qu'il n'arrivait pas à accommoder par avance ses papilles gustatives de façon à pouvoir deviner quel parfum il préférerait avant de l'avoir goûté? La serveuse devait-elle se contenter de réciter: « Nous avons de la tarte aux pêches, au poti... » pour qu'ils se mettent tous à crier: « Pêche, pêche, pêche! » À quoi cela rimait-il, d'ailleurs, de manger dans un endroit où on vous clamait le menu à la figure? Si un homme était intelligent et qu'il classait les souvenirs de ses goûts passés, il pourrait non seulement obtenir exactement ce qu'il voulait sur le plan sensuel et gustatif, mais sans doute ferait-il un choix si chimiquement exact que tout son organisme en profiterait. Mais comment pouvait-on parvenir à un résultat aussi précis si on ne vous laissait pas méditer longuement sur un menu?

— La tarte aux prunes est très bonne, monsieur, dit la serveuse.

Il lui dit qu'il prendrait la tarte aux prunes, et il lui en voulut aussitôt parce qu'il n'avait pas envie de tarte aux prunes. Il avait horreur de la tarte aux prunes, et voilà qu'il était amené à en commander par une abrutie de serveuse!

— Je tenais à vous dire ce que nous pensions d'Ed, monsieur Mavole, dit Raymond. Je tenais à vous dire que, de tous les garçons que j'ai connus, il n'y en a jamais eu un plus heureux, plus gentil, ni plus consciencieux que votre fils Ed.

Les yeux du petit homme s'emplirent de larmes. Il s'étrangla soudain sur un sanglot si fort que les gens qui étaient au bar, et ça n'était pas tout près, se retournèrent. Pour détourner l'attention, Raymond s'adressa précipitamment à la fille.

— J'ai vingt-quatre ans. Mon signe astrologique, c'est les Poissons. Une très charmante journaliste d'un quotidien de Detroit m'a dit un jour de toujours demander aux gens leur signe astrologique, parce qu'ils aiment qu'on leur parle d'astrologie.

— Je suis du Taureau, dit la fille.

— Nous nous entendrions très bien, dit Raymond.

Elle le laissa voir un peu plus que ce qu'exprimait son visage.

— Je sais, dit-elle.

M. Mavole dit d'une voix douce :

— Sergent... vous comprenez... quand Eddie a été tué, sa mère a eu une crise cardiaque, et je me demande si vous pourriez peut-être nous consacrer une demi-heure aller-retour. Nous habitons en dehors de la ville et...

Oh, Seigneur ! Raymond se voyait au chevet d'une malade. Une cardiaque. Le moindre propos un peu imprudent enverrait la vieille au tapis avec des gémissements de chatte. Mais qu'est-ce qu'il y pourrait ? Il s'était élu lui-même roi des gogos lorsqu'il était descendu du Walhalla pour téléphoner à ce petit profiteur dégoulinant de sueur.

— Monsieur Mavole, dit-il lentement et doucement, je n'ai pas besoin d'être à Washington avant après-demain, mais j'ai calculé que je me donnerais une marge d'un jour et demi en cas de mauvais temps, vous comprenez ? À cause de la Maison Blanche. Je peux même d'ici gagner Washington par le train dans la nuit, par le *Spirit of Saint Louis*, le même nom que l'avion de ce type qui a traversé l'Atlantique, alors ne croyez surtout pas que je songe même à quitter la ville sans avoir parlé à Mme Mavole… à la mère d'Eddie.

Il leva les yeux pour voir comment la fille le regardait. C'était une très jolie fille ; une charmante blonde à l'air très doux.

— Comment vous appelez-vous ? demanda-t-il.

— Mardell, répondit-elle.

— Pensez-vous que je puisse trouver une chambre d'hôtel ici pour cette nuit ?

— Je vais m'en occuper, sergent, s'empressa de dire M. Mavole. C'est le journal qui va se charger de tout. Nous aurions, certes, été heureux de vous recevoir chez nous, mais nous avons justement les peintres. Ça sent si fort qu'on en a les yeux qui pleurent.

Raymond demanda l'addition. Ils se rendirent chez les Mavole. Mardell déclara qu'elle attendrait dans la voiture et qu'on ne s'occupe pas d'elle. Raymond lui dit d'aller jusqu'au journal pour donner son article, puis de revenir le prendre. Elle le dévisagea comme s'il avait inventé le billard japonais. Il lui tapota la joue puis entra dans la maison. Elle posa une main sur sa ceinture, prit trois ou quatre profondes inspirations, puis démarra et repartit vers la ville.

La séance avec Mme Mavole fut épouvantable. Le premier crétin venu aurait pu prévoir quel gâchis ce serait. Tout le monde sanglotait. « C'est incroyable, la comédie que les gens peuvent faire », se dit-il, en tenant la main boudinée de Mme Mavole parce qu'elle le lui avait demandé, persuadée qu'elle allait d'un instant à l'autre tomber morte par terre. C'étaient ces gens-là qui laissaient éclater une guerre puis qui jouaient la surprise quand leur fils était tué. Mavole était un assez brave garçon. Il était drôle et il déplaçait pas mal d'air, mais, bon sang, il y avait eu vingt mille morts du côté américain, plus les types de l'ONU, et peut-être soixante ou quatre-vingt mille autres tués, et cette grosse dinde avait l'air de croire que Mavole avait été le seul à trinquer.

Est-ce que ma mère en ferait un tel plat si j'étais tué ? Est-ce qu'un simple mortel ou n'importe quel spirite qui obtenait des réponses garanties de l'au-delà saurait jamais découvrir si elle était capable d'éprouver un sentiment quelconque à propos de quelque chose ou de quelqu'un ? Que son petit Raymond chéri se retrouve mort, et il savait bien quelle serait la réaction de la petite maman chérie. Si les gens étaient prêts à toutes les compromissions, elle serait trop heureuse d'utiliser le corps de son petit chéri.

— Je peux vous dire que, pour une attaque de nuit, ça s'est passé de façon très claire, madame Mavole, dit Raymond. (M. Mavole était assis de l'autre côté du lit et fixait le parquet, ses yeux fiévreux prisonniers de cernes noirs, il se mordait la lèvre inférieure et joignait les mains en un geste suppliant, espérant qu'il n'allait pas se remettre à pleurer et elle non plus.) Le capitaine Marco avait envoyé quelques fusées parce qu'il fallait bien savoir où était l'ennemi. Eux savaient où nous étions. Quant à Eddie…

Il marqua une pause imperceptible, pour s'efforcer de ne pas pleurer en songeant combien c'était amer, amer d'être obligé de mentir dans un moment pareil ; mais elle avait vendu son fils aux recruteurs pour ce moment-là, alors il fallait repousser la vérité et lui en donner pour son argent. On ne racontait jamais à la famille les morts moches : grotesques, humiliantes, comme l'étaient presque toutes les morts à la guerre.

Les morts sans gloire, c'était comme les clowns qui traînent à fumer une cigarette dans les coulisses d'un cirque plein de clowns. Ah, non! Non, non, non, et non! Rien qu'un assortiment d'airs martiaux joués à la guitare électrique et clamés par le juke-box aux couleurs criardes, qu'on appelait « l'Histoire de notre pays ». Il ne savait pas exactement comment Mavole s'était fait tuer, mais il l'imaginait assez bien. Il avait dû recevoir une cinquantaine de centimètres de baïonnette dans le rectum en se retournant pour s'enfuir et son hurlement avait tellement effrayé son adversaire que l'autre s'était démené pour récupérer son fusil et repartir à toutes jambes. Tout le monde savait combien c'était peu digne de perdre une tête, des jambes ou un corps dans une attaque en masse, sauf les parents : les innocents qui se planquaient dans le pot de confiture.

— ... Il y avait ce garçon qui était le benjamin de notre unité, madame Mavole. Il avait peut-être dix-sept ans, mais j'en doute – plutôt seize. Eddie avait décidé depuis longtemps de l'aider et de veiller sur lui. Votre fils était comme ça. (M. Mavole sanglotait doucement de l'autre côté du lit.) Donc, ce garçon, le petit Bobby Lembeck, s'est trouvé séparé de nous. Il n'était pas bien loin, Ed est sorti pour couvrir son retour. Le petit a été touché juste avant qu'Eddie ait pu arriver jusqu'à lui. Il ne pouvait pas le laisser là, vous comprenez? Il était comme ça, Ed. Il ne pouvait pas. Il a essayé de ramener le gars dans nos lignes et, à ce moment-là, l'ennemi les a repérés et a tiré sur eux un obus de mortier, et ça s'est passé aussi vite que ça, madame Mavole. Oui, figurez-vous. Aussi vite que ça...

— Je suis heureuse, dit Mme Mavole.

Puis brusquement, elle s'écria :

— Oh, mon Dieu, comment puis-je dire que je suis heureuse? Je ne le suis pas! Nous sommes tous morts depuis longtemps. C'était un petit garçon si heureux, et le voilà mort!

Elle était adossée aux oreillers de son lit et s'agitait d'avant en arrière dans son désarroi.

À quoi donc s'attendait-il? À un duo suave, noble et harmonieux? Mais voilà qu'il tombait sur une vieille mémère flanquée d'un pauvre type qui ne savait rien d'autre que suer. «Comment continuer à vivre, se dit-il, si les gens continuent à porter des fardeaux de souffrance sur leurs têtes comme les blanchisseuses haïtiennes, pour les lancer ensuite à la figure du premier passant qu'ils rencontrent?» Allons, il avait aidé cette grosse mémé à avoir sa ration de vampirisme. Qu'est-ce qu'ils pouvaient lui vouloir de plus?

— Ce n'est pas lui qui aurait dû mourir, madame Mavole, fit Raymond entre deux sanglots. Je regrette que ça n'ait pas été moi, au lieu d'Eddie.

Il s'enfouit le visage contre le sein plantureux et maternel de Mme Mavole, renversée parmi ses oreillers.

À la suite de circonstances indépendantes de sa volonté, Raymond était devenu un homme peureusement recroquevillé dans une cuirasse étouffante, qui l'emprisonnait pour le restant de ses jours. C'était une lourde armure, immuable, cette épaisse carapace forgée surtout sur l'enclume de sa mère, martelée par la voix de son beau-père, trempée par les larmes amères qu'il avait versées en voyant trahir son père. Raymond se méfiait de toutes les autres créatures vivantes qui n'avaient pas mis son père en garde contre sa mère.

On lui avait montré trop tôt que, s'il souriait, cela encourageait son beau-père à éclater de son rire tonitruant. S'il parlait, sa mère se croyait obligée de répondre de la seule façon qu'elle connaissait, qui était de l'inciter à rechercher la popularité et le pouvoir de toutes ses forces. Il s'était donc délibérément attaché à ce qu'on lui battît froid instantanément, où qu'il allât et quelles que fussent les circonstances. Il en était arrivé là consciemment, après avoir inconsciemment répété toutes les manifestations extérieures de l'arrogance et du mépris. La cuirasse qui enfermait Raymond le faisait apparaître comme l'un des hommes les moins sympathiques de son siècle. Il savait que c'était comme ça, et pourtant il ne le comprenait pas, car il croyait que l'armure ne faisait qu'un avec lui-même, comme la carapace d'une tortue.

Seul son inconscient geignard lui avait dit qui il était : un homme sans mère (par choix), sans père (par fourberie), sans amis (par les circonstances) et sans joie (par voie de conséquence), un homme qui continuerait à refuser catégoriquement de vivre et qui n'avait aucune intention de mourir. Il était comme un aéronaute égaré, que rien de visible ne soutenait, qui regardait tout de haut, gens et choses, mais qui brûlait d'envie d'être vu pour qu'au moins on pût lui reconnaître le mérite d'une ascension qui, sinon, n'aurait servi à rien.

Telle était l'ambivalence de Raymond. Il était paradoxalement prisonnier de sa dureté et de sa sensibilité, et il était aveugle à l'une comme à l'autre, dans les ténèbres d'un désespoir invisible et inconscient.

Il avait pu pleurer avec M. et Mme Mavole parce que la porte était fermée et parce qu'il savait qu'il prendrait soin de ne jamais revoir ces deux cloches.

À 7 h 20, le matin de son arrivée à Saint Louis, on frappa discrètement mais fermement à la porte de la chambre d'hôtel de Raymond. Ces coups péremptoires arrivèrent juste au moment où Raymond procédait à de charmants échanges avec la jeune journaliste qu'il avait rencontrée la veille. Lorsqu'on avait commencé à frapper, Raymond avait fort bien entendu, mais il était trop occupé pour en tenir compte; par contre, la jeune femme s'était crispée, non pas dans une attitude amoureuse, mais comme n'importe quelle jeune femme saine et respectable l'aurait fait dans des circonstances analogues dans une chambre d'hôtel d'une ville plus petite que Tokyo.

Des éclairs de fureur jaillirent dans la tête de Raymond. Il regarda le doux visage affolé qui était sous lui, comme s'il lui en eut voulu de ne pas se montrer aussi décidée qu'une putain ivre devant un tribunal de nuit, puis il se laissa rouler sur le côté, tombant presque du lit. Il retrouva son équilibre, passa lentement son peignoir bleu marine et, s'approchant tout près de la porte de la chambre, il dit par l'entrebâillement de la charnière :

— Qui est là?

— Sergent Shaw?

— Oui.

— FBI. (C'était une voix de ténor calme et raisonnable.)

— Quoi? fit Raymond d'une voix sourde et furieuse.

— Ouvrez!

Raymond jeta un coup d'œil par-dessus son épaule, tout son visage exprimant la stupéfaction, pour voir si Mardell avait entendu ce qu'il avait entendu ou si elle avait l'air d'une coupable. Elle était d'une pâleur de craie et avait l'air très grave.

— Qu'est-ce que vous voulez? demanda Raymond.

— Le sergent Shaw.

Raymond contempla la porte. Son visage fut envahi par une rougeur qui contrastait de façon déplaisante avec le papier vert Nil couvrant le mur.

— Ouvrez ! dit la voix.

— Vous parlez que je vais ouvrir ! dit Raymond. Comment osez-vous taper sur cette porte à une heure pareille pour me transmettre les ordres de votre péquenaud de commissaire ? Si vous aviez un renseignement urgent à me demander, il y a des téléphones dans le hall. En voilà des façons !

Le ton de Raymond était parfaitement assuré et cette menace implicite d'un châtiment impressionna plus encore la fille que l'arrivée du FBI.

— Qu'est-ce que vous lui voulez, au sergent Shaw ? reprit-il d'un ton narquois.

— Eh bien... hem... on nous a demandé... de veiller à ce que vous preniez bien l'avion militaire qu'on envoie pour vous à l'aéroport de Lambert, dans une heure et quinze minutes. À 8 h 45.

— Vous n'auriez pas pu me téléphoner de chez vous ou d'une cabine de la faculté de droit ?

Il y eut un silence contraint, puis :

— Nous n'allons pas continuer à discuter avec vous derrière une porte.

Raymond se précipita vers le téléphone. Il était raide de colère. Il décrocha le combiné et agita furieusement la barre. Il demanda à la standardiste de lui passer le Mayflower Hotel, à Washington.

— Sergent, dit clairement la voix à travers la porte, nous avons ordre de vous faire embarquer à bord de cet avion. Nos ordres sont aussi impératifs que ceux que vous avez pu recevoir dans l'armée.

— Écoutez ce que je vais dire au téléphone, ensuite nous parlerons d'ordres, dit Raymond d'un ton cinglant. Je ne reçois pas d'ordres du FBI, pas plus que de l'Imprimerie nationale, ni des Eaux et Forêts. Si vous avez un ordre écrit de l'armée, glissez-le sous la porte. Ensuite vous pourrez m'attendre dans le hall, si vous vous y croyez obligé, et l'Air Force pourra m'attendre à l'aéroport jusqu'à ce que je sois décidé.

— Attendez un peu, mon garçon… fit la voix, un peu menaçante maintenant.

— Est-ce qu'on vous a dit qu'on me faisait venir à Washington pour me remettre la médaille d'honneur à la Maison Blanche?

Peut-être que pour une fois ce ridicule bout de ferraille qu'il n'avait jamais demandé servirait à quelque chose. Ce type devait être le genre de gogo que ça impressionnait. Une médaille d'honneur, c'était comme une grosse fortune: c'était très dur à obtenir, et, de ce fait, il se parait de vertus magiques.

— Vous êtes le sergent Shaw?

— Exactement… Bon, fit-il dans le téléphone. Je ne quitte pas.

— Je vais vous attendre dans le hall, dit l'homme du FBI. Je serai près de la réception quand vous descendrez. Excusez-moi.

Le téléphone toujours à la main en attendant la communication, Raymond vint s'asseoir au bord du lit, et se pencha pour embrasser doucement la fille sur un coin de peau très doux, juste au-dessous de son sein droit, mais il ne lui sourit pas, car il avait l'esprit tout occupé par la communication qu'il attendait.

— Allô, le Mayflower? Ici Saint Louis, dans le Missouri. Je demande le sénateur John Iselin… De la part du sergent Raymond Shaw. (Il y eut une brève attente.) Allô, maman, passe-moi ton mari! (Il attendit.) Johnny? Ici Raymond. Il y a un agent du FBI devant la porte de ma chambre d'hôtel, à Saint Louis. Il me dit qu'un avion militaire m'attend. C'est vous qui avez mobilisé le FBI et qui avez fait envoyer cet avion? (Il écouta un moment.) C'est vous? Ah, je m'en doutais. Mais pourquoi? Pourquoi diable avez-vous décidé de faire cela? (Il écouta encore.) Comment pourrais-je être en retard? Nous sommes mercredi matin et je n'ai pas à être à la Maison Blanche avant vendredi après-midi! (Il écouta encore, puis pâlit brusquement.) Un défilé? Un défilé? (Il parut contempler les visions que lui offrait son imagination.) Oh... espèce de triste patriotard!

Mardell s'était coulée hors du lit et commençait à s'habiller, mais elle avait l'air de ne rien retrouver et elle semblait affolée. Il lui fit signe de sa main libre et lui adressa un sourire si tendre, si rassurant qu'elle s'assit au bord du lit, puis elle se renversa lentement en arrière et s'allongea sur les draps. Il se pencha pour lui prendre la main, y déposa un baiser léger, puis la reposa sur son ventre plat et lisse, en laissant le téléphone lui aboyer à l'oreille. Elle se leva et tendit la main pour lui caresser la joue droite, hérissée de barbe. Son visage se durcit, et il vociféra dans l'appareil:

— Non, ne me repassez pas ma mère! Je sais bien que je ne lui ai pas parlé depuis deux ans! Je lui parlerai quand j'en aurai envie. Ah, bon Dieu! (Grinçant des dents, il leva les yeux au plafond.) Allô, maman, rit-il d'une voix neutre.

— Raymond, qu'est-ce que ça veut dire? lui demanda sa mère d'un ton soucieux. Qu'est-ce qui te prend? Si nous avions des intérêts dans une mine et si tu avais trouvé un filon, tu nous téléphonerais, n'est-ce pas?

— Non.

— Eh bien, figure-toi qu'on t'a décerné la médaille d'honneur. À propos, félicitations! Je voulais te mettre un mot, mais nous avons été débordés. Johnny est une personnalité, Raymond. Il représente le peuple des États-Unis, et je te prierai de remarquer que tu ne fais pas d'histoires pour aller à la Maison Blanche. Est-ce que c'est si dégradant, si terrible de te faire photographier avec ton père?...

— Il n'est pas mon père!

— ... qui représente l'orgueil que la population de ce pays éprouve pour ce que tu lui as sacrifié sur le champ de bataille?

— Oh! je t'en prie, maman...

— Tu t'es bien laissé photographier hier avec cet inconnu, à Saint Louis. D'ailleurs, que s'est-il passé? C'est le service de presse de l'armée qui t'a envoyé là-bas, sangloter sur la mère du Héros?

— C'est moi qui en ai eu l'idée.

— Ne me dis pas ça, Raymond chéri. Je te connais, tu sais.

— C'est moi qui en ai eu l'idée.

— Très bien. C'était une excellente idée. Tous les journaux de Washington l'ont publiée hier, et, bien sûr, ce sera partout ce matin. Marty Webber a téléphoné assez tôt: cela nous a permis de publier une brève déclaration de Johnny disant qu'il ferait n'importe quoi pour aider les parents de ce garçon, etc., et c'est de là que nous sommes partis. C'était formidable, alors tu ne vas pas me dire que tu ne veux pas te faire photographier avec un homme qui non seulement est un membre de ta famille, mais qui a été le gouverneur et qui est maintenant le sénateur de l'État où tu es né?

— Ce n'est pas de cela qu'il s'agit. Il vient de me parler d'une histoire de défilé pour commémorer la remise d'une médaille à laquelle toi et moi n'attachons peut-être aucune importance particulière, mais que le reste de ce pays considère comme quelque chose de pas mal… Tout ça pour qu'il ramasse quelques malheureuses voix de plus ! Je n'ai pas l'intention de me prêter à ce genre d'exhibition !

— Une revue ? C'est ridicule !

— Demande à ton porte-drapeau de mari !

La mère de Raymond fit semblant de parler à Johnny, mais celui-ci était sorti quatre minutes plus tôt pour se faire couper les cheveux :

— Johnny, dit-elle dans le vide, qu'est-ce qui t'a pris de vouloir imposer à Raymond une revue militaire ? Ça ne m'étonne pas qu'il soit furieux.

Dans l'appareil, elle reprit :

— Ça n'est pas une revue militaire ! Simplement quelques voitures iront te chercher à l'aéroport. Pas de défilé. Pas de drapeau à saluer, pas de fanfare. Tu sais, Raymond, tu es un drôle de garçon. Voilà près de deux ans que je ne t'ai vu, moi, ta mère, et tu commences par faire une scène à propos d'un défilé, de Johnny, du FBI et d'un avion militaire. Mais quand il s'agit de…

— Que va-t-il se passer d'autre à Washington ?

— J'avais prévu un petit-déjeuner.

— Avec qui ?

— Avec des gens très importants de la presse et de la télévision.

— Et Johnny ?

— Bien sûr.

— Non.

— Quoi ?

— Je ne marche pas.

Il y eut un long silence. En attendant, il dévisageait la fille et s'aperçut qu'elle avait les yeux violets. Son esprit se mit à dévider furieusement l'interminable fil de sa rancœur. Pendant près de deux ans, il avait échappé à la tyrannie de son obsédée de mère, de cette joueuse de clairon qui jouait les chats bottés pour son lourdaud de marquis de Carabas, de cette femme capable de penser mais pas de sentir. En deux ans, il avait reçu trois lettres d'elle : 1) Elle avait fait envoyer à Séoul une photo de Johnny grandeur nature. Le général MacArthur était dans la région. Raymond pouvait-il faire prendre un cliché des deux hommes, le général tenant par le bras la silhouette de Johnny ? Elle pouvait garantir qu'un très grand nombre de journaux l'utiliseraient… 2) Voudrait-il réunir un certain nombre de combattants de leur État pour signer une carte de Noël collective, de la part de tous les camarades de guerre de Johnny ? 3) Elle était profondément déçue et quelque peu scandalisée de constater qu'il refusait de lever le petit doigt pour satisfaire quelques simples demandes de sa mère, qui travaillait jour et nuit pour ses deux hommes afin de leur assurer à chacun une situation plus belle et plus sûre.

Il avait passé deux ans loin d'elle, mais il se sentait réagir devant la réprobation qui perçait sous son silence. Il n'avait jamais pu supporter ses silences. Sa voix enfin retentit de nouveau dans l'appareil. Elle était changée, dure et mauvaise, impitoyable, terrifiante et menaçante.

— Si tu ne fais pas ça, Raymond, dit-elle, je te jure sur la tombe de mon père que tu le regretteras.

— Très bien, maman, je le ferai.

Il frissonna. Il laissa retomber le combiné de près de cinquante centimètres au-dessus du socle. L'appareil roula sur le tapis, mais ce geste avait dû suffire à soulager Raymond, car il le ramassa et le reposa doucement en place.

— C'était ma mère, expliqua-t-il à Mardell. Je me demande comment je pourrais la décrire à une fille bien élevée comme toi.

Il s'approcha de la porte, se pencha d'un air accablé vers la serrure et dit :

— Je serai dans le hall d'ici une heure.

On ne répondit pas. Il se tourna vers le lit, tout en dénouant la ceinture de sa nouvelle robe de chambre, et une lourde colonne de fumée se mit à monter en spirale dans sa tête, emplissant les yeux de sa mémoire et embuant l'expression de son regard. Mardell était allongée sur le lit. Les draps étaient bleus. Elle était blonde et ivoire, avec un peu de rose par-ci par-là. Il se dit soudain qu'il n'avait jamais vu Jocie ainsi. La pensée de Jocie allongée devant lui comme cette fille gémissante l'excita comme si on lui avait versé dans les reins un décapant chimique et il mit toute sa fougue à se jeter sur elle, pour sa plus grande gloire et avec son consentement épanoui.

Bien qu'elle dût vivre jusqu'à un âge très, très avancé, elle n'oublierait jamais ce matin-là, et elle l'évoquerait chaque fois qu'elle aurait peur et qu'elle se sentirait seule, sans se douter qu'elle était non seulement la première femme que Raymond eût jamais possédée, mais la première qu'il eût jamais embrassée, sans se douter non plus qu'il avait commencé à se débarrasser de ses inhibitions un peu moins d'un an auparavant, en Mandchourie.

2

Le 4 juillet 1951, un bataillon du génie de l'armée chinoise arriva à Tunghwa, à soixante-dix kilomètres à l'intérieur de la frontière coréenne, afin de préparer le terrain en vue d'événements prévus dès 1936 et qui devaient trouver leur conclusion aux États-Unis en 1960. Le commandant qui était à la tête de cette unité se nommait Ssu Ma Sung ; il est aujourd'hui redevenu civil et exerce la profession d'avocat à Kunming.

La Mandchourie se trouve dans une zone presque arctique, mais les étés sont chauds et humides. Tunghwa possède des scieries et des fabriques de produits alimentaires. C'est une ville d'environ quatre-vingt-dix mille habitants, de l'importance de Terre-Haute, dans l'Indiana, mais sans budget pour la santé publique.

Le bataillon chinois se mit à l'œuvre près d'une base aérienne, à près de cinq kilomètres en dehors de la ville. Tout ce qu'il installa était préfabriqué, les différentes parties se distinguant suivant leurs couleurs ; de sorte que, quand les pièces se trouvèrent répandues sur le terrain, les hommes avaient l'air de se déplacer au milieu d'un puzzle géant. Quand les pièces étaient rassemblées de façon à former un bâtiment, elles étaient arrosées de peinture rouge vif, de manière à supprimer l'effet bariolé. Le 6 juillet, à 17 h 19, le bataillon avait terminé un bâtiment d'un étage, comprenant vingt-deux pièces et un petit amphithéâtre. Ce bâtiment était appelé le pavillon de la Recherche, et il comportait quelques parois de verre, d'un côté seulement. Il comportait aussi quelques chambres d'amis confortablement meublées, sans murs de verre, au rez-de-chaussée ; ces pièces avaient été prévues pour les hauts personnages qui viendraient de Moscou et de Pékin.

Chaque sol était carrelé suivant un motif et des couleurs différentes, pour faciliter la disposition du mobilier et de l'équipement. Chaque mur avait une décoration encastrée. Les fenêtres, percées dans chacun des murs extérieurs, étaient garnies à l'intérieur de stores et de doubles rideaux. Les mille pièces détachées de cette maison donnaient l'impression que c'était une habitation ambulante pour les représentants politiques des gouvernements populaires alliés : un édifice que l'on ne cessait pas de construire, d'abattre et de transporter plus loin, pour le reconstruire encore en vue de nouvelles réunions. Tout l'ameublement était en bois clair, d'inspiration scandinave. Quant aux couleurs intérieures, à l'exception du tapis de rotin jaune clair du premier étage, elles étaient de ce vert et de cet abricot qu'utilisent les jeunes mariées les trois premières années de leur mariage.

Au premier étage, il y avait un grand appartement d'angle et dix autres réduits qui avaient chacun trois murs épais et une paroi en verre transparent donnant sur une coursive où patrouillaient jour et nuit deux fusiliers de l'armée soviétique. Dans chacun de ces réduits, il y avait une couchette, une chaise, un placard, et un miroir pour pouvoir se rassurer et constater qu'on n'avait pas perdu son âme. Le grand appartement était aménagé de la même façon, avec, en plus, une salle de bains, un grand living-room et une chambre à coucher supplémentaire. Ici, tous les murs étaient opaques. L'odeur vivifiante d'essence de pin envahissait tout l'étage supérieur.

Ce qu'il y avait de merveilleux dans ce qui se passait à plusieurs centaines de kilomètres au sud de Tunghwa, c'était que chaque fois que Mavole bougeait, la fille bougeait aussi, et chaque fois que Mavole bêlait, la fille bêlait comme lui. Il en avait vraiment pour son argent. La fille était une jeune Coréenne qui avait adapté à la prostitution une variante du principe de Rochdale sur lequel avait été basée la première coopérative en 1844 – c'est-à-dire qu'elle ne faisait absolument pas crédit mais distribuait une part des bénéfices sous forme de bière gratuite. Elle s'appelait Gertrude.

Freeman était parti vérifier l'équipement, mais Mavole et Bobby Lembeck étaient restés là encore un moment à boire de la bière en attendant que le caporal ait fini en haut. Ils essayèrent d'expliquer aux deux mômes que ce n'était pas la peine de sourire si fort, mais ils ne savaient pas beaucoup de mots en coréen, et les filles ne parlaient pas anglais ; alors Bobby Lembeck mit ses deux index dans les coins de sa bouche et feignit d'arrêter un sourire imbécile. Les filles comprirent, mais la façon dont Bobby s'y était pris était si drôle que Mavole et lui se mirent à rire comme des fous, ce qui refit rire les filles, de sorte que, quand elles eurent fini de rire, elles souriaient encore.

Dans la mesure où les profiteurs de guerre compromettent les normes, la bière coréenne était un rien aussi bonne que celle du Mississipi ou du Nebraska, c'est-à-dire qu'elle était infecte, mais, en plus, elle était chaude.

— Eddie, pourquoi faut-il que nous passions tout notre temps libre dans un bordel? demanda Bobby.

— Oui. C'est moche, hein?

— Je ne veux pas dire que ce soit si pénible, mais ma lubie à moi, ce sont les oiseaux. Il y a des tas d'oiseaux nouveaux, par ici.

— Nous passons notre temps libre ici parce que c'est le seul endroit de toute la péninsule coréenne où le sergent Raymond Shaw ne met pas les pieds.

— Tu crois que c'est une pédale, qu'il est catholique, ou les deux?

— Le sergent Shaw? Notre Raymond?

— Ouais.

— Tu es fou? C'est simplement que Raymond ne se livre à personne. Et puis, le sexe... c'est une chose commune, vulgaire... pour Raymond.

— Il a bien raison, dit Bobby Lembeck. Pour être commun, c'est commun. Moi, je ne suis qu'un débutant, mais c'est une des choses qui me plaisent là-dedans.

Melvin, le caporal, descendit l'escalier en courant et en se renseignant, comme un banlieusard qui se serait réveillé trop tard.

— Épatant! dit-il sèchement. Épatant, épatant, épatant, répéta-t-il comme si cela ne faisait qu'un seul mot. On n'fait pas mieux.

— C'est à moi que tu dis ça? demanda Bobby Lembeck.

— C'est bon, les gars, dit Melvin d'un ton de caporal. On part vers le Nord dans une demi-heure. Allons-y.

Bobby Lembeck embrassa la main de Marie-Louise:

— *Mansei!* dit-il, utilisant le seul mot coréen qu'il connût; cela exprimait un galant espoir, car cela voulait dire: «Que notre pays vive dix mille ans!»

Le sergent Shaw s'était montré capable de verser des larmes simulées à divers moments de sa vie, moments que le capitaine Marco l'encourageait toujours à évoquer, pour passer le temps, durant les heures creuses en patrouille. Le visage barbouillé de rage du sergent luisait alors sous la lune, comme un cœur arraché et jeté sur des pierres, et le capitaine aimait à écouter l'histoire, parce que, dans un sens, il avait l'impression d'entendre Oreste se plaindre de Clytemnestre. Le capitaine Marco prisait les allusions poétiques, littéraires, informatives et explicatives, qu'elles fussent d'ordre militaire ou non. C'était un grand lecteur. Il estimait que, dans l'armée, on ne pouvait passer ses heures de loisir qu'à boire, à jouer au bridge, ou à lire. Marco aimait bien la bière, mais il avait renoncé à l'alcool. Il n'était pas doué pour les cartes : il gagnait toujours quand il jouait avec ses supérieurs. Il avait épuisé les ressources de ses camarades officiers en ce qui concernait les sujets de conversations extra-professionnels, aussi trimbalait-il des caisses de livres traitant de n'importe quoi, parce qu'il s'intéressait aussi bien aux problèmes des banquiers de Bilbao, à l'histoire de la piraterie, aux peintures d'Orozco, au théâtre français moderne, aux facteurs jurisprudentiels de l'administration de la Mafia, aux maladies du bétail, aux œuvres de Yeats, aux discours de la Bible, aux romans de Joyce Cary, à la dignité de la profession médicale, à la psychologie des toréadors, aux choix ethniques des Arabes, à l'origine des courants commerciaux, qu'à tout ce qui pouvait se trouver imprimé dans l'un des livres que choisissait pour lui, au hasard, un libraire de Market Street.

Le récit que faisait le sergent de son passé était traditionnel dans sa forme et confusément dramatique, comme aurait pu l'être une partie d'échecs entre

Richard Burbage et Sacha Guitry. Toute l'histoire semblait tourner autour de la mère du sergent, une femme aussi ambitieuse que Dédale. Le sergent avait vingt-deux ans. Quand il était éveillé, son ressentiment bouillonnait sans cesse. Quand il était endormi, ce ressentiment continuait à bouillonner dans le chaudron noirci de sa mémoire.

Raymond était devenu sergent-chef parce qu'il était bon soldat et parce que c'était de loin le meilleur tireur de la division. Il n'avait qu'à prendre une arme pour tuer. Il visait mollement, pressait la gâchette et, toujours, quelque chose tombait. Certains parmi les hommes appréciaient beaucoup cette qualité et aimaient se trouver avec Raymond ou près de lui quand il se passait quelque chose, mais, en dehors de cela, tous l'évitaient soigneusement.

Raymond était un gaucher de très haute taille, avec des hanches larges, des épaules étroites, et un visage triangulaire qui s'achevait par un menton pointu, étroit et pas très ferme. Verticalement, les deux moitiés de son visage étaient accolées en une expression boudeuse, qui trahissait tous les symptômes d'un grand apitoiement sur soi-même. Il avait une peau anormalement blanche, ce qui donnait aux veines saillantes de ses bras et de ses jambes l'aspect de tubes de néon bleu. Ses cheveux coupés court étaient blond clair, plantés bas et en rond au-dessus de son front, dans un style adopté par nombre d'hommes d'affaires américains de disposition d'esprit juvénile ou eunuchoïde. En dépit de tout cela, Raymond était un très bel homme, presque joli, avec une ossature puissante, une grande force physique, et de grands yeux glauques avec de très grands blancs, comme ceux d'un cheval de manège poursuivi par les Érinyes.

Malgré lui, le capitaine aimait bien Shaw, et le capitaine était un homme sûr et réfléchi. Il avait considéré le phénomène sous tous ses angles et, après réflexion, avait décidé qu'il aimait bien Raymond parce que, d'une façon ou d'une autre, Shaw prouvait constamment qu'il aimait bien le capitaine et que ce dernier était trop humain pour résister à ce genre de démonstration.

Personne d'autre dans la Compagnie C, peut-être même personne d'autre dans l'armée américaine n'aimait Raymond. Ses camarades l'évitaient prudemment ou faisaient comme s'il n'était pas là, adoptant un peu l'attitude de pères qui ont des filles et qui savent qu'il se produit beaucoup de viols dans le quartier.

Ce n'était pas que Raymond fût difficile à aimer, il était *impossible* de l'aimer. Le capitaine, un homme réfléchi, comprenait que l'attention que lui portait Shaw n'était que le résultat de toute une vie passée à se faire mettre le nez dans toutes sortes de symboles d'autorité ; et à mesure que lui était débitée d'un ton monotone l'histoire de la vie du sergent, le capitaine en vint à se rendre compte que Raymond récitait un monologue à la mémoire chérie de son père trahi, mort depuis longtemps, et qui avait été rejeté par une garce avant que Raymond ne puisse commencer à l'aimer. Risquer en amateur un pronostic psychiatrique peut être une chose fascinante quand on n'a absolument rien d'autre à faire. Ce qui était aussi fascinant, pour le capitaine, c'était la recherche incessante d'une phrase de Raymond, même courte, qui fût chaleureuse ou séduisante.

L'accablant mépris de Raymond, cette façon qu'il avait d'examiner ses mains en parlant avaient quelque chose de déprimant, et le capitaine voyait comment de menus fragments de la personnalité de Raymond s'étaient rassemblés en une grande masse froide. Raymond ne pouvait s'empêcher d'avoir un horrible geste : une sorte de petit geste balayeur, signifiant « Allez-vous-en, vous m'embêtez », qu'il faisait avec ses longs doigts couleur blanc de poisson pour souligner tout ce qu'il disait. Absolument tout. Il balayait l'air devant lui quand il parlait du temps, de politique (son sujet de conversation favori), de nourriture, ou de matériel ; de n'importe quoi. Ce *digitorum gesticulatione* était pratiquement le mouvement le plus irritant que le capitaine se souvient d'avoir jamais vu, et le capitaine était un homme réfléchi. Il avait éclaté en le voyant une fois de plus un matin, très tôt, alors que le ciel projetait de la lumière autour d'eux, et Raymond avait répondu par un regard désorienté ; il ne se rendait pas compte de sa faute, il était troublé. Il avait dit au capitaine qu'il ne comprenait pas (petit coup de balai) ce que le capitaine voulait dire (petit coup de balai) et, finalement, le capitaine avait décidé de n'y plus faire attention, car enfin c'était un petit détail pour un homme qui avait formé le projet d'être un jour général à quatre étoiles, en temps de paix ou en temps de guerre, qui avait décidé qu'il serait fou de ne pas vouloir comprendre un sergent qui avait le culte des héros et dont le beau-père pouvait un jour être président ou avoir une influence sur le président de la Commission des forces armées du Congrès.

Il fallait ce genre d'objectivité pour commencer à tolérer Raymond, qui débordait de morgue. Raymond se tenait comme si quelqu'un venait de lui ouvrir un parasol dans le ventre. Quand il daignait regarder, son regard même traînait avec mépris, et il daignait rarement parler. Il y avait des farceurs dans la compagnie qui disaient qu'il se mettait des bigoudis sur les lèvres toutes les nuits. En théorie, Shaw avait des façons qui devaient faire de lui un sergent, et peut-être par la suite un sergent instructeur ou un sergent des relations publiques dans les Marines, mais, en tout cas, pas un sous-officier, parce que dans la vie réelle, toute forme de pouvoir doit s'accompagner de quelque chose qui rende le privilège du pouvoir pardonnable ; or c'était le genre de qualité que Shaw ne possédait pas. Le ressentiment qu'il éprouvait et montrait à l'égard des gens, des lieux et des choses, était une chose suffocante, palpable.

Le capitaine s'appelait Ben Marco. C'était un officier de carrière. Il avait l'air d'un Aztèque croisé d'Esquimau, type que l'on rencontre assez fréquemment dans l'ouest de l'Amérique parce que les troupes aztèques sont arrivées, venant de Sibérie, longtemps avant que les Espagnols de Pizarre et de Cortès n'eussent quitté les Andes et Veracruz. Il avait une peau métallique (couleur de cuivre), des dents fortes (très blanches), des cheveux raides (noirs), l'air aborigène et les yeux couleur de potage Saint-Germain[1], le potage des potages (verts) ; il avait eu la chance, par contraste, de naître dans le New Hampshire, où son père se trouvait en poste à l'époque, juste avant de servir dans la zone du Canal. Il mesurait un mètre quatre-vingts, et paraissait petit à côté de Raymond. Il était d'une forte stature, et la chair qui recouvrait ses os était proportionnée, comme la chair de pierre sur une statue d'Epstein. Il jouissait du système digestif supérieur qui permet à presque tous ceux qui en sont gratifiés par la nature de prendre le temps de réfléchir.

Ils formaient une curieuse combinaison : le civil qui essayait de parler comme un soldat, et le soldat à

---

1. En français dans le texte.

qui les chefs de cette armée nouvelle avaient ordonné d'apprendre à parler comme un civil, nom de Dieu ; le brahmane glacé et l'homme terre-à-terre, ambitieux ; le pseudo-mystagogue et le type qui tape du poing sur la table ; l'inhibiteur et l'excitateur (ce dernier terme étant emprunté au vocabulaire du physiologue Ivan Petrovich Pavlov).

Marco conduisait la patrouille de renseignements et de reconnaissance, composée de neuf hommes et de son sergent, à sa quatorzième sortie de reconnaissance de la nuit. Chunjin, l'ordonnance de Marco, apparut brusquement à son côté, surgissant d'une obscurité quasi totale et d'un silence persistant. Chunjin était l'interprète du capitaine, son guide sur le terrain, l'homme qui, en Corée, où qu'ils fussent envoyés, déclarait toujours gravement qu'il était né à trois kilomètres de là. Chunjin était un homme très précieux : il possédait une poêle à frire, une brosse à chaussures, un balai, une trousse avec un rasoir, et l'art de mettre les livres en caisse pour les envoyer à San Francisco. Il était petit et sec. Il avait l'air d'un type très, très coriace. On avait l'impression que c'était un homme qui avait peut-être été beaucoup bousculé et qui, un jour, avait pris sa vie en main et décidé que c'était fini, qu'il ne se laisserait plus faire. Du simple soldat au colonel, il regardait tout le monde droit dans les yeux, et il ne souriait en aucune circonstance.

— Qu'est-ce qu'il y a ? dit Marco.

— C'est mauvais ici.

— Pourquoi ?

— C'est traître.

— Comment ça ?

— C'est le marécage à trente mètres à la ronde, partout, il y a peut-être des sables mouvants.

— Personne ne m'a parlé de sables mouvants.
— Qu'est-ce qu'ils en savent ?
— Ça va ! Qu'est-ce que tu veux ?
— Qu'on marche les uns derrière les autres pendant les prochains deux cents mètres.
— Non.
— La patrouille s'enlisera.
— C'est mauvais, tactiquement, d'avancer les uns derrière les autres.
— Alors la patrouille s'enlisera d'ici trente mètres.
— Pendant deux cents mètres seulement ?
— Oui, mon capitaine.
— On ne peut pas contourner ?
— Non, mon capitaine.
— Bon. Fais passer l'ordre.

Raymond était à la tête de la file, juste derrière Chunjin. Marco terminait la file de douze hommes. Les patrouilles de renseignements et de reconnaissance sortent la nuit sans autres armes que des couteaux. Elles sont sans armes parce que les coups de feu attirent des coups de feu et que les patrouilles de renseignements et de reconnaissance ne font leur travail qu'en ne s'attirant pas d'ennuis. Il y avait très peu de lumière, dispensée par un pâle croissant de lune. Une distance d'environ six mètres séparait les hommes les uns des autres. La file entière avait à peu près soixante-dix mètres de long. Quand elle eut avancé d'environ soixante mètres, deux formes humaines se dressèrent devant et derrière chacun des hommes. La forme de devant frappait au creux de l'estomac avec la crosse d'un fusil, tandis que celle de derrière assenait un grand coup avec le canon du fusil sur la nuque de chaque homme à mesure que les corps se pliaient en deux. À l'exception de Chunjin, ils parurent tous s'écrouler en même temps. Ce fut une opération extrêmement silencieuse, un modèle du genre. Sans s'arrêter une seconde, chaque équipe de deux attaquants construisit une civière avec les deux fusils et roula son type dessus. Deux sous-officiers contrôlèrent le départ de chacune, parlant à voix basse et donnant de temps en temps une tape sur l'épaule d'un homme pour marquer leur approbation et leur plaisir.

Chunjin guida les équipes avec leurs civières sur un itinéraire qui était à angle droit par rapport à la direction prise par la patrouille, à travers le terrain (très ferme) plongé dans la nuit. Vingt-deux hommes transportèrent onze corps sur les brancards improvisés, au pas de route rapide, tandis que les sous-officiers chantaient doucement la cadence en russe. Il s'agissait de la 3e compagnie du 35e régiment de la 66e division aéroportée de l'armée soviétique, une unité d'élite qui s'acquittait de presque toutes les missions exceptionnelles du secteur, et qui, entre deux de ces missions, les racontait dans des dîners aux filles de Corée du Nord disponibles ou aux jeunes dames de la zone administrative du Nord-Est.

La patrouille fut emmenée par deux camions qui attendaient à cinq cents mètres de là. Ces camions la conduisirent par une mauvaise route à un aérodrome situé à une vingtaine de kilomètres. Un hélicoptère la transporta vers le Nord, à environ quatre cents mètres d'altitude. Ils avaient dépassé le Yalu quand le premier homme commença à reprendre péniblement conscience pour voir devant lui un paysan d'Ukhta en uniforme, mitraillette à la main, qui le regardait en souriant.

Le docteur Yen Lo et son équipe (trente techniciens, tous chinois à l'exception de deux neuropsychiatres de l'Uzbékistan qui avaient remporté ensemble un prix Amahlkine ; en récompense, leur section avait organisé pour ceux-ci une tournée de trente jours avec l'homme qu'ils avaient toujours cru n'être qu'une rangée de livres sur un rayon, ou la voix qui inspirait les nombreux professeurs qu'ils avaient entendus durant leurs courtes existences : vivant monument à la gloire de Pavlov et propagateur de cette œuvre sur le continent), le docteur Yen Lo et son équipe avaient mis sur pied leurs installations spéciales durant la nuit du 6 juillet, et ils avaient travaillé à la compléter jusqu'au matin du 7 juillet. Déjà, leur pharmacie était une chose compliquée. De plus, ils avaient apporté avec eux quatre gros calculateurs électroniques. Il y avait également un tableau de distribution électrique qui paraissait assez grand pour éclairer le Grand Opéra de Vienne – d'où il venait peut-être, d'ailleurs.

Le vieux Yen était d'excellente humeur. Il parlait longuement de Pavlov et de Salter, de Krasnogorski et Meignant, de Petrova et Bechtertov, de Folow et Rowland, comme s'il ne s'était pas délibérément détourné du courant principal de leur doctrine, quelque neuf années plus tôt, quand il avait découvert sa propre technique de plongée dans l'inconscient à la vitesse d'une benne de mine. Il accablait de sarcasmes les deux Ouzbékistanais, se moquant de Herr Freud qu'il appelait « ce diseur de bonne aventure autrichien » ou « ce Teuton fantasque » ou encore « ce bavard professionnel », et il permit à son chef personnel d'aller rendre visite au chef du général Kostroma pour organiser le mess et le logement de ses gens.

Au cours de la soirée agréablement fraîche qui précéda le matin où il lui fut amené la patrouille américaine, Yen Lo prit place, avec les trente hommes et femmes qui composaient son personnel, sur une pelouse où ils s'assirent tous en rond; tandis que la lune montait et que toutes les voix se faisaient ensommeillées, Yen Lo raconta un conte de fées, vieux de trente-neuf siècles avant leur naissance, et dont les principaux personnages étaient un jeune pêcheur et une belle princesse qui avaient fait un voyage à travers la province de Chengtu.

La patrouille américaine fut amenée au pavillon de Recherche à 6 h 09, le lendemain matin, 8 juillet. Yen Lo leur fit prendre un bain, puis leur fit une piqûre, à chacun. On les rhabilla pendant qu'ils dormaient et, à l'exception de Raymond Shaw, on les installa dans un réduit, sur une couchette. Yen Lo désigna trois équipes d'implantation pour s'occuper d'eux, restant avec chaque équipe pendant la première étape de l'opération pour s'assurer que tout se passait correctement. Ensuite, il amena son assistant et deux infirmières dans l'appartement d'angle où dormait Raymond et il entreprit le travail complexe de la reconstruction de la personnalité du sergent.

Les principes de l'excitation, tels qu'ils ont été définis par Pavlov en 1894, sont immuables, et ils s'appliquent à tout problème psychologique, aussi éloigné qu'il semble être au premier abord de l'application de ces principes. Les réflexes conditionnés n'impliquent pas une pensée volontaire. Les mots produisent des réflexes d'association. Les mots « splendide », « merveilleux » et « magnifique » nous procurent un sentiment de joie inconsciente parce que c'est ce que nous avons été conditionnés à ressentir quand nous les entendons. Les mots « chaud », « bouillant » et « vapeur » ont en eux de la chaleur à cause des associations qu'ils provoquent. Ainsi que l'écrit Andrew Salter, disciple de Pavlov, l'inflexion et le geste ont été conditionnés de façon à intensifier ce que conditionnent les mots. Salter montre que, dès l'instant où l'on considère le conditionnement comme l'essence de l'inconscient, on est dans la position stratégique qui convient pour acquérir une saine compréhension des sources les plus profondes du comportement humain. Le conditionnement, que les journalistes appellent «lavage de cerveau», consiste à produire des réactions dans l'organisme humain par l'utilisation des réflexes d'association.

Yen Lo considérait le comportement humain en se basant sur ses composantes fondamentales et non sur des étiquettes métaphysiques. Son propos était d'implanter dans l'esprit du sujet le mobile prédominant, qui était de se soumettre aux ordres de l'opérateur; de provoquer un comportement qui, en tout temps, obéirait aux intentions exactes de l'opérateur, comme si le sujet jouait un jeu ou un rôle; de déterminer enfin les mouvements du sujet grâce à un contrôle à distance, par le truchement de secondes personnes, de tierces ou de cinquantièmes personnes, éloignées de vingt mille kilomètres du levier de commande d'origine, si nécessaire. La première chose à quoi un être humain obéit, disait Yen Lo, est son propre système nerveux conditionné.

Le matin du 9 juillet, les membres de la patrouille américaine, à l'exception de Shaw, Marco et Chunjin, l'interprète coréen, eurent la permission d'aller et venir dans les chambres les uns des autres et de se reposer dans une confortable salle commune, où il y avait des magazines chinois et russes vieux de deux ou trois ans seulement, et un catalogue de graines australien, datant du printemps de 1944, avec de jolies photos en couleur. Yen Lo avait conditionné ces hommes à boire avec plaisir tout le Coca-Cola qu'ils pouvaient absorber et qui était, en réalité, du thé de l'armée chinoise servi dans des tasses en étain. Il y avait des cartes à jouer, des tables de jeu et des dés. On avait remis à chaque homme vingt bandes de papier brun, et on lui avait dit que c'étaient des billets de un, cinq, dix et vingt dollars américains, suivant la façon dont ils étaient marqués au crayon dans les coins.

Le tapis de rotin jaune, la lumière du soleil simulée par les tubes fluorescents et le mobilier clair de la pièce sans fenêtres étaient assez agréables à l'œil ; les hommes avaient reçu l'ordre de prendre plaisir au décor où ils se trouvaient. Une trentaine de photographies de vedettes de cinéma chinoises et indiennes étaient groupées sur un des murs, autour d'un calendrier publicitaire de la Bière du Tigre de Singapour (quatorze degrés d'alcool) et présentant une mignonne Caucasienne demi-nue vêtue à la mode de Coney Island 1931. Il y avait des cigarettes et des cigares pour tout le monde, et Yen Lo avait permis à ses hommes de s'amuser un peu dans leur choix de succédanés de tabacs étrangers, parce qu'il savait que la chose se raconterait dans l'armée entière et que cela donnerait encore plus de lustre à la légende de l'unité de Yen Lo. En l'espace d'une semaine, on parlerait, de Lvov au Cap Bezhneva, du plaisir que les Américains avaient pris à fumer ces cigares et ces cigarettes, car la bouse de yack a en effet tout à fait le goût du tabac.

Les neuf hommes avaient été conditionnés à croire qu'ils se remettaient, un dimanche soir, d'une permission de trois jours alors qu'ils étaient en garnison à quarante minutes de la Nouvelle-Orléans. Ils étaient convaincus que chacun d'eux avait gagné beaucoup d'argent et qu'en en dépensant la grande partie ils étaient arrivés à un stade d'épuisement accompagné d'une sensation plaisante de chaleur et de calme voluptueux. Ed Mavole avait été si fortement pénétré par la suggestion de Yen Lo qu'il confia à Silvers qu'il était un peu inquiet et se demandait s'il ne ferait pas bien de passer une minute au dispensaire prophylactique. Ils étaient épuisés par le whisky et les filles, mais ils étaient détendus et euphoriques. Trois fois par jour, les hommes de Yen pratiquaient sur chacun des Américains un massage mental profond, entassant soigneusement les couches de lumière et d'ombre dans chaque inconscient, comme ils en avaient reçu l'ordre. Les hommes passèrent deux jours dans la salle commune ou leur réduit, dormant et mangeant quand ils en avaient envie, croyant qu'on était toujours la même heure, le même dimanche soir, se rappelant les filles sensationnelles qu'ils venaient de quitter.

La commission de contrôle, comprenant notamment un membre du Comité central et un officier de sécurité portant l'uniforme de général de division (attendu qu'il voyageait dans une zone militaire et que, d'ailleurs, il aimait porter l'uniforme), cette distinguée commission arriva avec une suite à l'aéroport militaire de Tunghwa, accompagnée de deux jeunes dignitaires chinois le 12 juillet 1951, à midi moins cinq. Ils étaient quatorze. Gomel, l'homme du Politburo, en civil, avec une suite de cinq hommes en uniforme. Berezovo, l'officier de sécurité, en uniforme, avait une suite de quatre hommes et d'une jeune femme, qui étaient en civil. Les deux groupes russes ne semblaient guère communiquer entre eux ni avec les deux jeunes Chinois, lesquels ne paraissaient peut-être jeunes que parce qu'ils suivaient un régime végétarien à 83 %.

Ils prenaient leurs repas au mess du général Kostroma. C'était le commandant du corps d'armée qui avait été muté trop brusquement d'un poste à l'École de guerre pour aller diriger des Chinois qui paraissaient ne rien comprendre à ce qu'était une mission militaire et qui étaient terriblement gaspilleurs quand il s'agissait de soldats.

On avait l'impression qu'à la même grande table dînaient quatre groupes entièrement séparés.

Il y avait d'abord Kostroma et son état-major ; des hommes résolument silencieux qui se rendaient compte qu'ils avaient commis une pénible erreur en briguant des postes auprès de ce général. Le général Kostroma demeurait muet lui aussi, parce qu'un membre du Comité central se trouvait là, et comme Kostroma avait sûrement commis dans le passé des fautes qu'il n'avait pas su qu'il commettait, il n'avait pas envie d'en commettre une de plus.

Le second groupe, celui de Gomel, était composé d'hommes dont la durée moyenne de service dans le dédale des intrigues du parti, représentait un total de dix-huit années et quatre mois pour chacun. C'étaient des politiciens professionnels complètement indépendants des caprices du vote populaire. Ils considéraient que ce qu'ils devaient à la communauté, c'était d'avoir l'air agacé et sévère, et c'est pourquoi ils gardaient le silence.

Le groupe Berezovo était silencieux parce qu'il était composé de gens de la Sécurité. Berezovo est mort aujourd'hui. Le général Kostroma aussi, d'ailleurs.

Ces trois groupes, quoique silencieux, étaient parfaitement conscients de la présence du quatrième, présidé par Yen (DMS, DSc, BS, RHS) qui, pendant tout le repas, entretint dans un rire aigu et continuel son personnel et les deux jeunes dignitaires chinois. Toutes les plaisanteries étaient en chinois. Sans gestes explicites, Yen réussit à donner l'impression que toutes ses saillies si savoureuses étaient aux dépens de leurs braves alliés russes. Gomel lançait partout des regards furieux et suait une sorte de graisse de poulet. Berezovo mangeait du bout des dents, sans que son visage trahît la moindre émotion et il pela une pomme avec une baïonnette.

Gomel était trapu comme un chapeau claque, avec une tête ronde et des fausses dents en acier inoxydable. On aurait difficilement pu avoir l'air plus prolétarien que lui. Ses dents de carnivore l'avaient rendu peu photogénique, de sorte qu'il était inconnu des lecteurs de journaux de l'Ouest. Il s'habillait dans le style moujik élégant qu'affichait son chef : une cascade de soie floue qui s'écoulait dans les hauts de souples bottes noires. Son odeur donnait du souci aux gens de sa suite, qui craignaient que leur expression ne révélât leurs sentiments. Il était spécialiste en organisation industrielle.

Berezovo, qui était plus jeune que Gomel, représentait le nouvel exécutif soviétique et faisait penser à une bouche d'incendie dans un quartier en ruine : il était court, costaud, coloré et couturé ; sa tête semblait finir en pointe et ses cheveux fibreux s'en allaient dans les directions les plus invraisemblables, comme des poils de noix de coco. Berezovo était toute-puissance ; c'était un homme important. Gomel était important, certes, il avait des datchas à Moscou et en Crimée, mais il n'y avait que deux hommes au-dessus de Berezovo dans le système entier et formidablement délicat de la Sécurité soviétique.

Chacun des deux hommes avait réussi à cacher à l'autre qu'il se trouvait là en tant que représentant personnel et secret de Joseph Staline.

Les conférences de Yen Lo commencèrent le 11 juillet, à 16 heures. Le général Kostroma ne fut pas invité à y assister. Les membres du groupe se rendirent deux par deux vers le ravissant taillis qui encadrait la petite école rouge où Yen Lo avait modelé à sa manière les onze esprits des Américains. C'était un après-midi d'été superbe, ni trop chaud, ni trop frais. L'humidité excessive du matin avait disparu. La nourriture avait été excellente.

Le seul détail extraordinaire de cette procession sans cérémonie mais pleine de dignité, conduite par Yen Lo et Pa Cha, l'aîné des hommes d'État chinois présents, était la présence de Chunjin, l'interprète coréen, jusqu'ici attaché à l'armée américaine en tant qu'ordonnance et guide du capitaine Marco, et qui marchait maintenant à côté de Berezovo, mâchonnant et fumant un gros cigare. Si l'un des membres de la patrouille américaine avait conservé un semblant de conscience, il aurait été stupéfait de voir Chunjin là, car lorsque des indigènes étaient faits prisonniers par des militaires, d'un côté ou de l'autre, ils avaient toujours la gorge tranchée.

Yen Lo avait annoncé son arrivée par téléphone, de sorte que lorsque la commission entra dans l'amphithéâtre du pavillon de Recherche, la patrouille américaine était déjà assise sur une estrade derrière un lutrin. Les Américains regardèrent entrer le groupe sino-soviétique avec une expression d'indulgence amusée mêlée d'ennui. Yen Lo s'avança droit vers l'estrade, fourrageant dans sa serviette, tandis que les autres s'asseyaient, suivant leur rang, sur des chaises de bois.

De grandes lithographies en sept couleurs, toutes semblables, représentant Staline et Mao, parsemaient trois murs entre des affiches aux lettres jaunes sur fond noir, qui disaient : *Cessons d'imiter* et, au-dessous : *La piraterie et l'imitation des modèles entravent le développement et l'expansion du commerce d'exportation. Il est regrettable d'avoir à constater tant de cas de contrefaçon dans la République populaire. La contrefaçon nuit au prestige international du peuple chinois, provoque le boycottage des biens chinois et fait perdre aux créateurs chinois tout intérêt pour l'effort créateur.* L'odeur de peinture fraîche, de laque et de copeaux de bois flottait dans la pièce.

Sur l'estrade, Ben Marco était assis au bout de la rangée à droite. Le sergent Shaw était à l'autre bout, à gauche. Entre eux, de gauche à droite, il y avait Kiken, Gosfield, Little, Silvers, Mavole, Melvin, Freeman, Lembeck. Mavole était au centre de la scène. Tous les hommes avaient l'air à la fois vif et serein.

L'auditoire était divisé, à la fois physiquement et par préjugés. Gomel n'approuvait pas Yen Lo. Berezovo, par contre, voyait dans ces méthodes des possibilités qui feraient avancer la cause révolutionnaire de cinquante ans. Cinq membres de leur état-major étaient assis derrière chacun de ces hommes, qui étaient placés à des côtés opposés de la salle, comme deux Alphonse Capone (1899-1947) assistant à une représentation de l'Opéra de Chicago en 1927. Les deux représentants chinois étaient installés à gauche, plus près de l'estrade que les autres, lisses comme deux pots de yogourt. Yen Lo leur lançait de temps en temps un clin d'œil, tout en truffant son allocution de remarques en divers dialectes chinois, pour agacer Gomel.

L'estrade était surélevée d'environ soixante-quinze centimètres et ornée de drapeaux de l'URSS et de la République populaire de Chine. Yen Lo se tenait derrière le lutrin, au centre. Il portait une robe bleu de France, qui lui descendait jusqu'à la cheville et se boutonnait sur le côté du cou. La peau de son visage était striée de petites rides, en plis horizontaux qui se chevauchaient, comme on en voit sur les flancs de certains petits bateaux, et elle était couleur de soufre. Ses yeux étaient sombres et ses paupières lourdes, ce qui le faisait paraître plus vieux encore que les rides. Son expression était théâtralement sardonique.

Yen Lo instruisait les Russes avec l'éclatant mépris d'un végétarien contraint de faire bon ménage avec des carnivores. Pour désigner les différents membres de la patrouille américaine, il se servait d'une baguette. Il présenta chacun des hommes par son nom, courtoisement. Il expliqua que leurs manières un peu affectées venaient de ce qu'ils se croyaient dans un petit hôtel du New Jersey, où le manque d'espace les obligeait à assister à une réunion d'un club féminin d'amateurs de jardins.

Yen se tourna vers Raymond Shaw.

— Approchez votre chaise, Raymond, je vous prie, lui dit-il en anglais.

Raymond s'assit près de Yen Lo, qui posa légèrement la main sur l'épaule du jeune homme, tout en s'adressant au groupe. Raymond avait une attitude pleine de hauteur et de dédain. S'il avait figuré sur une toile, on aurait appelé le tableau : « Jeune duc parmi des marchands de poisson. » Il avait les jambes croisées, la tête penchée et le menton en avant.

Le sténographe mâle de l'équipe de Gomel et la sténographe femelle de l'escouade de Berezovo ouvrirent leurs carnets au même instant, se préparant à noter tout ce que leur dirait Yen. Le plus petit des émissaires chinois, un nommé Wen Chaang, passa sa main sous sa robe et se gratta l'aine.

— … Et voici, camarades, le célèbre Raymond Shaw ; c'est pour voir ce jeune homme que vous avez fait douze mille kilomètres en avion, dit Yen Lo (en russe). Votre chef, Lavrenti Pavlovich Beria, a vu ce jeune homme en imagination, comme une idée désincarnée, mais rien de plus, deux ans avant d'être nommé ministre des Affaires intérieures et de la Sécurité. Cela se passait en 1938, il y a treize ans, et il s'est passé beaucoup de choses depuis. Je me dois d'exprimer ici mon humble gratitude personnelle pour les chaleureux encouragements de Lavrenti Pavlovich et sa riche inspiration. C'est à lui que nous rendrons hommage avec notre petite démonstration d'aujourd'hui.

Berezovo inclina gracieusement la tête en muet remerciement pour le tribut qui venait d'être rendu, et les cinq personnes derrière lui inclinèrent la tête tout aussi gracieusement.

Yen Lo dit au groupe que Raymond Shaw représentait une combinaison unique d'éléments exceptionnels ; à la fois d'ordre intérieur et extérieur. Dans un style ampoulé, il commença par analyser la valeur extérieure de Raymond. Il parla du beau-père de Raymond, le gouverneur ; de la mère de Raymond, une femme riche et célèbre ; de l'oncle de Raymond, un membre des services diplomatiques américains. Raymond lui-même était journaliste et quand cette petite guerre serait terminée, il pourrait peut-être même devenir un bon journaliste. Toutes ces qualités, dit Yen Lo, faisaient que Raymond avait ses entrées à tous les échelons de la hiérarchie politique des États-Unis, et ce dans les deux partis.

Les soldats américains écoutèrent ce discours poliment, comme s'il leur fallait se résigner à entendre des femmes parler d'hortensias. L'attention de Bobby

Lembeck s'était égarée. Ed Mavole, toujours persuadé qu'il venait de terminer la plus agréable permission de toute sa carrière militaire, fut contraint de s'enfoncer un poing dans la bouche pour dissimuler un bâillement. Le capitaine Marco regarda successivement Shaw, Gomel et la secrétaire de Berezovo, un beau brin de fille au nez passionné, qui ne portait ni rouge à lèvres ni soutien-gorge, puis il essaya de reporter son attention sur Yen Lo, qui était en train de dire que quelles que formidables que fussent les qualités extérieures de Raymond, il possédait des faiblesses intérieures qui constituaient d'incroyables forces pour un assassin.

— Je suis sûr, dit Yen Lo, que vous connaissez tous cet adage de bonne femme qui veut qu'un sujet hypnotisé ne puisse jamais être forcé à faire ce qui répugne à sa nature morale profonde – encore que je ne sache pas ce qu'on entend par là – ou ce qui est contraire à son intérêt réel. Cela n'a ni queue ni tête, bien sûr. Il suffit pour s'en convaincre de lire l'étude de Brenmen, *Expériences de production hypnotique d'un comportement antisocial et autodestructeur* ou l'article de Welles, daté de 1941, intitulé, je crois, *Expériences de provocation hypnotique au crime*, ou encore le livre remarquable d'Andrew Salter : *Thérapeutique du réflexe conditionné* – pour ne nommer que ces trois-là. Ou bien, s'il vous est pénible de penser que seul l'Ouest étudie les moyens de fabriquer plus de crimes et de meilleurs criminels pour pallier l'insuffisance moderne, je vous suggère de vous reporter à *La Suggestion unilatérale en vue de l'autodestruction*, de Serov. Pour ceux d'entre vous qui s'intéressent à la provocation de réflexes négatifs sur une masse, il y a *La Corruption de l'innocent*, de Frederic Wertham, qui démontre comment des milliers de personnes ont été amenées à commettre des actions antisociales par le truchement de livres illustrés pour enfants. Mais assez sur ce sujet. Ces ouvrages, de toute façon, vous ne les lirez pas. Ce que je veux vous faire comprendre, c'est que ceux qui parlent de la nécessité que la suggestion hypnotique corresponde au code moral du sujet feraient bien de réviser leur jugement. Il ne faut pas que l'idée de gens agissant à l'encontre de leurs intérêts réels nous surprenne. Nous avons l'occasion d'en avoir des exemples tous les jours, parmi les somnambules et les hommes politiques.

Raymond poussa un soupir. Le plus jeune des hommes de l'équipe de Gomel, qui était assis au dernier rang, se mit subrepticement les doigts dans le nez au cours du silence qui suivit. La sténo de Berezovo, dont les seins pointaient droit à travers sa blouse de coton, regarda Marco juste au-dessous de la boucle de sa ceinture. Le chinois venait de se rendre compte à quel point Gomel sentait la chère. Bobby Lembeck pensait à Marie-Louise.

La plupart des Russes comprenaient clairement quel travail Yen Lo avait fait : concentrer l'objectif de toute la propagande sur l'esprit d'un seul homme. Ils savaient qu'il était possible de conditionner les réflexes de manière si précise que, si une certaine personne tendait le doigt au bon endroit au bon moment en criant « déviationniste ! » ou « trotskiste ! », le caractère de n'importe quel homme pouvait être anéanti et n'importe qui pouvait être liquidé.

Ed Mavole avait envie d'aller aux cabinets. Il jeta des regards furtifs à droite et à gauche, puis rencontra le regard de Marco et lui fit des signes désespérés. Marco toussa. Yen Lo se tourna vers lui, très calmement, et fit un signe d'acquiescement. Marco s'approcha de Yen Lo et lui murmura quelque chose à l'oreille. Yen cria un ordre en chinois et un homme apparut sur le seuil de la porte ouverte, au fond de l'amphithéâtre. Yen dit à Mavole de suivre cet homme sans se gêner, car les dames ne comprenaient pas le chinois. Mavole remercia, puis se tourna vers les soldats assis et dit : « Quelqu'un veut venir avec moi ? » Bobby Lembeck se leva à son tour et ils sortirent ensemble. Marco retourna à sa place. Gomel demanda ce qu'il se passait. Yen Lo le lui expliqua, le visage impassible, et Gomel prit un air exaspéré.

Yen Lo poursuivit l'exposition de sa thèse. Les névrosés et ceux qui ont des psychoses, dit-il, ont trop aisément tendance à évoluer vers des comportements imprévisibles, et les psychopathes diathésiques, ces déchets de la reproduction, ne sont que futilité à la base. Bien sûr, expliqua-t-il, le groupe psychotique connu sous le nom de paranoïaques nous a toujours fourni et fournira toujours les grands dirigeants du monde. C'est un fait clinique, historique. Avec le sens profond qu'ils avaient de leur mission personnelle (condition, fit remarquer Yen Lo, que l'on s'était à tort laissé aller à ranger, sémantiquement, sous l'étiquette de mégalomanie), avec leur faculté innée de fausser les situations gênantes du passé pour éviter une déformation de l'avenir, avec la ruse incessante qu'ils déploient, dans le but de se protéger, pour placer tout le monde, à tour de rôle, dans la position d'ennemis personnels, les paranoïaques ne pouvaient qu'occuper tous les postes de commande.

Mavole et Lembeck revinrent, se frayant un chemin à travers les chaises, Mavole en tête. Ils remontèrent sur l'estrade avec des gestes presque délicats, tandis que l'orateur et les assistants attendaient poliment. Mavole péta par inadvertance en s'asseyant. Il poussa une exclamation, s'excusa et rougit d'embarras devant toutes ces dames jardinières. Sa consternation fit s'esclaffer bruyamment Gomel. Yen Lo attendit dans un silence glacé que le commissaire eût fini de s'amuser, puis reprit tranquillement son exposé :

— Bien que les paranoïaques fassent les grands chefs, ce sont des hommes que ronge le ressentiment, ce cancer du psychisme, qui constituent les meilleurs instruments des chefs parce que ce sont eux qui font les grands assassins. Il est difficile de définir le vrai ressentiment. Le philosophe et médecin espagnol Gregorio Marañon l'a décrit comme une passion de l'esprit. Un coup assené par la vie et qui provoque un gémissement aigu de protestation, quand il n'est pas transformé en une résignation ordinaire par le mécanisme mental normal, finit par devenir le directeur de nos réactions les plus infimes. C'est la mère de Raymond qui a contribué de façon la plus nette et la plus significative à créer la condition dans laquelle il se trouve, car, comme le dit Andrew Salter : « Les poissons humains nagent au fond du grand océan de l'atmosphère et ils sont frappés de blessures psychiques quand ils se heurtent les uns aux autres. Les blessures reçues de poissons qui sont vos parents sont les plus mortelles de toutes. »

« On a dit, poursuivit le docteur chinois, que seul l'homme capable de tout aimer est capable de tout comprendre. L'homme habité par le ressentiment a une capacité d'affection si peu développée que sa compréhension des mobiles des autres est pratiquement inexistante. »

Il tapota l'épaule de Raymond avec sympathie et lui sourit avec une expression de regret.

— Raymond est un homme d'un tempérament mélancolique et réservé. Il est affligé d'un ressentiment qui fermente lentement en lui, sous vos yeux. Le cœur de Raymond est aride. Au plus profond des insuffisances, il y a sa tendance cachée à la timidité, à la fois sexuelle et sociale, timidité qu'il dissimule derrière cette attitude extraordinairement sévère et hautaine. À cette faiblesse de volonté se mêle un besoin constant de s'appuyer sur la volonté de quelqu'un d'autre. Ce besoin va enfin être satisfait pour le reste de la vie de Raymond…

— Est-ce que cet homme a déjà tué quelqu'un? demanda Berezovo.

— Avez-vous déjà assassiné quelqu'un, Raymond? demanda Yen Lo avec sollicitude.

— Non, monsieur.

— Avez-vous déjà tué quelqu'un?

— Non, monsieur.

— Pas même au combat?

— Au combat, si, monsieur. Je crois que oui.

— Merci, Raymond… Le docteur Marañon dit que le ressentiment est entièrement personnel, contrairement à la haine, qui a un aspect strictement individuel et présuppose un conflit entre celui qui hait et celui qui est haï. La réaction de celui qui éprouve du ressentiment est dirigée contre la destinée.

Yen Lo s'était mis à parler plus lentement, et ce fut avec douceur qu'il reprit:

— Ayez pitié de Raymond, si vous le pouvez. Sous son masque triste et glacé, méfiant et hypocrite, n'oubliez pas que chacun de ses actes, chacune de ses pensées et chacun de ses dessins sont imprégnés d'une indéfinissable amertume. Une angoisse infinie doit marquer sa vie. Il fuit le monde pour se retrouver dans la solitude, et la solitude le terrifie parce qu'elle est trop proche de son désespoir. Son âme a été mise en lambeaux à force d'être déchirée entre vouloir, aimer et haïr ; et, comme l'a montré le docteur Marañon, sa sensibilité est à la fois comme deux frères siamois et deux frères ennemis.

La commission observait ce rêve de Lavrenti Beria, cet assassin parfaitement préfabriqué, ce jeune homme blond, trop beau, à l'air ennuyé, au menton et aux oreilles pointues dont les yeux couleur de moutarde regardaient à travers eux comme ceux d'un chat, et qui ne pourrait plus s'arrêter de détruire une fois que les instructions nécessaires auraient été implantées en lui. À l'exception de quatre d'entre eux, tous avaient eu l'expérience, dans un soviet ou un autre, des tueurs de la politique intérieure des vingt-cinq dernières années, des personnages au regard égaré, déchirés par la cause, et dont on pouvait péniblement escompter la réussite à mille contre un ; mais, cette fois, ils avaient devant eux le fils de César qui serait envoyé dans les appartements de César pour tuer César. Ils avaient besoin chez eux d'assassins sérieux, compétents, à l'abri des chocs, car l'assassinat était un stratagème nécessitant la discrétion et le contrôle de soi, et quand un assassinat ne pouvait être commis en secret, il fallait l'avoir soigneusement organisé en coulisse, de telle sorte que les cliques dirigeantes comprissent qu'il s'agissait d'une affaire à ne pas ébruiter. Si l'assassin devait être soigneusement utilisé en Occident, comme le serait celui-ci, c'est-à-dire là où le sensationnel n'est pas seulement désirable mais politiquement essentiel, le coup devait être frappé exactement au bon moment au bon endroit, et coïncider avec un apogée d'émotion nationale, afin que le messie choisi pour succéder au chef assassiné puisse défendre tout son peuple contre l'élément menaçant et monstrueux à qui l'on aurait habilement attribué cet assassinat d'un héros national.

Berezovo songeait à Yen Lo qui s'était vanté de pouvoir prolonger éternellement l'amnésie posthypnotique. Berezovo avait suivi un long entraînement avant d'entrer dans les services de sécurité, notamment en ce qui concernait les problèmes de ses services soviétiques en Amérique du Nord, là où ce tueur agirait. Si un Anglo-Saxon normalement conditionné pouvait apprendre à tuer, puis à ne pas se souvenir d'avoir tuer, où même d'avoir eu l'idée de tuer, alors il n'éprouverait pas de sentiment de culpabilité, alors il ne pourrait pas tomber dans le piège d'exprimer sa peur d'être pris. S'il ne pouvait pas éprouver le sentiment de culpabilité ni la peur d'être pris, il demeurerait en apparence un membre normal, productif sérieux et respectable de sa communauté, de sorte que, pour Berezovo, un tel tueur était pratiquement hors d'atteinte de la police et la méthode par laquelle il avait été créé devait être examinée de très, très près, afin de voir à l'intérieur de l'Union soviétique. Précisément, à Moscou. Plus précisément encore, à l'intérieur du Kremlin.

Gomel, lui, multipliait Raymond. Si Yen Lo était capable d'en fabriquer un comme lui, il était capable de fabriquer un corps d'élite de ce qui pourrait être la garde personnelle la plus extraordinaire que pût avoir un chef. En s'assurant le commandement d'une centaine d'hommes de cette sorte, un chef pourrait non seulement prendre le pouvoir, mais le garder, car, une fois que ses gardes l'auraient débarrassé des autres, ils pourraient devenir ministres sous l'égide du nouveau chef; jamais ils ne comploteraient contre ce nouveau chef, jamais ils ne choisiraient de mourir plutôt que de voir un malheur lui arriver. Gomel se sentit devenir plus grand, mais, en même temps, il pensa au pouvoir de Yen Lo, et cela lui gâcha son rêve. C'était Yen Lo qui devait fabriquer ces aides. Qui pourrait jamais savoir ce qu'il leur aurait mis d'autre dans l'esprit, comme par exemple l'idée d'opérer dans une zone où ils étaient censés ne pas intervenir? Gomel n'aimait pas Yen Lo avant, mais maintenant il commençait à ressentir à son égard une haine violente. Mais que pouvait-on contre un tel homme? Comment faire naître en lui la peur? Comment être sûr qu'il n'avait pas conditionné d'autres hommes, à l'insu de tous, de façon qu'ils frappent si jamais ils apprenaient l'arrestation de Yen Lo ou sa mort violente.

Marco savait qu'il était malade, mais il ne savait pas, et il sentait qu'il ne pourrait pas comprendre pourquoi il l'était. Il voyait Raymond assis, calme. Il savait qu'ils attendaient la fin d'une tempête à l'Hôtel de Spring Valley, à quarante-deux kilomètres de Fort Monmouth, dans le New Jersey, et qu'ils avaient eu bien de la chance de se voir autoriser l'accès du salon, car tout le monde savait que ce salon était réservé, mercredi après-midi, au Club des jardinières de Spring Valley. Il sentait qu'il s'ennuyait parce qu'il ne s'intéressait guère aux fleurs que pour en donner à une fille afin de l'attirer dans son lit; or toutes ces dames, bien qu'elles eussent été tout à fait aimables et gentilles avec lui, avaient passé l'âge d'éveiller son intérêt. C'était comme ça. Voilà. Et pourtant, au milieu de ces femmes, il était tourmenté par l'illusion qu'il se trouvait en face d'un général de l'armée soviétique, de trois Chinois, de cinq officiers d'état-major et de six civils, qui se trouvaient être indubitablement des Russes parce que le bas de leur pantalon avait soixante centimètres de large et que leur veste semblait avoir été coupée par un chimpanzé ivre ; il y avait aussi une fille à l'air émoustillé qui ne quittait pas des yeux son pantalon. Il savait que c'était une sorte d'hallucination. Il savait qu'il était malade, mais en même temps il ne pouvait pas comprendre ce qui lui faisait croire qu'il était malade. Spring Valley était un endroit merveilleux pour paresser...

Yen Lo expliquait sa méthode. La première descente dans les profondeurs de l'inconscient, dit-il, se faisait au moyen de la drogue. Puis on effectuait quatre tests afin de déterminer dans quelle mesure on contrôlait solidement l'inconscient du sujet. La durée totale de l'expérience, lors du premier contact, avait été de onze heures. La seconde descente se faisait en utilisant la lumière. Le sujet, après une nouvelle et longue séance de suggestion qui durait jusqu'à sept heures trois quarts et nécessitait une technique bien moins poussée que la première, était de nouveau emmené. À un simple test d'interrogation. Il est basé sur le dossier psychiatrique du sujet, et à une série de tests physiques portant sur ses réflexes, succédait alors un travail destiné à assurer le contrôle du sujet par le geste et le signal symbolique, ainsi que par le commandement vocal. L'application si délicate de la suggestion profonde était observée durant les onze premières heures de la plongée, quand était mis au point le premier chaînon du processus qui permettait le contrôle total sur le sujet. À ce chaînon indestructible, d'autres chaînons seraient accrochés par la suite, puis anéantis par la mémoire du sujet lui-même, suivant un processus de signalisation prévu et émanant du premier chaînon permanent. À l'instant même où il tuerait, Raymond oublierait à jamais qu'il avait tué.

Un instant, Yen Lo parut satisfait de lui-même, mais il se hâta d'effacer cette expression de son visage avant que quiconque, à l'exception de Berezovo, ait eu l'occasion de la remarquer. Jusque-là, dit-il, tout allait bien. Le sujet ne pouvait jamais se rappeler ce qu'il avait fait sous l'empire de la suggestion, ni ce qu'on lui avait dit de faire, ni qui lui avait donné l'ordre de le faire. Cela éliminait totalement le danger d'une friction psychologique interne créée par un sentiment de culpabilité ou par la peur d'être pris, aussi bien que le danger extérieur d'un interrogatoire policier, quelque serré qu'il fût.

— En même temps que cette précision dans la motivation psychologique, dit Yen Lo, ce qu'il y a de plus admirable et de plus important dans mon extraordinaire technique, c'est la façon dont est prévue la recharge de conditionnement du sujet, recharge qui s'opérera où que se trouve le sujet – que ce soit à cinquante centimètres ou à huit mille kilomètres – et qui se fera tout à fait indépendamment de ma voix ou de mon contrôle personnel. Soit dit en passant, nous avons présenté un de ces systèmes de recharge au président de votre programme d'électrification rurale, qui avait à passer un hiver long et exagérément froid dans la péninsule de Dydan. Notre sujet était une jeune danseuse de ballet, soigneusement conditionnée par nous, que le commissaire admirait depuis longtemps, mais qui, à son grand regret, était mariée à un jeune homme qu'elle aimait. Le camarade Staline prit pitié du commissaire et fit appel à moi. En utilisant notre manuel d'instructions, le commissaire se trouva avec la très belle, très jeune et très souple danseuse, qui ne portait jamais le moindre vêtement sur elle parce qu'ils la faisaient périr de froid et qui adopta des conceptions sexuelles conditionnées tellement avancées que l'hiver se passa, pour notre homme, presque avant qu'il s'en fût rendu compte.

L'auditoire éclata d'un gros rire. Gomel se tapa sur les cuisses avec sa main calleuse. La secrétaire de Berezovo ne put s'empêcher de glousser ; elle avait un petit rire grêle, sur une seule note, qui était si comique que, bientôt, ce fut de l'entendre que tout le monde s'esclaffa tout autant que de l'histoire de Yen Lo. Finalement, Berezovo frappa sur le dossier d'une chaise avec sa baïonnette. Tout le monde, sauf Gomel, avait déjà ri tout son saoul et s'essuyait les yeux en hochant la tête : il songeait à ce qu'on pouvait faire avec une belle jeune femme qui aurait été « conditionnée » à tuer avec efficacité.

— En ce qui concerne Raymond, dit Yen Lo, cela m'a amusé de choisir comme instrument de contrôle à distance un jeu de cartes. Les cartes présentent des symboles clairs, colorés, qui suggèrent l'autorité suprême. Raymond peut s'en procurer facilement partout dans son pays et, au bout d'un certain temps, il prendra probablement l'habitude de toujours avoir un jeu sur lui. Très bien. Je vais vous faire la démonstration.

Il se tourna vers le sergent.

— Raymond, pourquoi ne feriez-vous pas une petite réussite pour passer le temps ?

Raymond se redressa sur son siège et fixa Yen Lo d'un regard très vif.

— Approchez cette table, Raymond, dit le vieux Chinois. Raymond alla vers la droite de l'estrade et revint avec une petite table sur laquelle il y avait un jeu de cartes. Il s'assit.

— La première clé du processus de recharge était la phrase suggérant une patience, clé qui ouvre tout le conditionnement de Raymond. La dame de carreau, qui évoque la mère à la fois chérie et haïe de Raymond, est la seconde clé qui donne accès au mécanisme installé pour l'accomplissement de toutes les tâches.

Tandis que Yen Lo parlait, Raymond avait battu les cartes et il étalait maintenant la rangée de sept qui permet de commencer la réussite appelée « solitaire », « Klondike » ou « patience ».

— Il va jouer jusqu'au moment où apparaîtra la dame de carreau, ce qui ne va pas tarder, car nous l'avons prévu de façon à ne pas vous faire perdre votre temps. La voici.

Raymond venait de retourner la dame. Il ramassa soigneusement toutes les autres cartes. Il en fit un seul tas, le plaça contre la table et mit la dame de carreau sur le dessus, après l'avoir retournée vers lui, puis se mit à la contempler d'un air dégagé ; son attitude était entièrement normale.

— Puis-je avoir cette baïonnette, s'il vous plaît ? demanda Yen Lo au général Berezovo.

— Non, dit Berezovo. Qu'il se serve de ça.

Il tendit à un de ses assistants une écharpe de soie et celui-ci l'apporta à Yen Lo. Yen fit trois nœuds serrés en trois endroits de l'écharpe, tout en parlant à Raymond.

— Raymond, qui détestez-vous le moins dans le groupe de ceux qui sont là aujourd'hui ?

— Le moins ?

— Oui.

— Le capitaine Marco... je crois.

— Vous remarquez combien il est toujours attiré par l'autorité, dit Yen.

Puis il se tourna de nouveau vers Raymond.

— Non, ça n'ira pas. Nous aurons besoin du capitaine pour vous faire obtenir votre médaille. Qui d'autre ?

Les interprètes de Gomel et de Berezovo étaient tous deux collés aux oreilles de leurs maîtres.

— Dans ce cas...

C'était une question difficile. Raymond détestait tous les autres de la même manière, lointaine et détachée.

— Dans ce cas… Ed Mavole, je crois, monsieur.

— Pourquoi?

— C'est un drôle de type. Il est drôle. Et il ne se plaint jamais. Pas en ma présence, en tout cas.

— Très bien, Raymond. Maintenant, prenez cette écharpe et étrangler Ed Mavole.

— Bien, monsieur.

Raymond se leva et vint prendre l'écharpe que lui tendait Yen. Il alla jusqu'au bout de la rangée des hommes assis à gauche de l'estrade, puis se plaça directement derrière Mavole, qui était le cinquième à partir du bout. Mavole mâchait du chewing-gum et essayait de regarder à la fois Yen et Raymond. Ce dernier passa l'écharpe autour du cou de Mavole.

— Hé! Sergent. Arrêtez! Qu'est-ce qui vous prend? dit Mavole avec irritation.

— Taisez-vous, s'il vous plaît, Ed, dit Yen avec une affectueuse sévérité. Ne dites rien, et coopérez.

— Bien, sergent, dit Mavole.

Yen fit un signe à Raymond, qui tira sur les deux bouts de l'écharpe blanche avec toute la force considérable de ses longs bras et de son large torse, et qui étrangla Mavole au milieu de ses amis et de ses ennemis, dans la vingt et unième année de son âge, accompagnant de bruits terrifiants le terrifiant spectacle qu'il offrait à l'assistance. Berezovo ne cessa de dicter à sa secrétaire, laquelle prenait des notes en regardant Mavole, tandis que ses yeux seuls exprimaient de l'horreur. Quand elle eut noté la dernière remarque de Berezovo, elle s'excusa, se détourna et vomit. Presque pliée en deux, elle sortit rapidement de la pièce, pressant un mouchoir contre sa bouche et secouée de hoquets.

Gomel observa la strangulation, les lèvres studieusement pincées, puis éructa.

— Pardon, dit-il, sans s'adresser à personne en particulier.

Raymond laissa le corps s'écrouler, puis longea toute la rangée d'hommes, la contourna et regagna sa place. De légers applaudissements se firent entendre, auxquels Yen Lo ne prêta aucune attention et qui cessèrent presque instantanément, comme lorsque des applaudissements éclatent par inadvertance entre deux mouvements.

— Très bien, Raymond, dit Yen.

— Merci, monsieur.

— Raymond, qui est ce type assis à côté du capitaine ?

Le sergent regarda à droite.

— Bobby Lembeck, monsieur. C'est notre mascotte.

— Il n'a pas l'air assez âgé pour être dans votre armée.

— À vrai dire, non, monsieur, mais il y est quand même.

Yen ouvrit l'unique tiroir de la table en face de Raymond et en sortit un pistolet automatique.

— Tuez Bobby, Raymond, ordonna-t-il. Tirez-lui une balle dans la tête.

Il tendit le pistolet à Raymond qui se leva et se dirigea vers la droite.

— Salut, Ben, dit-il au capitaine.

— Salut, petit.

S'excusant d'être contraint de tourner le dos aux assistants, Raymond tira une balle dans le front de Bobby Lembeck, à bout portant. Puis il retourna à sa place, derrière la table, et tendit le pistolet à Yen Lo par la crosse. Yen Lo lui fit signe de le remettre dans le tiroir.

— C'était très bien, Raymond, dit-il avec chaleur. Asseyez-vous.

Puis il se tourna de manière à faire face à son auditoire, fit un profond salut, faussement cérémonieux et sourit d'un air satisfait.

— Oh! c'est merveilleux! s'écria le plus petit des Chinois, Wen Chaang, transporté.

— Il convient de vous féliciter pour cette merveilleuse démonstration, dit l'autre Chinois, Pa Cha, d'une voix haute et fière, juste un ton au-dessus de l'exclamation de son collègue.

Les Russes éclatèrent en un long applaudissement et eurent le bon goût de ne pas crier «Bis!» à la manière des Français. Le jeune lieutenant qui s'était mis le doigt dans le nez cria «Bravo!» et, aussitôt, se sentit complètement idiot. Gomel, qui applaudissait aussi fort que les autres, cria d'une voix rauque: «Excellent! Vraiment excellent, Yen!» Yen Lo posa délicatement un long index sur ses lèvres. La rangée de soldats regardait la démonstration avec indulgence, amusement même. Yen se tourna vers eux. Sous l'impact de la balle, le petit Bobby Lembeck était tombé en arrière avec sa chaise. Son corps qui n'avait jamais connu de femme était étalé par terre, les pieds encore accrochés aux barreaux de devant de la chaise renversée, comme à une selle de poulain qui aurait glissé. Le corps de Mavole était tombé en avant. Son visage était d'un pourpre très nuancé et ses yeux paraissaient lui sortir de la tête. Les autres hommes de la patrouille étaient détendus, ils avaient l'expression paisible de pères qui s'amusent à regarder des petites filles patiner, dans l'air frais et humide d'une patinoire couverte, un samedi matin.

— Capitaine Marco? dit brusquement Yen.

— Oui, monsieur.

— Debout, capitaine, je vous prie.

— Oui, monsieur.

— Capitaine, quand vous reviendrez avec votre patrouille à votre quartier général, quelle sera une des premières missions dont vous vous acquitterez?

— Je soumettrai mon rapport, monsieur.

— Que direz-vous dans ce rapport?

— Je recommanderai instamment le sergent Shaw pour la médaille d'honneur, monsieur. Il a sauvé nos vies et il a mis à mal toute une compagnie d'infanterie ennemie.

— Toute une compagnie! s'écria Gomel avec indignation quand cette phrase lui eut été traduite. Qu'est-ce que c'est que cette histoire?

— Nous pouvons nous permettre de sacrifier une compagnie d'infanterie imaginaire, Mikhail, dit Berezovo avec agacement.

— Bon! Si nous devons humilier nos alliés chinois dans les journaux du monde entier, nous pouvons aussi bien y aller carrément et parler d'un bataillon entier, rétorqua Gomel, sans quitter des yeux les représentants chinois.

— Nous ne ferons aucune objection à cela, camarade, dit le plus vieux des Chinois. Je puis vous l'affirmer.

— Aucune, dit le plus jeune des Chinois.

— Je vous remercie pourtant de cette pensée, dit le premier Chinois.

— De rien, lui dit Gomel.

— Merci, capitaine Marco, dit Yen Lo à l'officier… Je vous remercie tous, ajouta-t-il, à l'adresse de l'auditoire. Ce sera tout pour l'instant. Si vous voulez bien préparer vos questions, nous nous retrouverons ici dans une heure et je crois que, dans l'intervalle, le général Kostroma a ouvert un très agréable petit bar à notre intention.

Yen fit signe à Raymond de se lever. Puis, lui passant un bras autour des épaules, il le guida hors de l'amphithéâtre en disant :

— Nous allons prendre un bon thé chaud et bavarder un peu, vous et moi. Pour vous montrer combien j'ai apprécié la façon dont vous avez travaillé, je vais plonger dans votre inconscient et en extirper une fois pour toutes votre timidité sexuelle.

Il fit un large sourire au jeune homme.

— Personne ne peut en faire davantage pour vous, Raymond, dit-il, et ils quittèrent la pièce.

Il y eut une révision finale, ce soir-là, conduite par l'équipe de Yen Lo, pour bien fixer dans l'esprit de tous les détails de l'engagement imaginaire contre l'ennemi que Raymond avait soi-disant détruit. Les gens de Yen Lo fournirent quatre versions du fait d'armes, lequel pouvait en effet avoir été observé de quatre points différents au cours de l'action, en sorte que les membres de la patrouille auraient ensuite échangé leurs versions. Chaque membre de la patrouille avait été éclairé sur les petits détails de ce qu'avait fait Raymond pour sauver leurs vies. On leur avait appris à pleurer Mavole et Bobby Lembeck, abattus avant que Raymond ait pu les sauver. Ils avaient bien appris leur leçon et, maintenant, ils admiraient, aimaient et respectaient Raymond plus que n'importe quel homme au monde. Leurs cerveaux n'avaient pas seulement été lavés, ils avaient subi un nettoyage complet.

Au capitaine, on enseigna plus de mensonges qu'aux autres, parce qu'il était censé avoir observé l'action d'un œil averti, et aussi parce qu'il avait dû recueillir les versions de tous les autres. Raymond n'assista pas à ce dernier exercice. Yen s'était occupé personnellement d'enfermer l'action d'éclat dans l'esprit de Raymond, utilisant une méthode toute nouvelle pour produire des auto-hallucinations, qui faisaient croire à Raymond qu'il avait vu sa propre image projetée dans l'espace ; il avait donné à ce phénomène une sorte de flou de conte de fées dans l'esprit de Raymond, si bien que la vision ne semblait jamais aussi réelle à celui-ci qu'elle le serait pour la plupart des autres membres de la patrouille. Cette espèce d'irréalité permettrait à Raymond de donner l'impression d'une admirable modestie à ceux qui le questionneraient.

Cette nuit-là, la patrouille, avec Ed Mavole et Bobby Lembeck en moins, fut embarquée dans un hélicoptère et conduite jusqu'en Corée centrale, près de la côte ouest, non loin du lieu même où elle avait été capturée. Le pilote soviétique posa son appareil sur un emplacement de seize pieds carrés marqué par des fusées. Soixante-dix minutes à peine après qu'elle eut été placée sur le bon chemin, la patrouille rencontra une unité de Marines près de Haeju ; on lui fit repasser les lignes et elle rejoignit sa propre unité, le lendemain après-midi. Les membres de la patrouille avaient été portés manquants moins de quatre jours, du soir du 8 juillet à l'après-midi du 12 juillet. Cela se passait en 1951.

Une fois que les Américains eurent été réexpédiés chez leurs compatriotes et que son propre travail dans le secteur fut terminé, Yen Lo prit place, tandis que s'épaississait l'ombre du crépuscule, au milieu des trente garçons et filles de son équipe, sur l'agréable pelouse derrière le pavillon. Plus tard, quand la nuit serait tombée, il leur raconterait les belles histoires de jadis. Mais pendant qu'ils avaient encore de la lumière, il fit des plaisanteries mordantes sur les Russes et amusa, étonna ou abasourdit son auditoire par son habileté dans la pratique de l'*origami*, l'antique art japonais du pliage du papier. Avec des bouts de papier coloré, Yen Lo fabriqua une grue qui battait des ailes quand il lui tirait la queue, une grenouille enflée qui bondissait au moindre petit coup donné sur son dos, un oiseau qui ramassait des boulettes de papier, un Maure en prière, un poisson parlant, agitait vivement les mains tout en continuant à plaisanter, et les merveilles tombaient de ses doigts, le papier naissait à la vie, la magie était partout dans l'air du soir…

3

La patrie décerne avec parcimonie la plus haute décoration qu'elle accorde au courage. Pendant la guerre de Corée, on ne décerna que soixante-dix-sept médailles d'honneur, alors que cinq millions sept cent vingt mille hommes avaient participé à la campagne. Sur les seize millions douze mille cinq cent soixante-dix soldats américains mobilisés durant la Seconde Guerre mondiale, deux cent quatre-vingt-douze seulement se virent décerner la médaille d'honneur. L'armée honore par-dessus tout les hommes à qui elle a décerné sa médaille d'honneur qu'ils soient vivants ou morts. Un commandant qui devint par la suite président et un président qui avait été capitaine d'artillerie déclarèrent tous deux qu'ils eussent préféré avoir le droit de porter la médaille d'honneur plutôt que d'être présidents des États-Unis.

Après qu'Abraham Lincoln eut signé le décret créant la médaille d'honneur, le 12 juillet 1862, cette décoration fut largement distribuée ; une fois même, à tous les hommes d'un régiment. La première médaille d'honneur fut décernée, par le secrétaire à la Guerre Stanton, le 15 mars 1863, à un soldat nommé Parrott, qui avait fait pas mal de travail (en civil) derrière les lignes ennemies. En comptant les médailles qui furent par la suite annulées, environ deux mille trois cents furent décernées après la guerre de Sécession, en 1892. On en attribua des centaines à des vétérans des campagnes contre les Indiens, sans donner d'autres précisions sur les lieux ni sur leur action d'éclat que « conduite courageuse en mission de patrouille et en engagements contre les Indiens ».

En 1897, on exigea, pour la première fois, des témoignages oculaires et les demandes ne purent être présentées par les candidats, mais elles durent être faites par leur commandant ou par quelque autre témoin de leur courage. La demande devait être présentée dans l'année qui suivait l'action d'éclat. Depuis 1897, date à laquelle ont été précisées les conditions dans lesquelles la décoration est aujourd'hui décernée, on n'a distribué que cinq cent soixante-dix-sept médailles d'honneur sur un total de vingt-cinq millions d'Américains qui sont passés sous les drapeaux. C'est pourquoi la présence d'un médaillé d'honneur peut faire se lever des généraux bardés d'étoiles, et l'on en a même vu pleurer.

En 1904, pour protéger la médaille contre les contrefacteurs et les fabricants de bijoux, elle fut brevetée dans sa forme actuelle par celui qui l'avait conçue, le brigadier général George L. Gillespie. Le 19 décembre 1904, il transféra le brevet à « W. H. Daft et son successeur ou ses successeurs au poste de secrétaire de la Guerre des États-Unis d'Amérique ». En 1916, le Congrès accorda aux décorés de la médaille d'honneur un statut spécial, à condition que la médaille eût été acquise à la suite d'un engagement avec l'ennemi, remarquable par l'extraordinaire bravoure déployée par le candidat, au risque de sa vie et au-delà des exigences du service. Ce statut spécial prévoyait que le décoré de la médaille d'honneur puisse voyager gratuitement à bord des appareils militaires ; son fils peut obtenir une bourse présidentielle pour être nommé à West Point ou à Annapolis ; s'il est un simple soldat, il touche un supplément de solde de deux dollars par mois, et quand il atteint l'âge de soixante-cinq ans, il a droit à une pension de cent vingt dollars par an qui, s'il fume seulement un paquet de cigarettes par jour, lui laisse onze dollars quatre-vingt-cinq pour le loyer, la nourriture, l'hospitalisation, les distractions, l'éducation, les œuvres philanthropiques et l'habillement.

Une commission de l'armée se réunit en 1916 pour revoir tous les cas dans lesquels la médaille d'honneur avait été décernée depuis 1863, afin de décider si elle l'avait été « pour une autre cause qu'une conduite exceptionnelle impliquant un engagement avec l'ennemi », neuf cent onze noms furent rayés de la liste, et l'on créa aussitôt des décorations moins glorieuses, de façon que, comme l'avait demandé le Congrès, « la médaille d'honneur fût jalousement gardée ».

Le respect dans lequel on tenait les décorés de la médaille d'honneur était fort justifié. On relève parmi leurs citations : « A fait huit prisonniers, tuant dans l'opération quatre ennemis, alors qu'il avait une jambe et un bras brisés et que son autre jambe avait été emportée » (Edwards) ; « Ont fait prisonniers cent dix hommes et capturé quatre mitrailleuses et quatre obusiers » (Mallom et Gumpertz) ; « Blessé à cinq reprises, s'est traîné sous le feu de trois mitrailleuses ennemies pour ramener deux de ses hommes blessés parmi soixante-neuf morts et deux cent trois hors de combat » (Holderman) ; « A fait échouer à lui tout seul l'embuscade tendue à son bataillon par un groupe ennemi de quatorze hommes et, dans une autre action, les jambes déchiquetées par une grenade ennemie et une balle dans la poitrine, est mort en recevant l'assaut de huit fusiliers ennemis et en les tuant» (Baker); «A tenu le flanc de son bataillon contre des pelotons ennemis, utilisé deux cents cartouches, parcouru en rampant vingt mètres sous le feu de l'ennemi pour aller en chercher d'autres, ce qui lui valut d'être attaqué par une autre compagnie ennemie, a tiré au total six cents cartouches, tuant soixante ennemis et arrêtant tous les autres pour être finalement l'un des vingt-trois survivants sur deux cent quarante» (Knappenburger); «Une bombe au phosphore défectueuse ayant fait explosion dans la soute de son appareil, l'aveuglant et le brûlant grièvement, a ramassé la bombe qui brûlait et, au prix d'incroyables difficultés, l'a précipitée par le hublot» (Erwin).

Raymond attendait dans la roseraie de la Maison Blanche tandis qu'un assistant du chargé de presse essayait de lui faire la conversation. C'était une belle journée ensoleillée. Raymond était déchiré, il avait honte, il se sentait souillé. Mais il éprouvait également une certaine exaltation. Il était fier du bâtiment qui se dressait devant lui et fier de l'homme qu'il allait rencontrer.

La mère de Raymond était à l'autre bout du jardin avec les gens de la presse, traînant son mari à la remorque, expliquant avec de grands sourires qu'il était le nouveau sénateur et le père de Raymond. Raymond, par bonheur, ne pouvait l'entendre, mais il pouvait la regarder distribuer des cigares. Ils distribuaient tous les deux des cigares, que les journalistes en eussent envie ou non. La mère de Raymond avait sur le dos huit cents dollars de vêtements. La seule note discordante était son énorme trousse de cuir noir: c'était un coffre à cigares portatif. Elle aurait bien voulu donner de l'argent aux journalistes, Raymond le savait, mais elle avait pensé que ce serait mal interprété.

Tous les appareils de photo jonchaient l'herbe, tandis qu'on attendait l'arrivée du président. Raymond se demandait ce qu'ils feraient s'il pouvait la frapper en plein visage, frapper cette grande bouche pleine de dents et qui ne cessait de s'agiter? Il fallait voir comme elle tenait Johnny en laisse. Comme elle réussissait à lui donner l'air docile et inoffensif. Comme elle l'avait empêché de boire et lui avait donné l'air paisible et respectable tandis qu'il serrait des mains d'un air hésitant en murmurant. *Oui, Johnny Iselin murmurait!*

Et l'aéroport! Oh, Seigneur! Elle tenait le photographe d'Associated Press par le gras du bras droit et Johnny du bras gauche et elle les avait entraînés en une charge impétueuse sur la piste cimentée de l'aéroport en hurlant aux préposés à l'échelle:

— Faites descendre Shaw d'abord! Faites descendre le sergent! et elle s'était démenée, entraînant les trente photographes et reporters dans son sillage au pas de course, pendant que le camion d'actualités de la télévision roulait calmement à sa hauteur, filmant toute la scène pour que le monde pût la voir ce soir. Dieu merci, ils filmaient sans le son.

Le lieutenant l'avait poussé hors de l'appareil, sa mère lui avait poussé Johnny dans les bras et Johnny l'avait fait descendre d'une marche pour qu'il n'eût pas l'air trop grand sur la photo. Pour plus de sûreté, la mère de Raymond avait crié:

— Monte sur l'échelle, Johnny, et accroche-toi à lui.

Johnny s'était aussitôt saisi de sa main droite et de son coude droit en se penchant au-dessus de lui. La mère de Raymond ne lui avait même pas dit bonjour.

Elle ne l'avait pas vu depuis deux ans, mais elle ne lui avait pas dit bonjour et Johnny non plus. « Grâce au ciel, c'est une famille qui ne perdait pas de temps en vains bavardages », se dit Raymond.

Johnny souriait toujours comme un idiot, les pupilles ouvertes à 09, bourré de calmants. Les journalistes s'efforçaient de former un étroit demi-cercle et de prendre le meilleur cliché. Un gros photographe à l'air italien hurla à la cantonade : « Amenez la mère ici, bon sang ! Sénateur, amenez votre femme, bon Dieu ! » Là-dessus, la mère de Raymond comprit qu'elle avait gaffé et elle se jeta sur Raymond, en se pendant à son cou, l'embrassant et l'embrassant encore jusqu'à ce qu'il en eût la joue brillante de salive, présentant aux objectifs son meilleur profil et marmonnant à Johnny entre les baisers :

— Serre-lui la main, crétin. Souris aux photographes et serre-lui la main. Il y a les actualités télévisées là-bas. Tu ne penses donc à rien !

Et Johnny obéit.

Il avait fallu poser, reposer, s'arrêter, marcher pendant près de sept minutes, puis les photographes s'étaient dispersés et la mère de Raymond saisit Johnny par la main et se précipita à leur poursuite.

L'assistant du chargé de presse de la Maison Blanche entraîna Raymond vers une voiture, et, quand Raymond revit sa mère, elle distribuait des cigares dans la roseraie en prodiguant des éclats de rire forcé.

Brusquement tout le monde se tut. Même sa mère. Tous aux aguets, ils regardèrent le président faire son entrée. Il avait l'air magnifique. Il avait bonne mine, il était grand, et il semblait si rayonnant d'équilibre que Raymond aurait voulu poser sa tête sur sa poitrine et se mettre à pleurer parce qu'il n'avait pas vu beaucoup de gens équilibrés depuis qu'il avait quitté Ben Marco.

Il se mit au garde-à-vous, le regard fixé devant lui.

Le président dit :

— Repos, soldat.

Le président se pencha en avant pour prendre la main droite de Raymond qui pendait le long de son corps et il la secoua cordialement en disant :

— Vous êtes un brave, sergent. Je vous envie dans le sens le plus notable de ce mot, car il n'y a pas de plus grand honneur que votre patrie puisse vous donner que cette médaille que vous allez recevoir aujourd'hui.

Raymond vit sa mère s'approcher subrepticement. Il aperçut avec horreur le regard de chacal qui brillait dans ses yeux et dans ceux de Johnny. Le chargé de presse du président présenta le sénateur Iselin et Mme Iselin, la mère du sergent. Le président les félicita. Raymond entendit solliciter l'honneur d'une photographie avec le président, puis il la vit d'un petit geste rapide faire approcher ses deux photographes apprivoisés. Les autres suivirent en réglant leurs appareils.

On prit la photo. La mère de Raymond était à la gauche du président. Raymond à la droite du président. Johnny était à la droite de Raymond. Juste avant que la batterie d'appareils ouvrit le feu, Mme Iselin prit un joli petit drapeau jaune et noir monté sur une petite lampe dorée et le brandit au-dessus de la tête de Raymond. Mais, quand les photos parurent dans les journaux le lendemain, puis dans des milliers de journaux du monde entier, on put voir que le joyeux petit drapeau flottait juste au-dessus de la tête du président. On pouvait y lire : *Le fils de Johnny Iselin.*

4

En 1940, la mère de Raymond avait divorcé d'avec son père, un homme un peu plus âgé qu'elle, alors qu'elle était enceinte d'un second enfant, pour épouser l'associé du père de Raymond, John Yerke Iselin, qui avait un rire rauque et le nez bourgeonnant. Les commérages allèrent bon train pour dire que ce paillard tapageur de Johnny Iselin était le père de l'enfant à naître.

Raymond avait douze ans lorsque sa mère s'était remariée. Il n'aimait pas particulièrement son père, mais il éprouvait pour sa mère une si forte antipathie qu'il ressentit cruellement cette perte. Dans les années qui suivirent, le second fils, le frère de Raymond, se serait sans doute plus facilement acquis les faveurs du bruyant Johnny que Raymond, maussade et taciturne, car ils avaient de nombreux traits communs, comme le goût de faire du bruit, et on devinait déjà chez lui l'ébauche d'un nez qui promettait d'être également bourgeonnant... mais le frère de Raymond mourut en 1948, ce qui aida grandement John Iselin à être élu gouverneur en faisant intervenir un élément de compassion humaine dans sa campagne électorale.

Il était incontestable que le mariage d'Eleanor Shaw avec John Iselin était un scandale, et les questions qui piquaient la curiosité publique avaient dû être un insupportable tourment pour le jeune Raymond.

Le père de Raymond avait supporté son chagrin pendant six ans avant de se suicider. Cette disparition, si elle ne toucha personne d'autre, laissa Raymond inconsolable. Sous une pluie battante, en présence de bien peu d'assistants, dont la plupart avaient été engagés comme figurants par l'entrepreneur de pompes funèbres, il prononça un discours au cimetière. Tout en parlant, il ne regardait que sa mère. Il évoqua d'une voix aiguë et crispée la figure d'une incomparable noblesse de son père et prodigua quelques autres puériles platitudes du même genre. Aux yeux de Raymond, depuis ce jour de 1940, où il avait vu pleurer son père, sa mère serait toujours une femme adultère qui avait abandonné son foyer et apporté le chagrin sur la tête vénérable de son mari.

Iselin, le beau-père, était haïssable, car il avait offensé, humilié et trahi un maître noble en lui volant sa femme, mais aussi parce qu'il semblait émettre des sons à chaque mouvement de son corps, rompant toujours le silence, qu'il fût endormi ou en état de veille. Il rotait, criait, aboyait, blasphémait, ronflait ou vociférait. Il parlait toujours, sans jamais s'arrêter.

Le père de Raymond et Johnny Iselin avaient partagé un cabinet d'avocats jusqu'en 1935, lorsque Johnny avait changé d'amitiés politiques afin de poser sa candidature au poste de juge du 13e district judiciaire, qui s'étendait sur trois comtés. L'annonce de sa candidature avait été un choc pour son associé et bienfaiteur, qui avait décidé de faire campagne pour ce même poste;

aussi des mots avaient-ils été échangés et leur association s'était-elle terminée là.

Johnny avait pour lui le bruit et le muscle. Il remporta l'élection. Il exerça quatre ans avant que la Cour suprême de l'État le révoquât pour faute professionnelle grave. Le juge Iselin avait jugé nécessaire d'ordonner la destruction d'une partie du procès-verbal et avait provoque « une situation fort inconvenante et regrettable », mais s'était acquis, par la même occasion, un coquet pot-de-vin de trois mille cinq cents dollars.

Johnny avait toujours conservé son don de négocier la justice. Dix mois environ après cette manifestation de la Cour Suprême de l'État contre lui, il se mit à accorder des divorces ultra-rapides à des couples qui ne résidaient pas dans le ressort de sa juridiction. Parla suite, on découvrit que, dans plusieurs de ces cas, l'un des intéressés, ou leurs avocats, ou les deux, avaient activement soutenu les ambitions politiques de Johnny. Sa façon de favoriser ceux qui se montraient généreux donna à un éditorialiste un sujet d'article et le *Journal*, le plus important quotidien de l'État, écrivit : « Va-t-on mettre la justice de l'État au service des supporters politiques du juge présidant le tribunal ? Nos cours vont-elles devenir le lieu où se règlent les dettes politiques ? »

L'affaire la plus célèbre que le juge Iselin eut jamais à connaître fut lorsqu'il accorda le divorce à la mère de Raymond contre le père de Raymond. Les journaux insistèrent sur le fait savoureux que M. Shaw avait été l'associé du juge Iselin. Ils annoncèrent ensuite que Mme Shaw était enceinte de six mois et publièrent en première page une photo d'elle qui lui donnait l'air de s'être ficelé un poste de télévision à la taille. Les lecteurs apprirent enfin que Mme Shaw et le juge Iselin allaient devenir mari et femme dès que le divorce serait prononcé. La mère de Raymond avait alors vingt-neuf ans. Le juge Iselin, trente-deux. Le père de Raymond en avait quarante-huit.

M. Shaw avait épousé la mère de Raymond quand elle avait seize ans, après de brèves extases sur une banquette de voiture. Raymond était né quand elle en avait tout juste dix-sept. Durant les treize années de son premier mariage, elle avait été membre du Comité, membre fondateur ou membre correspondant d'organisations telles que le Club de musique Sainte-Agnès, l'Association des parents d'élèves, l'Association des fins tireurs, l'Association du scrutin honnête, le Comité international pour les jeux silencieux, la Société auxiliaire de la ligue des professions libérales, le Mouvement pour le tiers-monde, la Société pour la prévention de la cruauté envers les animaux, la Commission internationale permanente de planification souterraine urbaine, le Bouclier du bon citoyen, l'Union des œuvres pour l'Espagne antifasciste, le Bureau confédéré des utilisateurs de ferraille, le Symposium international sur la passivité, les Amis américains de l'Union soviétique, les Auxiliaires féminines de la Légion américaine, l'Ordre indépendant, l'Union des pays de langue anglaise, le Congrès international pour les activités de surface, les Filles de la révolution américaine, l'Union internationale pour la protection de la moralité publique, la Société pour l'abolition américano-scandinave, l'Association Maria Van Slyke pour l'abolition de la canonisation, l'Étoile d'Orient, le Fonds commémoratif de la brigade Abraham-Lincoln et quelques autres. La mère de Raymond était parvenue, très tôt dans la vie, à se concentrer sur la politique. Elle souffrait d'ambition à l'état suraigu. Elle recherchait la puissance, tout comme les superstitieux recherchent un trèfle à quatre feuilles.

Peu lui importait où elle la trouverait. Cela lui était bien égal si ce qu'elle cherchait poussait sur un tas de fumier.

Les journaux connaissaient les trois aspects du divorce de la mère de Raymond, car celle-ci, songeant toujours à un avenir politique, avait pris soin de les informer par une série de lettres anonymes qu'elle avait postées elle-même la veille du jour où l'instance en divorce était arrivée devant le juge Iselin. Elle avait expliqué à Johnny les raisons de cet acte. Elle avait souligné que, par la suite, cela servirait à l'humaniser.

— Tous ces pauvres types vivent perpétuellement dans le pétrin, avait-elle expliqué, les pauvres types étant en l'occurrence le grand peuple américain. Est-ce qu'il ne vaut pas mieux qu'ils pensent que tu es le père plutôt que de se dire que l'enfant est de lui et que je l'ai plaqué pour toi? Tu comprends ce que je veux dire, Johnny? Nous lui arracherions son propre enfant, ce qui est un bien très précieux comme le prétendent ces pauvres types qui cognent sur leurs gosses à bras raccourcis avant de les abandonner. Et nous nous marierons tout de suite. Nous serons aussi respectueux que les autres. Tu vois ce que je veux dire, trésor? Ils ne valent pas cher, au fond, et nous aurons besoin qu'ils s'identifient à nous quand le moment viendra d'aller voter. N'est-ce pas, chéri?

La mère de Raymond n'avait pas été infidèle à son mari jusqu'au moment où celui-ci l'y avait forcée. Elle avait commencé par utiliser à son profit les mêmes manœuvres politiques qu'elle devait utiliser par la suite pour Johnny. Le père de Raymond aurait pu devenir un aussi grand homme que Johnny le devint grâce à elle, c'était un fait dont Raymond ne se rendit jamais compte. Lorsqu'elle eut fini d'exposer son plan politique au père de Raymond, au lieu de la frapper, le pauvre homme s'était efforcé de lui inculquer le respect des antiques idéaux de justice, de liberté, de loyauté, jusqu'au moment où elle avait fini par le cocufier pour se débarrasser de lui. Plus tard, elle avait expliqué la situation à Johnny comme si toute cette sordide affaire avait été le résultat de ses habiles manœuvres.

Ce qu'il y avait de plus sordide, dans cette affaire sordidement conçue, ce fut l'effet que cela eut sur Raymond. Mais elle savait que cela en valait la peine, car, depuis plus de cinq ans, Johnny Iselin était un personnage très important aux États-Unis. La mère de Raymond avait été loyale avec son premier mari. Elle lui avait expliqué comment elle avait travaillé sans relâche dans les coulisses pour faire accepter sa candidature au Sénat, et elle lui avait exposé son programme infaillible. En entendant ce qu'elle lui proposait, son mari l'avait réprimandée avec une telle violence qu'elle s'était tue. Elle ne lui avait plus adressé la parole jusqu'au jour où elle l'avait quitté, six mois plus tard, après s'être fait délibérément inséminer par le juge Iselin, quittant pour toujours le père de Raymond, en tenant un fils par la main et l'autre par le cordon ombilical.

Le juge Iselin était son candidat qu'elle avait en réserve depuis quelques années. Comme elle l'avait prévu, Johnny Iselin s'était montré d'accord avec tout ce qu'elle disait. Réduite à l'essentiel, la réponse du juge Iselin exprimait sa foi constante en Eleanor et en ses projets : « Tu n'as qu'à me dire ce qu'il faut faire, mon chou, et je m'arrangerai. » Tomber amoureux avait été simple, car elle avait décidé de pousser au maximum l'admiration et le sentiment de dépendance qu'il éprouvait envers elle, et, très vite, il ne fut plus en mesure de retrouver toute sa santé d'esprit.

Le père de Raymond, ayant appris de sa belle et jeune épouse qu'elle attendait un enfant, qu'il n'en était pas le père, qu'elle mourrait plutôt que d'en avoir un de lui qui n'était qu'un lâche, accepta tout cela comme le benêt qu'il était, avec une bonne volonté soulignée par le fait qu'il était un masochiste patenté. Comme un vrai petit soldat, il alla trouver l'homme qui l'avait dupé une fois, en marmonnant quelque chose d'aussi ridicule que :

— Si vous aimez ma femme et si vous voulez l'épouser, prenez-la, mais que tout se passe correctement.

Ce butor d'Iselin se répandit en propos bruyants et confus (la scène se déroula sur la véranda du Country Club en août), jurant et protestant qu'il épouserait la mère de Raymond dès qu'il pourrait prononcer son divorce, et même s'il devait pour cela siéger un dimanche, puisqu'il l'épouserait aussitôt et que jamais, au grand jamais, il ne la laisserait tomber. Il s'y engagea, en présence de 9 % des membres du club, par les serments les plus impressionnants, sinon les plus significatifs.

Au fond, le père de Raymond, qui aimait profondément sa femme, considérait cet engouement comme une forme de châtiment divin. Il avait le don de se prendre tellement au sérieux qu'il était convaincu d'être sans cesse sous la surveillance d'Iselin, car en seize ans, en sa qualité de seul exécuteur testamentaire de deux grosses fortunes, il avait systématiquement pillé les biens de deux vieilles filles et d'un schizophrène enfermé dans une maison de santé. Il était si affecté par ces péchés secrets que, sans s'arrêter pour autant de piller ces deux fortunes, et sans qu'on le sût jamais, on n'aurait pas eu grand mal à le persuader d'accompagner la mariée à l'autel au mariage Iselin, comme juste châtiment de ses actes.

Le résultat de cette attitude fut que la mère de Raymond était furieuse et honteuse, elle était humiliée qu'il parût prendre la chose si calmement, renonçant à elle sans protester. Elle possédait par héritage une fortune qui n'était pas négligeable, et elle en dépensa une partie à engager des détectives privés de Chicago pour essayer de découvrir d'autres femmes dans la vie de son mari. Elle confia à Johnny qu'elle aurait la peau de ce vieux salaud, s'il lui avait donné le change pour se débarrasser d'elle, mais, bien entendu, les enquêtes ne donnèrent rien, et elle dut attendre six ans l'après-midi où il se tua de tristesse et de solitude, en s'administrant une forte dose de barbiturique par injection intracardiaque, provoquant ainsi l'arrêt définitif de la respiration dans les deux secondes, ce qui était bien peu pour mettre un terme à cinquante-quatre ans d'existence. La mère de Raymond admira techniquement la méthode qu'il avait employée, et affectivement le geste même, car, dans une certaine mesure, cela la réhabilitait aux yeux de ceux qui se souvenaient encore de l'indifférence avec laquelle il avait accueilli le départ de sa femme.

Tout au long de leur vie conjugale agitée, la mère de Raymond devait maintenir une remarquable emprise sur Johnny Iselin. Elle s'était mise à l'appeler Big John ; cela faisait si robuste, cordial, franc et ouvert. Peut-être aura-t-on du mal à croire à quoi tenait l'emprise qu'elle avait sur lui. C'est que leur mariage ne fut jamais consommé. Johnny, qui avait en son temps fait geindre et grincer tant de sommiers, et bien qu'il eût toute sa vie été capable d'obtenir et de donner satisfaction à d'autres femmes, se trouva aussi impuissant qu'un papillon mâle enfourchant un ptérodactyle femelle lorsqu'il essaya d'avoir des rapports avec la mère de Raymond. La seule explication raisonnable, c'était qu'au fond Johnny était la caricature d'un dévot. C'était un catholique superstitieux qui pendant des années avait négligé sa foi, qui ne supportait aucune des beautés de sa religion, mais qui achoppait sur tout ce qu'elle comportait de croyances sur le péché et ses conséquences. Johnny savait, au tréfonds de son cœur superstitieux, que son mariage avec la mère de Raymond était une chose impie et cette révélation l'affecta nerveusement. La mère de Raymond, qui voulait voir dans son Big John la force de frappe de son ambition plutôt qu'un amant, fut enchantée de cette réaction, ou plutôt de cette absence de réaction, et rendit grâces au ciel de ces brusques mais durables impuissances qui le frappaient lorsqu'il s'agissait de l'honorer. Elle calcula sans hésitation qu'elle pourrait utiliser cela comme une arme irrésistible contre lui.

Elle joua toutes les scènes-clés avec un art consommé, elle lui reprocha d'avoir fait chanceler sa vertu, ce qui était un incroyable renversement de la situation, elle lui reprocha de l'avoir arrachée au père de Raymond, qu'elle avait aimé jusqu'à la folie, protestait-elle avec véhémence, gémissant, bêlant, roulant et se tordant sur le lit et sur le plancher, si besoin en était, tout en simulant la passion déchirante, brûlante, mordante, qu'elle éprouvait pour lui, son Big John.

La connaissance qu'Iselin avait de ces choses (et il n'était pas le premier homme à être ainsi confondu par une aussi remarquable comédienne) était si subjective qu'il réagit machinalement, comme si avec le certificat de mariage on avait livré le mode d'emploi pour se servir de lui. On l'avait dupée ! criait-elle, en détournant la tête et en portant une main à son cœur. Cet amant passionné qui se prodiguait sur son corps avec une ardeur aussi inextinguible s'était révélé n'être même pas un homme ! Le premier chasseur d'hôtel, le premier livreur venu était plus homme que lui ! Tout ce qu'il pouvait faire, c'était se répandre en caresses malhabiles, et en baisers sans vigueur comme ceux d'une camarade de pensionnat. C'était en vain que Big John protestait qu'avec les autres femmes il était comme une escouade de Marines après onze semaines en mer. Ou bien elle refusait de le croire, ou bien elle l'accusait de gaspiller sur d'autres femmes ce qu'il lui refusait. Elle lui fit cependant clairement comprendre qu'elle lui épargnerait tout scandale en raison de l'amour qu'elle lui portait, amour profond, bien qu'il ne se manifestât jamais sur le plan physique. Une honte constante, une reconnaissance absurde et une passion jamais assouvie l'unirent à elle plus étroitement que si leurs mutuels désirs s'étaient chaque nuit satisfaits ou que si elle lui avait donné douze beaux enfants. Plus tard, lorsqu'ils furent parvenus au pinacle à Washington, quand elle veillait à ce que l'on introduisît dans son appartement des jeunes femmes qui arrivaient la nuit pour repartir avant l'aube, et qu'il pouvait toucher mais jamais voir, comme si elles n'avaient été qu'un rêve, elle arrangeait tout cela avec une telle précision qu'il y voyait une preuve de son amour pour lui.

Elle prenait le plus grand soin de sa santé, de son confort, et de sa carrière. Elle lui était extraordinairement fidèle, n'ayant naturellement d'autre convoitise que le pouvoir. Il lui en était si reconnaissant qu'il la laissait décider pour lui en public comme en privé. D'ailleurs, elle était beaucoup plus intelligente que lui. La base de sa politique fut de reconnaître que sa force résidait dans l'austérité sexuelle où elle vivait et dans le fait qu'elle avait appris à comprendre le fonctionnement étonnamment simple de l'appareil reproductif du mâle humain. Tout au long de leur vie commune, en dépit des intrigues les plus mélodramatiques, non seulement personne ne put lui lancer l'accusation d'immoralité sexuelle, mais, comme l'excessive bonne santé de Big John s'étalait de façon trop impulsive, force était à ses ennemis et à ceux de sa femme de croire à la loyauté et à la tolérance de celle-ci. Son ambition la maintenait en état d'excitation permanente. Elle acceptait volontiers de voir Johnny s'escrimer sur des vierges mercenaires, bien que cette indulgence trahît son éternelle incapacité à chercher l'accomplissement.

Un an après qu'ils eurent pris toutes ces heureuses dispositions, les États-Unis entrèrent dans la Seconde Guerre mondiale, pour la plus grande joie de la mère de Raymond, car elle y vit l'occasion de précipiter les événements qui feraient gravir à John les échelons de la politique.

Le frère de la mère de Raymond, l'imbécile, était devenu un commissaire fédéral apolitique d'un rang si élevé qu'elle était souvent au bord de la nausée lorsqu'elle voyait mentionner son nom dans la presse. Elle avait toujours méprisé son triste individu de frère depuis le lointain après-midi d'été où son cher, merveilleux, charmant, passionnant, généreux, tendre, aimant et talentueux père était mort, assis sur le siège en bois de la balançoire, avec une histoire de la Scandinavie sur ses genoux et où son abruti de frère avait annoncé qu'il était le chef de la famille. Cette brute stupide et insensible s'était imaginé qu'il pourrait remplacer un homme magnifique entre les hommes. Il l'avait battue avec une crosse de hockey, ne voulant pas la laisser clouer au parquet la patte d'un cocker marron sous prétexte que ce chien était entêté et refusait de comprendre les ordres les plus élémentaires.

Elle avait aimé son père d'une passion si secrète, si profonde et si fascinante que cela surpassait les pâles sentiments des autres gens, et notamment ceux de son frère et de son idiote de mère. Depuis l'âge de dix ans, elle avait une poitrine de femme, et elle éprouvait des désirs de femme quand elle était allongée dans le grenier haut et sombre de la grande maison de son père, mais seulement par les nuits de pluie, seulement quand les autres dormaient. Elle s'allongeait dans l'obscurité pour écouter la pluie, puis elle entendait le pas doux, très doux de son père qui montait l'escalier après qu'il eut poussé le verrou de la porte du grenier, et elle se coulait hors de sa longue chemise de nuit de laine en attendant la merveilleuse chaleur de sa présence.

Et puis il était mort.

Chaque coup de crosse de hockey maniée par les mains de ce jeune homme qui tenait réellement à être compris par sa sœur, mais qui ne pouvait même pas concevoir les sentiments qu'elle éprouvait, avait marqué en elle un dégoût et un mépris profond de tous les hommes. Dès cet instant, à quatorze ans, elle s'était lancée dans une vie de concurrence inavouée pour montrer à son frère lequel des deux était l'héritier de ce merveilleux père. Elle décida et fit le vœu de lui infliger une défaite humiliante dans tout ce qu'il aurait choisi d'entreprendre. Ce fut la honte éternelle de leur patrie qu'il choisît la voie de la politique et du gouvernement ; elle fut donc obligée de s'engager dans cette voie après lui.

Son imbécile de frère avait hérité de l'imbécillité congénitale de sa mère, c'était un imbécile fils d'imbécile. Comment son père avait-il pu aimer cette femme ? Comment un aussi brillant, vaillant et fascinant chevalier avait-il pu faire partager sa couche à cette grande vache ? Tous ceux qui les connaissaient disaient que la mère de Raymond était l'image de sa mère.

Après s'être ainsi fait rosser avec une crosse de hockey, elle avait harcelé sa famille jusqu'au jour où on l'avait envoyée dans un pensionnat de jeunes filles de son choix, dans le Middle West. Elle le choisit comme base d'opérations politiques car il se trouvait au cœur du pays des immigrants scandinaves ; le moment venu, le caractère résolument nordique du nom de son père et ses origines héroïques pourraient servir à obtenir des votes massifs.

À seize ans, comme elle avait décidé qu'elle savait exactement ce qu'elle voulait, elle s'échappait à chaque week-end du collège, s'habillait de façon à paraître plus âgée et se postait dans des endroits où elle pouvait servir d'appât. Elle séduisit quatre hommes dont l'âge variait de trente à quarante-six ans, elle n'en tira aucun plaisir et, d'ailleurs, n'en attendait aucun. Après une gloutonne période d'essai, deux des expériences s'étaient définitivement soldées par des échecs, et elle se décida pour le père de Raymond, parce qu'il avait un bon visage ouvert qui conviendrait à la politique et qu'il avait déjà les cheveux grisonnants bien qu'il n'eût que trente-six ans. Elle l'épousa et lui donna Raymond dès que le cycle de gestation le permit.

Ni les idées générales, ni les précisions, ni les manifestations domestiques, ni sa jeunesse n'avaient jamais brouillé les réflexions de la mère de Raymond ni compromis son projet. Elle savait qu'elle était loin d'être assez mûre pour qu'on l'acceptât comme l'épouse d'un homme qui briguait une charge publique. Elle savait que son mari risquait même d'être un peu handicapé à cause de son jeune âge, aussi avait-elle décidé d'attendre la trentaine pour lancer le père de Raymond dans la politique. Son raisonnement était sain : à ce moment-là, lorsqu'on rappellerait durant une campagne que le père de Raymond avait épousé une fille de seize ans et que depuis douze ans leur union demeurait solide et fructueuse, cela deviendrait un élément romanesque, et le père de Raymond serait considéré par les électrices comme un candidat dont la virilité ne faisait pas de doute. En attendant, elle avait atteint son premier objectif : échapper à l'autorité de sa mère, de son frère et du collège. Elle avait touché sa part de l'héritage substantiel légué par son père. Elle avait créé une unité familiale, ce qui, à quelques exceptions près, était essentiel pour réussir dans la politique américaine.

La mère de Raymond était une femme d'une élégance exceptionnelle, qui s'habillait en France. Elle se faisait coiffer à New York et son linge même semblait avoir été lavé avec *Joy* de Patou. Ses cheveux étaient blond paille, dans la tradition viking, et elle les gardait ainsi, si incommode que ce fût. Son sens de la naissance, sa vertu accablante et son port altier lui donnaient la prédominance dans n'importe quel groupe de femmes, et elle cultivait assidûment ces trois qualités comme un amateur de plantes charnues poursuivrait et perfectionnerait des greffes d'orchidées. Ce qui était particulièrement frappant dans les premières photographies de la mère de Raymond, c'était l'esquisse d'un sourire sur ses lèvres pleines qui simulaient la sensualité, et dans ses grands yeux extatiques, semblables à ceux d'une fille qui aurait des ambitions sur le plan sexuel. Dans ses portraits plus récents, tels que la couverture de *Time*, en 1959 (et comme elle appartenait au même parti politique que *Time*, on s'efforça de soigner la ressemblance), où elle était habillée en femme d'un certain âge, la grâce souple avait disparu, mais les traits parfaits et toute la silhouette étaient empreints de cette énergie adaptable et inflexible qui marquait sa maturité.

Une des péroraisons favorites de Big John Iselin dans sa campagne d'après-guerre, après le bref passage de Johnny sous les drapeaux, c'était l'évocation de ce qu'il avait vu et fait au feu et qu'il ne parviendrait jamais à oublier: «Là-haut, sur le toit du monde, seul avec Dieu dans une grande cathédrale de glace et de neige dans la solitude désolée de la nuit arctique où l'ennemi frappait et, tandis que des hommes tombaient, je m'écriais tristement: "Oh Seigneur, ils sont jeunes, pourquoi doivent-ils mourir?" tout en courant sur une glace épaisse de cinquante kilomètres, le doigt crispé sur la gâchette de mon fusil-mitrailleur, afin de faire payer ces démons nazis, à qui je finis par inspirer une crainte superstitieuse.»

On ne savait jamais très bien ce que Johnny voulait démontrer dans cette partie de son discours favori, mais le récit touchait profondément ceux dont l'existence avait été marquée par la guerre.

«La nuit, tandis que mes camarades épuisés dormaient, déclamait-il dans le microphone, je me mettais des allumettes pour garder les yeux ouverts et j'écrivais des lettres, à vous, aux femmes, aux fiancées et aux saintes mères de nos vaillants morts – nuit après nuit – à mesure que le nombre des victimes augmentait, pour essayer de faire un peu plus que ma part et d'atténuer la douleur qu'avait déclenchée la guerre de M. Roosevelt.»

Les archives officielles du Service des transmissions de l'armée américaine montrent que l'unité à laquelle appartenait Johnny avait perdu au total, au cours de son séjour hors du territoire des États-Unis, un aumônier et un simple soldat : le premier à la suite d'une dépression nerveuse et le second dans une crise de *delirium tremens* (provoquée par une déficience en vitamines). Cette unité, qui ne comprenait qu'une demi-compagnie, avait été envoyée dans le nord du Groenland pour défendre les complexes installations météorologiques qui prévoyaient le temps pour les états-majors situés un peu plus bas sur le globe.

Les installations météorologiques de l'ennemi étaient pour la plupart installées quelque part au-dessus de la terre du roi Frédéric VIII, sur l'autre côté du territoire groenlandais, au-dessous de la mer de l'Indépendance. Le Groenland est la plus grande île du monde. Les deux camps, tout en étant conscients de la présence de l'autre, demeuraient sur une stricte réserve et, quand un des adversaires constatait qu'il travaillait sous le regard des autres, tous s'éloignaient sans faire mine de se reconnaître. Il n'était pas question d'ouvrir le feu. Leur travail était bien trop important. Il était indispensable pour les uns comme pour les autres de continuer à fournir un flux régulier de renseignements météorologiques essentiels, ce qui était une mission extrêmement délicate lorsqu'on la comparait à la tâche assez peu compliquée en somme des unités combattantes.

Il semblait donc fort improbable que Johnny envoyât chaque soir une lettre différente aux familles de ces deux victimes, en épiloguant sur une dépression nerveuse et sur une crise de *delirium tremens.* D'ailleurs, on ne relevait le courrier qu'une fois par mois, quand l'avion avait la chance de pouvoir voler assez bas et de pouvoir ramasser le sac postal fixé à un crochet. Si les aviateurs manquaient leur coup après trois essais, ils attendaient le mois prochain, mais ils apportaient quand même le courrier, ce qui était bien plus important.

Aucun citoyen américain, y compris le général Mac Arthur et les gens des milieux de cinéma californiens, n'entra en guerre avec un plus extraordinaire accompagnement de fanfare de la presse et de la radio locale que John Yerkes Iselin. Lorsque le bon juge arriva le 6 juin 1942 au Capitole de l'État pour annoncer à l'assemblée de journalistes de l'État de Chicago, et même de Washington, que la mère de Raymond avait réunis en deux jours au prix d'incroyables dépenses de whisky et de nourriture, qu'il avait considéré comme son devoir de s'engager «comme simple soldat, dans n'importe quelles conditions dans le corps des Marines des États-Unis», les journaux et les stations de radio annoncèrent la nouvelle. United Press distribua l'article sur le circuit général comme encadré spécial grâce à la mère de Raymond, qui avait fait dire à Johnny:

— On a besoin d'un juge dans les Marines pour décider s'ils sont les meilleurs combattants du monde ou de l'univers.

Les Marines avaient tout naturellement attiré la clientèle de la mère de Raymond, car, comme elle l'expliqua à Johnny, c'étaient eux qui disposaient des machines à ronéotyper les plus perfectionnées et les plus rapides et, pour deux combattants, ils avaient un correspondant de guerre.

Dès ce jour-là, elle entama sa campagne pour la candidature de son mari au poste de gouverneur, et les cinq ou six premiers communiqués distribués à la presse soulignèrent comment cet homme, dont la situation de serviteur de l'État exigeait qu'au lieu de partir pour la guerre il demeurât chez lui dans les rangs des forces civiles chargées de sauvegarder nos libertés, s'était porté volontaire pour faire les sacrifices qui étaient le lot de ses compatriotes et s'était engagé comme simple soldat dans les Marines. Elle n'avait en vue que deux objectifs : l'un était de s'assurer que Johnny fût envoyé quelque part à proximité de la zone de combats ; la seconde était qu'on lui assignât un travail sans danger, sain et agréable.

Ce fut là que quelque chose clocha ; mais, par bonheur, elle réussit à arranger les choses, si bien que Johnny avait encore plus l'air d'un masochiste du patriotisme. Mais cela provoqua en elle une colère qu'elle prit soin d'entretenir, et causa en définitive la ruine de son frère.

Voici ce qui se passa. Par l'intermédiaire de son frère, dont elle n'hésitait jamais à utiliser les services, la mère de Raymond avait décidé de solliciter pour Johnny une nomination d'officier dans les Marines. Elle aurait préféré voir Johnny s'engager comme simple soldat, pour qu'elle pût le faire nommer officier plus tard à la suite de quelque action d'éclat soigneusement montée en épingle, mais Johnny s'entêta et déclara qu'il avait accepté de se plier à toute cette comédie pour lui faire plaisir, mais qu'il n'avait pas l'intention de faire cette guerre comme simple troufion, alors qu'on savait que le whisky ne coûtait que dix *cents* le verre dans tous les clubs d'officiers.

En ce printemps de 1942, son frère siégeait dans l'une des commissions gouvernementales les plus influentes, et ce salaud la regarda droit dans les yeux dans son bureau du Pentagone, à Washington, en lui déclarant que Johnny n'avait qu'à prendre ses risques comme tout le monde et qu'*il ne croyait pas au piston en temps de guerre* ! Et voilà ! Elle constata aussitôt qu'il ne plaisantait pas. Il lui avait fallu agir vite et trouver tout de suite un autre angle d'attaque, mais elle resta assez longtemps dans le bureau de son frère pour lui expliquer qu'un jour elle aurait sa revanche et que, quand cela viendrait, elle le casserait en deux.

Elle regagna le Carlton, bouleversée. Elle se faisait des reproches. Elle avait sous-estimé ce jocrisse à la gueule enfarinée. Elle aurait dû comprendre qu'il attendait depuis des années de l'éconduire comme une paysanne.

Johnny était passablement ivre lorsqu'elle regagna l'hôtel. Comme toujours, elle se montra douce et aimable.

— Qu'est-ce que je suis, mon chou? demanda-t-il d'une voix rauque. Capitaine?

Elle lança son chapeau sur une chaise et s'approcha du petit bureau Directoire.

— Des galons de capitaine, ça me suffit, dit-il.

Elle prit dans le tiroir un annuaire du téléphone et se mit à le feuilleter.

— Est-ce que je suis capitaine ou pas capitaine? demanda-t-il.

— Tu n'es pas capitaine.

Elle décrocha le téléphone et demanda à la standardiste le numéro du Sénat.

— Qu'est-ce que je suis, commandant?

— Tu vas être vulgaire troufion, si ça ne s'arrange pas, dit-elle. Il nous a envoyés au bain.

— Il ne m'a jamais aimé, mon chou.

— Quel rapport cela a-t-il? C'est mon frère. Il ne veut pas lever le petit doigt pour intervenir auprès des Marines et, si nous n'arrangeons pas quelque chose d'ici quarante-huit heures, tu vas être mobilisé comme le premier crétin venu.

— Ne t'inquiète pas, mon chou. Tu arrangeras ça.

— Tais-toi ! Tu entends ? Tais-toi !

Elle était pâle de colère. Elle demanda au téléphone le bureau du sénateur Banstoffsen, et à parler au sénateur lui-même.

— Dites-lui que c'est Ellie Iselin. Il est au courant.

Johnny se versa une nouvelle rasade de whisky, jeta quelques cubes de glace dans son verre, versa un peu de ginger ale par-dessus, puis se dirigea d'un pas traînant vers les lavabos, défaisant ses bretelles tout en marchant.

La voix de la mère de Raymond était devenue chaude et douce, même si ses yeux restaient de glace.

— Ole, mon chou ? (Elle marqua un temps pour laisser ces paroles faire leur effet.) Je veux dire… c'est le sénateur Banstoffsen ? Oh, sénateur, pardonnez-moi, je vous en prie. C'est un lapsus. Je veux dire que la seule façon dont je puisse l'expliquer… c'est… je crois que c'est ainsi que je pense à vous !

Elle leva les yeux au plafond d'un air dégoûté en étouffant un petit soupir. Sa voix rauque de passion.

— J'aimerais beaucoup vous voir. Oui.

Elle tapota d'un geste impatient sur le bureau avec la pointe d'un crayon.

— Maintenant : Oui. Ole. Oui. J'arrive.

Le 20 juillet 1942, Johnny Iselin prêta serment comme capitaine du Service des transmissions de l'armée américaine. La mère de Raymond avait acquis dans son État un puissant allié politique. Bien qu'il n'en sût rien, ce n'était pas le dernier service qu'elle lui demanderait, et il en vint parfois à songer avec stupeur comment une simple petite partie de jambes en l'air dans un bureau pouvait aboutir à d'interminables complications.

Durant le stage de formation intensive en Virginie, nécessaire pour l'absorption d'informations techniques et militaires essentielles, Johnny et la mère de Raymond habitèrent une adorable petite villa juste à la sortie de Wellville, dans le comté de Nottoway. Elle avait découvert une bonne source de whisky et d'essence de marché noir et une adresse pour les faux tickets d'alimentation, afin de continuer à avoir de bons steaks comme autrefois. Johnny quitta le camp d'entraînement et appareilla avec son unité pour le Groenland en décembre 1942. La mère de Raymond rentra chez elle pour organiser la propagande en faveur de son homme. Le thème qu'elle choisit pour cette première année était sur le mode : « Béni soit celui qui sert et qui n'est pas appelé : béni celui qui se sacrifie pour amener la chute des tyrans et que d'autres puissent prospérer dans la liberté. »

Elle se trouva une émission de radio et une chronique féminine dans le *Journal*, le plus grand quotidien de l'État et l'un des meilleurs du pays. Les archives officielles indiquent que Johnny était officier de renseignements, mais sa littérature électorale, lorsque la mère de Raymond fit campagne pour qu'il fût élu gouverneur, précisait qu'il avait été commandant d'une unité combattante dans le nord du Groenland. Une dizaine d'années après la fin de la guerre, bien après le second mandat de gouverneur de Johnny, le *Journal* se livra à grands frais à de méticuleuses recherches sur les états de service de Johnny. Les enquêteurs retrouvèrent des documents et des hommes qui avaient servi avec Johnny, et ils procédèrent à une reconstitution fort exacte et fort pertinente de son passé quelque peu déformé. Un officier des services de presse de l'armée, qui avait été attaché à l'unité d'Iselin, un certain lieutenant Jack Ramen, domicilié maintenant à San Mateo, en Californie, raconta au *Journal* en 1955, au cours d'une conversation téléphonique interurbaine enregistrée sur magnétophone par le chef des informations du *Journal*, Fred Goldberg, en présence d'un pasteur et d'un des plus grands médecins de l'État, l'unique incident qui avait renforcé la croyance populaire selon laquelle Johnny avait vu le feu alors qu'il était dans l'armée.

— Oui, dit Ramen. Je me souviens du jour où nous étions tous les deux dans un petit campement esquimau au-dessus d'Etah, sur le détroit de Smith, Johnny cherchait à obtenir des indigènes des fourrures à bon compte, quand un navire de ravitaillement, le Mivshibman Bennet Reyes est arrivé, tout couvert de glace. Ils avaient des ennuis d'hélice et on les attendait à Etah pour décharger des conserves. Tandis qu'ils étaient immobilisés pour procéder aux réparations, le commandant ordonna à l'équipage d'essayer les canons, le grand jeu. Nous n'étions pas de service et Johnny suivait les instructions de sa femme lui ordonnant de se faire des amis partout. Il avait apporté au commandant le bout de peau de phoque le plus raide qu'on ait jamais vu, et il en avait fait un tel plat que le type a dû le garder. Il était même allé jusqu'à donner à Johnny deux litres de pur alcool de grain pour manifester sa reconnaissance, et Dieu sait que nous en avions besoin. Il faisait un de ces froids ! Je n'arrive jamais à expliquer à personne quel froid il faisait mais, ne me demandez pas pourquoi, on dirait que le froid ne faisait absolument rien à Johnny. Il disait toujours que c'était parce que son nez était radioactif. En fait, il était toujours si bourré d'antigel qu'il ne pouvait pas sentir grand-chose. Bref, Johnny entend ces matelots furieux à l'idée d'avoir à essayer toutes les pièces du bord, et il leur demande si ça leur est égal de le laisser tirer quelques volées, car il a toujours eu envie de tirer au canon. Les types se regardent, puis répondent que, bien sûr, il peut tirer avec tous les canons du bord si ça lui chante. C'est ce qu'il a fait. Il a d'ailleurs pris pas mal de risques, car si les Martiens avaient attaqué, ou s'il avait glissé sur le pont, il aurait pu se blesser. Pour ma part, j'étais chargé de ce qu'on appelait les relations avec la presse, et j'ai écrit un petit article sur «l'homme-bateau de guerre», ce qui, dans une certaine mesure, était la stricte vérité. Ça vous avait un petit côté infanterie, et, après tout, on ne me payait pas pour faire de la propagande pour la marine, vous comprenez? Je collais: «Dans un avant-poste arctique de l'armée américaine», et je racontais comment un officier de l'armée de terre avait ouvert le feu avec tous les canons d'un navire de combat, au bout du monde, là où se livrent toutes les batailles oubliées, et que les gens de la marine avaient été mis hors de combat par le plus cruel des ennemis, le froid terrible et mordant de la nuit arctique, et comment, lorsque le dernier canon s'était tu, on n'apercevait pas une silhouette ni un avion ennemi sur l'antique calotte glaciaire, tombe de milliers d'inconnus. Vous voyez le genre. C'était un article bouche-trou. Ça n'était pas à strictement parler un mensonge. Chaque fait était exact par lui-même… et on disait toujours que c'était ce genre d'article qui était le meilleur pour le moral de ceux de l'intérieur. J'avais d'ailleurs oublié toute l'histoire jusqu'au jour où Johnny est arrivé avec une liasse de coupures de presse et une lettre de sa femme disant que mon article valait cinquante mille voix et qu'il allait m'offrir tout le gin que je pourrais avaler. J'aimais bien le gin en ce temps-là, conclut Ramen.

Avec une candeur caractéristique, dans son *curriculum vitæ* dans l'Annuaire du Congrès de 1955, Johnny revendiquait « dix-sept missions de combat dans la zone arctique », mais lorsqu'il déposa en 1957 devant une commission qui tentait d'enquêter sur l'origine aussi bien que sur le montant de diverses sommes d'argent qu'il avait reçues dans des conditions insolites, Johnny déclara (parlant de lui-même) :

— Iselin a participé à trente et une missions de combat dans l'Arctique, plus des missions de liaison.

Et il ajouta Dieu sait pourquoi que les nuits dans l'Arctique duraient six mois.

— Iselin a vu assez de combats pour avoir envie de mener une vie calme et paisible jusqu'à la fin de ses jours.

La mère de Raymond avait dressé Johnny à se désigner sous le nom d'Iselin chaque fois qu'il témoignait ou qu'on l'interviewait, en partant du principe que cela faisait connaître son nom.

La question du statut de combattant de Johnny ne fut jamais réglée. Lorsque la mère de Raymond incita Johnny à solliciter officiellement la Silver Star, sans doute parce que personne d'autre ne l'avait demandée pour lui, et qu'il appuya sa demande de « copie certifiée conforme de mes états de service militaires », cela lui valut une lettre scandalisée d'un électeur, se plaignant amèrement de ce que Johnny eût été décoré sur sa propre demande. La mère de Raymond dicta et Johnny signa une réponse qui contenait cette audacieuse formule : « Je suis lié par les règlements qui prévoient dans quelles conditions de telles décorations sont décernées et, malgré toute la répugnance que j'en éprouvais, il n'y avait aucun moyen de faire autrement. »

Cependant, à mesure que les années poussaient en avant Big John et la mère de Raymond dans leur lutte sur le plan national pour l'avènement d'une Amérique plus parfaite, le plus discuté du passé de Johnny continua d'être « la blessure » qu'il prétendait avoir reçue au combat. Bien qu'il ne fût pas décoré du Purple Heart, et bien que l'ancien secrétaire aux Forces armées qui examina son dossier niât qu'Iselin eût été blessé au feu, lorsqu'à une réunion d'anciens combattants on demanda à Big John pourquoi il portait des chaussures à semelles compensées (comment justifier autrement son surnom ?), le gouverneur Iselin déclara qu'il portait ces chaussures car il avait perdu la quasi-totalité de son talon lors d'un combat dans l'Arctique. Ceux qui l'entendirent alors ne sont pas d'accord sur le point de savoir s'il avait dit « la quasi-totalité de mon pied » ou s'il avait fait allusion à une quantité importante de tissu humain.

L'infatigable *Journal*, dans ses efforts vaillants mais vains pour discréditer définitivement Johnny, découvrit le journal intime d'un officier qui avait servi avec Johnny durant toute la campagne, un certain Francis Winikus, qui se fit par la suite une réputation d'expert des éléments immigrés dans la population de Grande-Bretagne et d'Europe. À la date du 22 juin 1944, le journal de Winikus jetait une lumière révélatrice sur les circonstances dans lesquelles Johnny avait été blessé en notant :

« Johnny Iselin est absolument obsédé par le sexe. S'intéresser à ce point-là aux choses du sexe en pleine région polaire indique soit des tendances au suicide, soit des penchants homosexuels, mais ça n'est pas le cas pour Johnny. Il y a un nouveau camp esquimau à près de cinq kilomètres sur ce champ de glace éternelle où souffle un vent qui semble vous projeter à la figure des lames de rasoir. Là-bas, il y a des femmes. Tout le monde le sait et nous avions tous déclaré que c'était une excellente chose jusqu'au jour, où, discrètement, en file indienne, avec des crampons à glace fixés à nos chaussures, nous avons parcouru ces cinq kilomètres dans un froid pire que l'enfer glacé que les vieilles religions germaniques appellent Nifelheim, et où nous sommes arrivés aux igloos, pour perdre là tout intérêt aux choses de l'amour jusqu'à la fin de la guerre. J'étais épuisé d'avoir fait le parcours, mais je revins plus vite que je n'étais allé, pour fuir cette odeur. C'est l'odeur particulière des femmes esquimaudes, car elles se lavent les cheveux dans de l'urine, elles vivent cousues dans ces fourrures toujours moites, et elles ont un régime alimentaire perpétuellement à base de nourriture en putréfaction, telle que têtes de poisson et graisse de baleine.

«Johnny annonça qu'il allait surmonter ces inconvénients superficiels, parce qu'il lui fallait une femme ou sinon sa tête allait éclater. Depuis onze jours, il s'entraîne à faire chaque jour le trajet aller et retour. On dirait que le froid et le vent n'existent tout bonnement pas pour lui. Il ne pense qu'à une chose : aux femmes. Quand il vient ici, il se repose, gémit et déclare fièrement qu'*il s'habitue à l'odeur de ces femmes.* Il prétend que, si les Esquimaux allaient à Chicago et sentaient nos femmes quand elles se sont arrosées de ces parfums français ruineux, cela les écœurerait aussi et que le tout, c'est de s'habituer.

«Hier, il a décidé qu'il était prêt. Une fois de plus, il s'est avancé sur la calotte glaciaire dans l'obscurité, marchant à la boussole et guettant les lumières, si tant est qu'il y en eût. Il m'a raconté toute l'histoire ce matin avant qu'on l'emmène en traîneau jusqu'à Etah, où on va le garder en attendant l'avion de secours qui le conduira à Godthaab. Il fut accueilli de façon fort hospitalière, me raconta-t-il, à une trentaine de mètres avant un tas de monticules de glace qui se révélèrent être des igloos. Johnny ne parle pas la langue des Esquimaux, et ceux-ci ne parlent pas celle de Johnny, mais il utilisa ses mains de façon suggestive… À vrai dire, sa pantomime en me racontant comment il leur montra ce qu'il voulait m'amène à me demander si je pourrais tenir le coup tout l'hiver. Selon lui, ils se montrèrent très compatissants et compréhensifs et lui firent signe de se glisser derrière eux à l'intérieur d'un des blocs de glace. Avant d'entrer, il distribua quelques rations K, et il me raconta qu'il se souvenait avoir pensé comme ce serait facile dès qu'il aurait découvert qui étaient les femmes et qui étaient les hommes. Ils étaient tous enveloppés de fourrures, avec des visages ronds, plats et luisants comme un dollar d'argent ! Il entra dans l'igloo à quatre pattes, et là faillit s'évanouir tant cela sentait mauvais. Il s'était habitué à l'odeur des femmes *dans le vent de l'Arctique et dehors*. Il faisait une chaleur terrible entre les briques chaudes, la chaleur humaine, la graisse de baleine qui brûlait et les gens qui fumaient de la mousse et du lichen séchés. Artistement disposés sur tout le pourtour de l'igloo, il y avait des seaux de cuir pleins de vieille urine. Johnny me dit qu'il avait dû tomber sur l'institut de beauté du village. Il eut aussi l'impression qu'une quantité considérable de poisson de la saison dernière avait pourri là. Il y avait aussi l'odeur capiteuse et presque aveuglante de pieds longtemps emprisonnés. Ce matin, comme l'infection lui donnait de la fièvre, Johnny murmurait de temps en temps : "Oh, mon Dieu, ces pieds !" Il y avait quatorze personnes dans l'igloo, mais il pense qu'il y avait peut-être parmi elles quelques vieilles dames. Elles s'étaient dépouillées de leurs vêtements et la vue de toutes ces chairs plantureuses le frappa comme une hache de pierre taillée. Il affirme qu'il trébucha sans toutefois aller jusqu'à s'évanouir. On lui offrit aussitôt trois des personnes qui se trouvaient là, il décida que ce devait être des femmes. Bien qu'il constatât qu'il ne parvenait pas à s'habituer à ce concert d'odeurs, il parvint à se concentrer sur le fait que *c'étaient des femmes*, et dans cet espace restreint, il ne pensa plus à rien d'autre. Il ne s'agissait plus, me dit-il, de poontang l'année prochaine avec une fille qui embaume comme un bouquet de fleurs, il s'agissait de poontang maintenant et il commença à se débarrasser de ses vêtements. Il était bel et bien en train de se déshabiller devant tous ces gens et il s'arrêtait de temps en temps pour pincer ou chatouiller un peu la forme la plus proche qui lui semblait être une fille, lorsque tout d'un coup un des Esquimaux se mit à l'interpeller *en allemand*.

«Johnny m'a expliqué qu'il ne parle pas l'allemand, mais qu'il le reconnaît quand il l'entend. Et voilà que cet Esquimau se met à enlever ses fourrures de la même façon qu'un homme enlève sa veste lorsqu'il veut se battre, sans cesser de vociférer en allemand et de désigner la femme esquimaude que Johnny pelotait et qui le regardait en riant, et Johnny s'aperçoit que cet homme porte *un uniforme d'officier allemand* sous ses fourrures. Comme c'était la première fois que Johnny ait cru qu'il y avait vraiment un ennemi, il m'a dit qu'il était absolument stupéfait. Les Esquimaux de l'igloo se mirent à crier à l'Allemand de la fermer. Peut-être estimaient-ils qu'il avait enfreint leur loi d'hospitalité en interrompant Johnny, peut-être qu'ils étaient furieux parce qu'ils aimaient jouer les voyeurs. La femme avait tendu la main et elle tenait solidement Johnny par les parties et elle ne le lâchait pas, car, Dieu sait pourquoi, Johnny lui plaisait. Le bruit se répercutait d'une paroi de glace à l'autre, les chiens se mirent à aboyer, les enfants à pleurer, l'Allemand hurlait et pleurait de désespoir, semblait-il, et Johnny était très gêné. Il se rendait compte qu'il avait peloté la petite amie de ce type devant lui, ce qui avait dû le vexer terriblement. Johnny estimait que ça ne se faisait pas, même si cet homme était un ennemi. Comme il ne savait pas quoi faire, il frappa l'homme qui dans sa chute entraîna quatre des petits Esquimaux avec lui. Cela renversa la situation. Les autres Esquimaux se mirent en colère contre Johnny et trois d'entre eux se précipitèrent sur lui en brandissant ce que Johnny appela "des outils de l'âge de pierre". Il fit avec ses bras des moulinets et repoussa ses attaquants, tout cela se passant, précisa-t-il, dans un espace à peu près aussi large que la tête d'Orson Welles, au milieu de cris épouvantables. Il pensa alors qu'il ne sortirait pas vainqueur de cette échauffourée et qu'il ferait mieux de filer. Il essaya donc de plonger par le tunnel qui conduisait à l'extérieur où le blizzard soufflait à toute force, oubliant complètement que la femme esquimaude le tenait par ses bijoux de famille et qu'elle avait décidé de garder ces bijoux pour elle. Johnny raconte qu'il n'a jamais éprouvé quelque chose de comparable à ce qu'il ressentit alors et qu'il crut un moment avoir vraiment perdu sa raison de vivre. La repoussant il allongea son pied gauche, la frappant sèchement au visage. Elle planta ses longues dents dans le pied de Johnny, donna un nouveau coup de dent et se mit à mâcher consciencieusement. Johnny raconte que si elle n'avait pas été frappée par quelqu'un au milieu de cette foule vociférante elle aurait très bien pu lui croquer tout le pied. Comment a-t-il fait le chemin du retour par ce temps, avec le pied dans cet état, je ne le saurai jamais. Dans la nuit, la blessure s'était vilainement infectée. On l'a emmené à Etah il y a environ une heure. Je crois bien que, pour ce vieux Johnny, c'est la fin de la guerre. »

En août 1944, Johnny rentra en boitillant au pays pour participer à l'ardente campagne électorale que « ses amis » (c'est-à-dire la mère de Raymond et, bien que cela semble tout à fait impossible quand on y pense, le parti communiste) menaient depuis le jour où il était parti pour la guerre. Johnny n'eut qu'à endosser son uniforme, prendre ses béquilles et exhiber son pied bandé en tenant sur la situation quelques centaines de propos outrés que la mère de Raymond avait préparés et catalogués depuis des années. Comme, de toute évidence, le peuple de son État l'appelait, Johnny reçut l'autorisation de quitter l'armée le 11 août 1944.

Il fut élu gouverneur de son État aux élections de 1944 et réélu en 1948. Au début de son second mandat, il avait quarante et un ans, la mère de Raymond en avait trente-huit. Raymond avait vingt et un ans et était rédacteur local au *Journal*, après être sorti du collège de l'État en tête de sa promotion.

À quarante et un ans, le gouverneur Iselin était un homme qui n'avait rien de remarquable, d'une humilité agressive. Il faisait un mètre soixante-dix avec des chaussures munies de talonnettes. Seul l'aspect charnu de son appendice nasal le rappelait à la mémoire. Il avait le cheveu rare et, sous certains éclairages, on aurait cru ses cheveux peints en fines lignes sur son crâne par-dessus les petites cocardes de ses tâches de bile. Depuis son mariage avec la mère de Raymond, il portait des vêtements de tissu simple, mais qui étaient passés par les mains d'un excellent tailleur de New York. La mère de Raymond ne faisait cirer par le valet de chambre de Johnny que la partie inférieure de ses bottines noires, si bien qu'il avait l'air d'avoir réussi à cirer ses chaussures entre des visites au Groupe de défense de la fraise et les recours en grâce refusés. Le gouverneur ne se rasait jamais du vendredi soir au lundi matin, quel que fût son programme. Il expliquait que cela lui reposait la peau. C'était la mère de Raymond qui avait inventé cela, comme elle avait inventé presque tout ce qui le concernait. Elle disait que le fait de ne pas se raser « lui donnait l'air d'un vagabond, d'un travailleur agricole ou d'un ouvrier d'usine ». Il est certain que pendant le week-end, quand Big John émettait les bruits les plus variés, roulant des yeux et agitant ce nez charnu au milieu de son visage mal rasé, il faisait plus homme de la rue que nature. Mais il avait vraiment été fait sur mesure par la mère de Raymond. Tout comme José Raoul Capablanca avait perfectionné sa technique aux échecs, comme Marie-Antoine Carême avait haché des herbes dans une sauce pour Talleyrand, elle avait fait de Johnny le gouverneur modèle de tous les États de la République américaine, du moins sur le papier. Dans certains de ces autres États, les électeurs entendaient plus parler de ce bon Johnny que de leurs propres gouverneurs. Elle avait gravé dans la mémoire du public ces faits immuables : John Yerkes Iselin était un extraordinaire administrateur, un conservateur capable d'audace, un serviteur de l'État honnête, courageux, consciencieux et qui craignait Dieu, un brave type, jovial, généreux, doux, plein d'humour, aimable, d'un naturel plaisant et spirituel, un mari idéal et un père rêvé, un soldat qui en avait vu de dures, un brave à trois poils, un simple juge de campagne avec le savoir-faire de Salomon, et un Américain, ce qui était l'aspect le plus fortuit de sa personnalité.

La mère de Raymond ne montra guère d'humeur quand le général Eisenhower se laissa persuader de faire un petit tour jusqu'à la Convention républicaine de 1952. C'était pourtant l'accident inattendu qui aurait pu fermer à son John le chemin de la Maison Blanche. Elle cassa quelques petites bricoles à la résidence du gouverneur lorsqu'elle apprit la nouvelle : des miroirs, des lampes, des vases et autres bibelots remplaçables. Elle avait bien droit à une petite flambée de violence, histoire de montrer qu'elle était capable de passion ; ça ne fit de mal à personne, car Johnny était ivre mort et Raymond était parti pour la guerre de Corée.

À l'automne 1952, deux semaines avant que Raymond revînt de Corée pour recevoir la médaille d'honneur du Congrès, près de deux mois avant que s'achevât le dernier mandat de gouverneur de Big John, le sénateur Ole Banstoffsen, le digne vieillard qui représentait son État à Washington depuis six législatures consécutives, succomba à une crise cardiaque aussitôt après un petit dîner avec ses plus vieux et ses plus chers amis, le gouverneur et Mme John Iselin, et mourut dans les bras du gouverneur à la façon des invités de l'impératrice Livia, dans la Rome antique. Leur dernière conversation est digne de devenir partie intégrante de l'histoire des États-Unis, car ce fut en cette occasion que Big John découvrit la mission de sa vie. Voici donc ce que furent ses dernières paroles :

SÉNATEUR BANSTOFFSEN — John… Johnny, mon garçon… vous êtes là ?

GOUVERNEUR ISELIN — Ole ! Ole mon vieil ami. N'essayez pas de parler ! Eleanor ! Où est donc ce docteur ?

SÉNATEUR BANSTOFFSEN *(ses dernières paroles)* — Johnny… il faut… reprendre le flambeau. Je vous en prie, je vous en prie, Johnny, jurez-moi, sur mon lit de mort, que vous vous battrez pour protéger notre patrie… du péril communiste…

GOUVERNEUR ISELIN *(profondément ému)* — Je vous jure sur mon âme que je combattrai jusqu'à mon dernier souffle, cher ami, pour empêcher les communistes de dominer nos institutions.

(Le sénateur Banstoffsen s'affale mort, et rassuré.)

GOUVERNEUR ISELIN — Il est mort ! Oh, Eleanor, il est mort. Un grand combattant dort de son dernier sommeil.

Cette ultime conversation dut être notée par la mère de Raymond, car elle était la seule autre personne présente lors de la mort du sénateur, elle trouva certainement le temps de prendre des notes pendant qu'ils attendaient le docteur, mais Johnny attendit près de trois ans avant de les utiliser. Pendant ce temps, ce texte avait dû être soigneusement rangé dans un dossier étant donné sa valeur comme document sur l'histoire des États-Unis et comme source d'inspiration pour autrui.

Le gouverneur Iselin se désigna pour succéder au sénateur Banstoffsen, pour reprendre le bon combat, et il fut réélu. Il prêta serment le 18 mars 1953 devant le juge Krushen, après que sa femme eut insisté pour qu'à la suite des vacances de Noël 1952, trop copieusement arrosées, il suivît pendant deux mois et demi une cure de désintoxication dans un ranch discret et sérieux, où des alcooliques et drogués venaient se faire soigner par de bons médecins au soleil du Nouveau-Mexique.

5

Le sens du remords ajoute un parfum à l'humanité, une menace de putréfaction, c'est la dernière touche du maquillage. Sans remords, l'existence était devenue si monotone au Paradis qu'Ève accueillit avec soulagement le piquant du péché originel. Le sens du remords chez Raymond, cette trace du péché originel, avait été effacé. On avait fait de lui un être unique. On l'avait absous pour l'éternité, exempté du sens du remords.

Au sortir de sa triste enfance, Raymond avait atteint l'âge de l'amour. Comme il était renfermé, timide et sceptique, il était destiné à ne trouver la réponse à ses besoins amoureux que dans une monogamie rassurante. Il n'avait pas le don de se faire des amis. En grandissant, il en était venu à dépendre des enfants, des gens qui constituaient le jardin de sa mère : pour la plupart des politiciens et leurs valets, et ceux qui pouvaient leur servir, journalistes, agents de presse, syndicalistes, intermédiaires du commerce et de l'industrie, dirigeants d'anciens combattants et de minorités, patriotes et suborneurs, femmes désemparées et pasteurs intéressés.

Par hasard, alors qu'il venait d'avoir vingt et un ans, Raymond fit la connaissance de la fille d'un homme que sa mère n'aurait voulu recevoir à aucun prix. Elle s'appelait Jocelyn Jordan. Son père était sénateur et était un dangereux libéral, bien qu'il appartînt au parti de Johnny Iselin. Ils habitaient dans l'Est. Ils se trouvaient dans l'État de la mère de Raymond en séjour d'été, époque où les professeurs et les sénateurs qui n'ont pas une réélection en vue ont un peu de temps pour dépenser ce qu'ils ont amassé de leurs gros salaires. Ils avaient été invités par une camarade de Jocie à l'université à occuper la propriété d'été de sa famille pendant que celle-ci faisait un voyage en Europe. Ils ne se doutaient certes pas qu'ils partageraient le calme et la fraîcheur du même lac bleu que le gouverneur Iselin et sa femme, sinon ils auraient poliment refusé l'invitation. Lorsqu'ils le découvrirent, ils étaient déjà installés, il était donc trop tard pour rien y faire.

Jocie avait dix-neuf ans, cet été-là, lorsqu'elle déboucha à un tournant de la route poussiéreuse au moment où un serpent venait de mordre Raymond. Celui-ci était allongé dans son caleçon de bain couleur lie-de-vin, à l'endroit où il était tombé, et il regardait le serpent vert qui glissait lentement dans la poussière dorée vers l'autre côté de la route, puis son regard revint à la blessure fraîche sur sa jambe nue. Elle ne lui dit pas un mot, mais, s'arrêtant, elle examina en silence les deux taches rouge sombre sur sa chair saine, ouvrit rapidement une petite trousse en matière plastique attachée derrière la selle de sa bicyclette, en tira une lame de rasoir et une bouteille pleine d'un liquide rouge, puis s'agenouilla auprès de lui. Ses doux yeux bruns rayonnaient d'une sagesse rassurante ; elle incisa en croix chaque tache rouge sombre d'un coup de rasoir habile, et colla sa bouche sur la jambe de Raymond et aspira deux gorgées de sang. Aussitôt après avoir recraché le sang, elle s'essuya la bouche du revers de la main, comme un ouvrier qui vient de finir un sandwich et une bouteille de bière. Elle versa le liquide rouge sur les plaies, serra les jambes de Raymond avec deux bandes qu'elle avait découpées en déchirant un mouchoir, puis satura de liquide rouge le pansement improvisé.

— J'espère que je sais ce que je fais, fit-elle d'une voix qui tremblait un peu. Mon père a terriblement peur des serpents dans cette région, et c'est pour cela que je me trimbale avec une lame de rasoir et du permanganate de potasse. Maintenant, ne bougez pas. Il est très, très important que vous ne bougiez pas pour ne pas entraîner dans votre sang ce qui peut rester de venin.

« Tout en parlant, elle s'approchait de sa bicyclette.

— Je vais revenir avec une voiture. J'en ai pour dix minutes, tout au plus. Restez bien tranquille. Vous entendez?

Elle disparut en pédalant à toutes jambes vers le même tournant de la route d'où elle avait jailli comme par magie. Elle avait disparu depuis un moment avant qu'il se rendît compte qu'il ne lui avait pas dit un mot et que, s'attendant à mourir lorsque le serpent l'avait mordu, il n'avait plus pensé au serpent, à la morsure ni à sa mort imminente dès l'instant où elle était apparue. Il considéra avec surprise le pansement sommaire qui lui barrait la jambe au-dessous de son caleçon de bain. Une sorte d'encre rouge mêlée d'un peu de sang ruisselait doucement le long de sa jambe, en filets parallèles, et il songea que, si cet accident était arrivé à sa mère, elle aurait prétendu que le permanganate était son propre sang.

Une voiture revint, presque tout de suite, lui sembla-t-il, avec Jocie et son père, heureux de voir que tous les avertissements qu'il avait prodigués à propos des serpents dans les bois étaient justifiés.

Ils ramenèrent Raymond jusqu'au bungalow, croyant qu'il ne parlait pas à cause du choc. Raymond était assis auprès de Jocie, sur la banquette arrière, sa jambe mordue appuyée contre le dossier de la banquette avant. C'était le sénateur qui conduisait et il racontait d'horribles histoires de serpents, où aucune des victimes qu'ils avaient mordues ne s'en était tirée. La façon dont Raymond regardait Jocie révélait assez qu'il était choqué.

Lorsqu'ils furent arrivés, le sénateur examina la plaie et parut enchanté de constater qu'il n'y avait pas d'enflure. Il prit la température de Raymond et la trouva normale. Il cautérisa les plaies avec une solution d'acide carbonique, tandis que Raymond continuait de dévisager respectueusement sa fille. Lorsqu'il eut terminé, le sénateur posa la seule question qu'il pouvait raisonnablement poser.

— Vous êtes muet? fit-il.

— Non, monsieur.

— Ah, bon.

— Je vous remercie beaucoup, dit Raymond, miss… miss…

— Miss Jocelyn Jordan, dit le sénateur. Étant donné que vous êtes pratiquement unis par le sang, il est temps que vous fassiez connaissance.

— Enchanté, dit Raymond.

— Maintenant, d'après l'étrange coutume de cette région, c'est à votre tour de dire votre nom, expliqua gravement le sénateur.

— Je m'appelle Raymond Shaw, monsieur.

— Enchanté, Raymond, dit le sénateur lui serrant la main.

— C'est moi qui vous ai sauvé la vie, dit Jocie, d'un ton mélodramatique, et je puis maintenant en faire ce que bon me semble.

— Je voudrais vous demander la permission d'épouser Jocelyn, monsieur.

Comme toujours, Raymond était extrêmement sérieux. Les Jordan éclatèrent de rire, croyant que Raymond voulait les amuser, mais, lorsqu'ils tournèrent les yeux vers lui pour le féliciter de son esprit et qu'ils virent son expression désemparée et presque vexée, ils se trouvèrent fort gênés. Le sénateur Jordan se mit à tousser violemment. Jocie murmura que la galanterie, après tout, n'était pas morte, qu'il était temps de faire un peu de café et disparut précipitamment vers ce qui devait être la cuisine. Raymond la suivit des yeux. Pour se donner une contenance, le sénateur vint s'asseoir dans un fauteuil d'osier auprès de Raymond.

— Votre maison est près d'ici ? demanda-t-il.

— Oui, monsieur. C'est cette maison rouge juste de l'autre côté du lac.

— La maison d'Iselin ?

Jordan parut surpris. Son expression se fit moins amicale.

— C'est ma maison, dit simplement Raymond. C'était la maison de mon père, mais mon père est mort et il me l'a léguée.

— Pardonnez-moi, on m'avait dit que c'était la propriété d'été de Johnny Iselin et que tous les endroits au monde où je pourrais passer l'été…

— Johnny vient quelquefois, monsieur, quand il est trop ivre pour que ma mère lui permette de rester au Capitole.

— Votre mère est… hum… Mme Iselin ?

— En effet, monsieur.

— Il m'a paru jadis nécessaire d'attaquer votre mère en diffamation. Je m'appelle Thomas Jordan.

— Enchanté, monsieur.

— Cela lui a coûté soixante-dix mille dollars, plus les dépens. Ce qui l'a vexée beaucoup plus, c'est que j'ai fait don de la totalité de la somme à une organisation qui s'appelle l'Union américaine des libertés civiques.

— Oh!

Raymond se souvenait des termes qu'avait employés sa mère, des objets qu'elle avait cassés, du bruit qu'elle avait fait et du portrait qu'elle avait peint de cet homme. Jordan eut un sourire un peu amer.

— Votre mère et moi, nous ne sommes pas, nous n'avons jamais été et nous ne serons jamais d'accord, pour ne rien dire de nos conflits d'intérêts. Je ne vous dis cela qu'après avoir longuement étudié la question et l'utilisation que nous faisons tous des expédients en politique.

Raymond lui rendit son sourire, mais plus ouvertement, et Jocie qui entrait en portant un plateau le trouva étonnamment beau et séduisant. Il avait des dents blanches et régulières se découpant sur un long visage hâlé, et il avait les yeux jaune-vert d'un lion.

— Si vous n'étiez pas sûr de cela, monsieur, dit Raymond, vous ne pourriez être sûr de rien, c'est l'absolue vérité.

Ils éclatèrent tous deux d'un rire brusque et cordial qui scella leur amitié. Jocie s'approcha d'eux avec les tasses, le café et une bouteille de whisky, et Raymond commença d'éprouver les premiers symptômes d'un état nauséeux qui dura tout l'été, tandis qu'il s'efforçait de comparer la fille du sénateur Jordan aux vieux préjugés de sa mère.

Cet été-là fut, à une exception près, le seul moment heureux de la vie de Raymond. Deux fontaines d'eau fraîche et rafraîchissante furent tout ce que Raymond trouva dans la sécheresse qui fut son lot, deux brèves époques où il s'éveillait chaque matin attendant avec impatience le bonheur et le découvrant. Deux fois, il connut une époque où les trois cent soixante degrés d'horizon de sa sensibilité n'étaient pas balayés par les trois faisceaux de la méfiance, de la crainte et du ressentiment, jaillissant du phare esseulé de son âme.

Jocie lui montra quels étaient ses sentiments. Avec le cérémonial d'un amour neuf, elle lui faisait chaque jour mille petits cadeaux rayonnants.

Il marchait auprès d'elle. Une ou deux fois, il la toucha, mais il ne savait pas comment ni où la toucher. Elle devina pourtant combien il essayait d'apprendre, comme il se donnait du mal pour abandonner le passé pour pouvoir lui parler des sentiments glorieux qu'elle lui faisait éprouver et à quel point il avait besoin d'elle.

Chaque matin, il attendait devant chez elle, le regard fixe comme s'il voulait voir à travers les murs ; jusqu'au moment où elle sortait en courant. Ils passaient tous les jours ensemble. Ils se séparaient tard, alors que la nuit était tombée depuis longtemps. Ils ne parlaient pas beaucoup, mais chaque jour elle le rapprochait du moment où il allait rompre ses barrières, elle l'amenait grâce à son amour à en dire plus tous les jours.

Cet été fut le second moment de bonheur dans son existence. La première fois ne valait pas la seconde, parce qu'il avait peur, parce qu'il était convaincu qu'on allait l'en priver. Pendant tous les moments qu'ils passèrent ensemble, il était crispé, il attendait le hurlement de rage de sa mère. Il en perdit une douzaine de kilos, il n'arrivait à conserver aucune nourriture tandis qu'il s'escrimait pour maintenir séparées la pensée de sa mère et celle de Jocie. Sa mère finit par découvrir la vérité et par apprendre qui était le père de Jocie. Tout fut aussitôt fini.

Johnny déclara qu'il ne voulait pas être là lorsqu'elle dirait à Raymond ce qu'elle avait à lui dire. Il regagna la capitale, où il avait d'ailleurs beaucoup de travail. Ce soir-là, Raymond rentra seul. Sa mère l'attendait. Elle portait un peignoir d'une extraordinaire beauté, d'un rouge orangé. Il avait un grand col noir élisabéthain, qui entourait sa tête blonde, à la mode des sorcières. Cela lui donnait un air infiniment bon, elle paraissait très belle et rayonnante lorsque Raymond entra dans la pièce, tramant son appréhension derrière lui, fort inquiet de la trouver éveillée à une heure aussi tardive.

Elle est là, comme une déesse de catalogue, sereine comme l'étoile d'un arbre de Noël, frottant les dents de sa puissance sur la soie de ma joie, la souillant, la déchirant, prête à la jeter, elle a de plus en plus l'air de ces femmes sans épaisseur qui posent pour les publicités de vernis à ongles. Dire que j'ai toujours eu envie de la tuer et que maintenant c'est trop tard.

— Qu'est-ce que tu veux, maman?

— En voilà une façon de m'accueillir à 3 heures du matin.

— Il est 2 h 45. Qu'est-ce que tu veux? Après toutes ces années, je suis tout étonné de me retrouver seul dans une pièce avec toi.

— C'est vrai, Raymond. Je suis une femme occupée. Crois-tu que ce soit pour moi que je travaille et que je me ruine la santé? C'est pour toi que je le fais. Je te fais une place.

— Je t'en prie, maman... Fais-le plutôt pour Johnny. Je ne pourrais pas lui souhaiter pire.

— Ce que tu fais à Johnny, c'est le pire que tu pourrais lui souhaiter.

— Quoi donc? Je m'en vais lui en mettre une double dose.

— Je parle de cette petite grue communiste.

— Tais-toi, maman! Assez! fit-il d'une voix qui soudain montait.

— Sais-tu qui est Jordan? Tu tiens à crucifier Johnny?

— Je ne peux pas te répondre. Je ne sais pas de quoi tu parles. Je vais me coucher.

— Assieds-toi!

Il s'arrêta où il était. Il était près d'une chaise. Il s'assit.

— Raymond, ils habitent New York. Comment la verrais-tu?

— Je pensais trouver une situation à New York.

— Il faut que tu fasses ton service militaire.

— Au printemps prochain.

— Alors?

— Je serai peut-être mort au printemps prochain.

— Oh, Raymond, je t'en prie!

— Personne ne m'a donné une garantie attestant que je vivrai encore la semaine prochaine. Cette fille, c'est le présent. Je me fous tout autant de la carrière politique de son père que de ton activité politique à toi! Jocie... Jocie, c'est tout ce qui m'intéresse.

— Raymond, si nous étions en guerre...

— Oh, maman, je t'en prie!

— ... et si tu t'amourachais soudain de la fille d'un agent russe... est-ce que tu ne t'attendrais pas à ce que je vienne te trouver pour te faire des reproches et pour te supplier de mettre un terme à cette affaire avant qu'il soit trop tard? Eh bien, nous sommes en guerre.

C'est une guerre froide, mais cela ne va faire qu'empirer jusqu'au moment où tous les hommes, toutes les femmes, tous les enfants de ce pays devront se dresser et se faire recenser pour dire s'ils sont du côté du droit et de la liberté, ou du côté de Thomas Jordan. Si tu veux, j'irai demain avec toi à Washington et je te montrerai des documents qui prouvent que cet homme incarne le Mal et qu'il fera n'importe quoi pour que le Mal l'emporte…

Telle fut à peu près leur conversation. La mère de Raymond commença d'occuper la tribune vers 3 heures du matin et elle n'arrêta pas, le suivant partout où il allait, ne le lâchant pas d'une semelle, lui parlant d'une voix frémissante du rêve américain et de sa signification actuelle, utilisant de vieux restes des discours du 4 Juillet et des éditoriaux de Hearst tels que « Le péril rouge », « La liberté et l'Amérique comme nous la connaissons », « La police de la pensée et la vie américaine », tout cela jusqu'à 10 h 50 le lendemain matin, où Raymond, qui avait perdu beaucoup de poids cet été-là et qui, depuis trois semaines, avait une température au-dessous de la normale, finit par s'évanouir. Elle avait continué à parler malgré toutes les manifestations de défi de plus en plus faibles qu'il lui avait opposées, malgré ses cris, ses hurlements, ses pleurs, ses supplications, ses gémissements et ses sanglots, et la puissance de sa force sans limite avait lentement et sûrement triomphé de sa double faiblesse : physique et psychologique, jusqu'au moment où il fut convaincu qu'il ferait bien de se débarrasser de Jocie s'il pouvait retrouver en échange un peu de silence et de sommeil. Elle lui fit prendre quatre comprimés de somnifère, le borda dans son lit et il dormit jusqu'au lendemain après-midi 17 h 45, mais même alors il était trop faible pour se lever. Sa mère, après avoir mis son petit garçon au dodo, prit une douche brûlante suivie d'une douche chaude, injecta une réconfortante dose de morphine dans la grosse veine de son avant-bras gauche (toujours couvert de ses longues manches si élégantes) et s'installa devant sa machine à écrire pour rédiger un petit billet de Raymond à Jocie. Elle le recommença trois fois, mais, quand elle en eut terminé, c'était parfait, elle signa du nom de Raymond et cacheta l'enveloppe. Puis elle s'habilla, sauta dans la camionnette et se rendit tout droit chez les Jordan. Jocie était allée à la poste faire une course pour son père, mais le sénateur était là. La mère de Raymond lui dit qu'il leur serait nécessaire d'avoir une conversation, aussi la pria-t-il d'entrer. Les Jordan firent leurs bagages et quittèrent le lac à 18 heures ce soir-là.

Jocie, qui était tombée aussi profondément amoureuse de Raymond que lui-même l'était d'elle, car elle était normale et en bonne santé, ne comprit jamais très bien pourquoi tout était fini. Son père lui annonça que Raymond s'était engagé dans l'armée le matin même et qu'il n'avait téléphoné que pour dire qu'il ne pourrait plus revoir Jocie et pour lui faire ses adieux. Son père, après avoir lu l'affreuse lettre, avait frissonné de dégoût et l'avait brûlée. La mère de Raymond lui avait expliqué que, malgré leurs divergences d'opinions, elle était venue lui dire que sa fille était quelqu'un de beaucoup trop bien pour être blessée ou pervertie par son fils, que Raymond était un homosexuel et un dégénéré à bien d'autres égards, et que mieux vaudrait que cette douce et charmante enfant l'oubliât au plus vite.

6

En février 1953, un peu plus de deux mois après sa démobilisation, Raymond trouva un emploi d'enquêteur-confident et de concierge de la tour d'ivoire de Holborn Gaines, le distingué chroniqueur de politique internationale du *Daily Press,* à New York ; et cela grâce à : 1) un coup de téléphone du directeur du *Journal* à Joe Downey, directeur du *Daily Press*; 2) sa parenté avec Mme John Yerkes Iselin, que M. Gaines admirait et méprisait, en la considérant comme une des meilleures têtes politiques du pays ; 3) la médaille d'honneur.

M. Gaines était un homme de soixante-huit ou soixante-dix ans, qui portait un foulard de soie dans le col de sa chemise quand il était à l'intérieur, quelle que fût la saison, et qui buvait régulièrement des quantités de bière hollandaise sans que cela parût jamais le faire grossir ni l'ensommeiller. Il trouvait qu'à peu près tout ce qui s'était passé en politique depuis l'ascension de César jusqu'à la chute de Sherman Adams comptait parmi les manifestations les plus amusantes de la civilisation. M. Gaines étudiait longuement les rapports détaillés et confidentiels de l'un ou l'autre des correspondants du journal à travers le monde, qui lui donnaient des renseignements inédits sur toutes les combinaisons politiques réelles ou imaginées, en buvant au goulot une gorgée de bière, riant sous cape comme si c'était Mark Twain qui avait écrit l'esquisse de la catastrophe mondiale de ce jour-là. C'était un homme bon, qui prit la peine d'expliquer à Raymond le premier jour où il vint travailler qu'il n'aimait guère parler et qui souligna sans ambages combien ils seraient heureux tous les deux si chacun pouvait connaître à fond le travail de l'autre, de façon que toute conversation s'avérât inutile. Cela convenait si bien à Raymond qu'il ne put en croire sa chance. Quand il avait travaillé plus vite et mieux encore que d'habitude et qu'il devait attendre que M. Gaines lui indiquât d'un grognement et d'un geste vers une pile de papiers ce qu'il allait devoir faire ensuite, il restait assis, replié sur lui-même, regrettant de ne pouvoir se tourner entièrement vers l'intérieur en se fermant à tout ce qui était le monde extérieur, mais il craignait que M. Gaines ne décidât de parler, ce qui l'obligerait à s'extirper du puits. Il attendait donc en observant son maître et il en arriva au point que M. Gaines et lui n'auraient pu vivre dans une entente plus parfaite si l'un avait travaillé le jour et l'autre la nuit.

Le directeur de la propagande au *Daily Press* était un jeune homme du nom de O'Neil. Il s'arrangea pour faire offrir par les membres de la rédaction un dîner en l'honneur de Raymond (dîner auquel M. Gaines avait une excuse toute trouvée pour ne pas assister, puisque, après tout, il connaissait Raymond), afin d'accueillir dignement ce héros. Lorsque O'Neil parla pour la première fois à Raymond de ce projet de dîner, ils étaient tous les deux dans le bureau de M. Gaines, un des nombreux petits compartiments vitrés qui s'alignaient au fond de la salle de rédaction. Raymond décocha à O'Neil un coup de poing qui l'étendit en travers du bureau et profita de ce qu'il était allongé pour lui cracher dessus. O'Neil ne demanda pas d'explications. Il se releva, un petit filet de sang coulant au coin gauche de sa bouche, et rossa tranquillement et méthodiquement Raymond. Ils étaient à peu près du même âge et du même poids, mais O'Neil avait pour lui l'intérêt, ce qui est la clé de l'existence. La correction fut rapide et soignée, mais il faut bien comprendre que Raymond avait marqué un point. Personne d'autre ne sut ce qui s'était passé, et, comme le dîner était prévu pour la semaine prochaine et que O'Neil savait qu'il aurait besoin de clichés de Raymond photographié auprès de divers chefs de services du journal, il prit soin de ne pas frapper Raymond au visage. Quand ce fut terminé, Raymond reconnut que jamais ce dîner ne lui paraîtrait une bonne idée, car il estimait que c'était « une manifestation vulgaire qui dépréciait le drapeau », mais il accepta quand même d'y assister. O'Neil, à son tour, lui dit que, s'il connaissait quelque chose de mieux dans le genre manifestations typiquement américaines, il serait reconnaissant à Raymond de bien vouloir le lui indiquer, et il convint de limiter la cérémonie à un seul discours qu'il prononcerait lui-même et qui serait bref, Raymond pour sa part n'ayant qu'à se lever pour remercier et qu'à s'incliner légèrement sans avoir à prendre la parole.

En décembre 1953, Raymond fut l'invité d'honneur donné par le Club de la presse étrangère, où le principal orateur était un général d'infanterie enfermé dans un poumon d'acier. Raymond ne put se dérober à cette invitation, car son patron, M. Gaines, était président du comité du dîner. Tout ce que Raymond dit quand il parla, ce fut : « Merci à tous. » La chose avait été organisée tout autrement qu'avec O'Neil. M. Gaines était arrivé un matin, avait tendu à Raymond une invitation imprimée à son nom, lui avait administré une petite tape amicale sur le dos, avait ouvert une bouteille de bière, et s'était assis à son bureau.

7

La guerre était terminée en Corée. La caméra qui saisissait tous les mouvements de la vie de chacun était réglée à l'envers, de façon que tous revinssent au point où ils se trouvaient quand la guerre avait éclaté. Pas tous. Certains, comme Mavole et Lembeck, restèrent là où on les avait laissé tomber. Les autres membres de la patrouille de Marco, qui croyaient à tant de choses qui n'étaient jamais arrivées, regagnèrent leur foyer, le quittèrent, trouvèrent une situation et la quittèrent jusqu'au jour où enfin ils furent parvenus à comprendre leur désespoir et à s'en arranger, pour s'installer à faire les gestes automatiques de ce que l'on appelait la vie.

Marco ne rentra aux États-Unis qu'au printemps de 1954, le premier jour du printemps. Il était momentanément affecté à la 1re armée sur Governor's Island, dans la rade de New York, aussi estima-t-il qu'il serait accueilli à bras ouverts s'il venait passer sa permission comme l'invité de Raymond dans son appartement. Raymond, et il en fut le premier surpris, réserva le meilleur accueil à Marco.

Raymond habitait un grand immeuble de Riverside Drive, qui donnait sur l'Hudson, à peu près juste en face d'un spectaculaire panneau lumineux sur la rive du New Jersey, qui proclamait mystéricusement SPRY au côté démodé de l'île de Manhattan.

L'appartement était au seizième étage. C'était un vieil appartement, ce qui signifiait que les pièces étaient grandes et claires, les plafonds assez hauts pour permettre une constante circulation d'air et les murs assez épais pour permettre à un homme et à sa tendre épouse d'avoir une stimulante discussion à pleins poumons sans troubler le système nerveux des voisins. Raymond avait loué l'appartement meublé et, à part les livres, les disques et le phono, rien ne lui appartenait.

La banque réglait le loyer, tout comme les factures de l'épicier, du teinturier, du blanchisseur et du boucher. Ces commerçants adressaient directement leurs notes au banquier personnel de Raymond, un certain M. Jack Rothenberg. Raymond estimait que les échanges d'argent étaient l'un des rares moments qui permettaient encore aux gens de communiquer entre eux, et il ne voulait pas s'en occuper. Le geste d'amour, non pas tant des gens eux-mêmes, mais la tendresse qu'impliquait le passage d'une main à l'autre de billets encore chauds était pour Raymond un geste intime au point d'en être obscène, si bien qu'il insistait pour que la banque se chargeât de cette fonction, ce pourquoi il la payait grassement.

Tous les lundis matin, à 10 h 15, un messager de la banque se rendait au bureau de Raymond, avec une grande enveloppe cachetée contenant quatre billets de vingt dollars, quatre billets de dix dollars, cinq billets de cinq dollars et trente d'un dollar, soit un total de cent soixante-quinze dollars, pour lequel Raymond lui signait un reçu. Quand il le dépensait, c'était en livres, en repas dans de petits restaurants, car il était un gourmet, pour autant qu'on puisse l'être quand on lit son journal à table. Quant à son salaire du *Daily Press*, qui s'élevait à cent trente-cinq dollars et quatre-vingt-un *cents*, toutes déductions faites, il l'expédiait à la banque chaque vendredi et se trouvait à la fois chanceux et habile de vivre dans la plus grande ville de l'hémisphère occidental pour quarante dollars par semaine en espèces. Les frais d'existence, le loyer, etc., c'était la banque qui s'en occupait.

Autant que possible, il prenait tous ses repas seul, sauf une fois par mois où il était forcé d'accepter une invitation de O'Neil avec des filles. Tous les hommes que Raymond avait jamais connus semblaient capables de se procurer des filles, comme ils pourraient se procurer un jus de tomate en le commandant à un garçon de café. Raymond était un homme d'une beauté spectaculaire, instruit et intelligent. Il n'avait jamais fait venir une femme dans son appartement. Il achetait le plaisir dont il avait besoin moyennant vingt-cinq dollars l'heure, et il n'avait jamais jugé nécessaire de dépasser cette durée, bien qu'il l'occupât amplement à chaque fois. Par dégoût, parce qu'elle l'avait suggéré elle-même la première fois qu'il était venu, et non par désir inconscient d'être aimé, il donnait à la femme de chambre qui apportait les serviettes un pourboire d'un dollar et quart, puis il la dévisageait froidement lorsqu'elle le remerciait. Raymond avait tout de suite trouvé la bonne adresse. Il avait dit au chroniqueur de variétés du journal qu'il aimerait bien qu'il lui procure le meilleur arrangement au meilleur prix dans les bras d'une professionnelle belle et bien disposée. S'il avait su que ce rituel et la dépense correspondante étaient le résultat direct des efforts déployés par Yen Lo à Tunghwa pour le libérer de ses complexes, cela lui aurait fort déplu, car, bien que l'argent ne comptât guère pour lui et qu'il fût très satisfait de la professionnelle belle et bien disposée, il aurait tout autant préféré demeurer dans l'ignorance, car cela impliquait qu'il se mettait au lit ces soirs-là beaucoup plus tard qu'il ne le désirait et cela ne manquait pas d'empiéter sur le temps qu'il consacrait à ses lectures.

Marco débarqua sans tambour ni trompette. Il téléphona à Raymond au journal, en lui disant qu'il allait rester à New York quelque temps, qu'il allait s'installer chez lui. Ils se retrouvèrent un quart d'heure plus tard au restaurant hongrois chez Charlie. Avec l'installation de Marco, tout l'emploi du temps de Raymond se trouva bouleversé. Pendant dix jours environ, ce fut le chaos.

Marco ne croyait pas à l'amour vénal, car il trouvait que, de toute façon, ça coûtait beaucoup plus cher autrement, et il était bourré de fric. Ivre ou à jeun, Marco trouvait toujours des paires assorties de filles jolies, de filles vives et distrayantes, de filles riches, de filles pauvres et même une fois un jeu de sœurs très pieuses, qui insistaient pour se lever le matin afin d'aller à l'église, que ce fût dimanche ou pas, puis qui revenaient en courant dans le lit de Marco. Marco avait des filles planquées dans toutes les pièces de l'appartement de Raymond, semant de graves perturbations dans le rythme naturel de son existence. Il y avait trop de canettes de bière dans le réfrigérateur et trop peu de canettes de jus de fruits. Des livreurs ne cessaient de sonner à la porte de service, apportant des cartons ou des sacs en papier pleins de bouteilles d'alcool ou de gros sacs de cubes de glace. Tout ce beau monde semblait habile à cuire les spaghettis, et une pellicule de sauce tomate recouvrait toutes les surfaces blanches de la cuisine. Dans le salon, dans le living-room, dans la salle à manger (que Raymond avait transformée en bureau), le sol était jonché de soutiens-gorge et de combinaisons, ainsi que de culottes transparentes d'une stupéfiance petitesse. Marco trouvait inutile de pendre ses vêtements quand il était en permission, car, disait-il, les pénibles fouilles qu'il devait faire chaque matin dans chaque pièce parmi les piles de vêtements lui faisaient apprécier d'autant plus l'ordre qui régissait la vie militaire. Ce qu'il y avait de positif chez Marco, c'était que, s'il emplissait l'appartement de filles, de musique bruyante, de spaghettis et d'alcool, il n'invitait jamais d'autres copains, si bien que Raymond participait à tout cela pour 50 %. Les femmes étaient de toutes les tailles et de toutes les couleurs, n'ayant en commun que la bonne humeur que Marco exigeait d'elles, et il hésitait rarement à leur coller un œil au beurre noir si elles enfreignaient cette règle.

Raymond trouva cette vie agréable. Il ne l'aurait pas supportée à longueur d'année (et il était persuadé qu'il y avait des gens qui l'auraient pu). Tout cela lui parut d'abord extrêmement déconcertant, de son point de vue de doctrinaire, car les femmes bien habillées, au parler impeccable, lui semblaient être des ribaudes et les mignonnes nues ou demi-nues qui juraient comme des capitaines au long cours semblaient être là comme des comiques professionnelles ou des amuseuses travaillant au piano ou au téléphone. Elles parlaient, parlaient, parlaient toujours, mais jamais avec la déplaisante verbosité de Johnny Iselin.

Au début, lorsque Raymond se permettait d'avoir envie de participer lui-même aux débats, il ne savait pas comment s'y prendre, et il refermait derrière lui la porte de la salle à manger transformée en bureau en essayant de ne pas penser à tout cela. Ce n'était pas une solution satisfaisante. Il le fit la toute première nuit où Marco eut des invitées, et il resta assis là, pelotonné sur son malheur, craignant qu'on ne vienne pas le faire sortir de sa tanière, mais la porte finit par s'ouvrir toute grande, et une petite mais robuste rouquine, avec une silhouette qui le fit gémir tout seul, apparut sur le seuil, et le dévisagea d'un air accusateur.

— Eh bien, mon chou, demanda-t-elle avec sollicitude, qu'est-ce que tu as? Tu es une pédale?

— Une pédale? Moi?

— Il y a là quatre filles, annonça-t-elle, et un seul homme.

Marco m'a glissé à l'oreille qu'il y en avait un de plus ici, et j'ai eu beau me précipiter, ça m'inquiète quand même; qu'est-ce que tu peux bien faire ici alors qu'il y a là-bas des mignonnes tout ce qu'il y a de plus consentantes?

— Eh bien... voyez-vous...

Raymond se leva et fit un petit pas en avant.

— Permettez-moi de me présenter.

L'excitation montait en lui et il ne pensait plus à ses problèmes. Il se rendait vaguement compte que c'était la première fois qu'on lui faisait la cour et que, si elle pouvait continuer comme ça, tout se passerait très bien.

— Je m'appelle Raymond Shaw.

— Ah oui? Et moi, Winona Meighan. Je ne sais pas ce que les noms ont à voir avec ce que Marco m'a promis que je ferais si je venais ici, mais je m'aperçois maintenant que je vais peut-être être obligée de faire la queue comme à Radio City un dimanche soir?

— Je... c'est simplement que je ne savais pas quoi vous dire. Je suis tout aussi passionnément intéressé que vous, dit Raymond, mais je crois... enfin, on peut dire que je suis timide. Ou ignorant de toutes ces pratiques. En tout cas, timide.

Elle le rassura d'un geste.

— Tous les hommes sont timides aujourd'hui. Tout change sous nos yeux. C'est devenu une chose si extraordinaire de trouver un homme qui soit vraiment prêt à se mettre au pieu avec une femme que les femmes en sont tout excitées et qu'elles insistent trop. Je sais bien, mais je n'y peux rien.

Tout en parlant, elle referma la porte derrière elle. Comme elle ne trouvait pas de verrou, elle tira devant un lourd fauteuil.

— Alors, si tu es timide, on va éteindre les lumières, chéri. Winona comprend, mon chou. Tu n'as qu'à ôter ce gros pantalon et venir ici.

Elle fit glisser la fermeture éclair sur le côté de sa robe et entreprit d'en émerger d'un mouvement impatient.

— Il faut que je retourne en ville pour un spectacle à 23 heures, trésor, alors ne perdons pas plus de temps.

Au bout de la troisième nuit, Raymond estima qu'il était parfaitement adapté à ce nouveau mode d'existence. Winona s'était montrée extrêmement reconnaissante du soin avec lequel il s'était occupé d'elle, et la gratitude qu'elle exprimait de la voix et du geste, l'insistance qu'elle avait mise à lui faire noter son nom et son adresse tandis qu'elle-même notait le nom et l'adresse de Raymond car sa troupe partait le lendemain matin pour huit semaines à Las Vegas, tout cela lui avait donné une remarquable assurance. Lorsqu'elle avait dû s'en aller, tous deux se sentant épuisés mais tristes, il s'en était allé d'un pas lent et désincarné dans le living-room où Marco organisait des tableaux vivants : il était en train d'expliquer aux quatre filles qu'il savait exactement quelle était la façon de procéder, qu'il avait étudié tous les mouvements nécessaires, et que, si tout le monde y mettait du sien, peut-être pourraient-ils arriver à quelque chose d'intéressant comme cela se passait dans un manuel passionnant qu'il avait lu pendant tout le trajet depuis San Francisco. Ça n'avait pas marché, mais tout le monde s'était bien amusé, et quand vint l'heure d'aller se coucher, deux des filles suivirent Raymond, comme si c'était une maîtresse de maison paillarde qui avait réparti les chambres et, après quelques joyeux ébats, ils avaient tous fini par s'endormir comme des anges.

Raymond s'éveilla à deux reprises au cours de la nuit et passa quelques moments langoureux à essayer de comprendre pourquoi il ne se sentait pas envahi par tous ces corps qui se jetaient sur lui ou qui parsemaient le paysage de sa vie privée, mais il ne parvint pas à trouver la réponse avant de se rendormir et, le matin, avec les filles qui se préparaient pour aller à leur bureau, à leur studio, à leur maison de couture ou à leur magasin, on avait tout juste le temps d'attendre patiemment son tour pour se mettre en hâte du rouge à lèvres dans la salle de bains et partir en courant sans avoir pris le petit-déjeuner.

Ce qui parut extraordinaire à Raymond, ce fut qu'aucune d'elles ne revînt jamais.

Marco passait toute sa journée dans la salle de lecture de la librairie de la 42e Rue, puis, en fin d'après-midi, consacrait deux heures à chasser la mignonne, et, à l'ébahissement de Raymond, toujours avec succès, si bien que, quand Raymond rentrait chez lui tous les jours à 18 h 22, il n'y avait jamais moins de trois filles intéressées et intéressantes, en train de préparer des spaghettis ou de téléphoner.

Marco expliqua le premier samedi matin que les femmes étaient beaucoup plus semblables aux hommes, que ne l'étaient les hommes entre eux. Particulièrement en ce qui concernait le non-engagement, à propos duquel elles ressemblaient beaucoup aux hommes. Marco affirmait qu'il n'y avait pas une femme saine au monde qui n'accepterait volontiers de se mettre au pieu si ce geste n'avait d'influence que sur le présent, demeurait sans rapport avec le passé et ne risquait en rien d'influer sur l'avenir. Aucune crainte de voir leur réputation compromise ne pouvait intervenir. Comme la bonne santé exige une bonne activité sexuelle, il affirmait à Raymond que la quasi-totalité de la population féminine de la ville de New York serait prête volontiers à coopérer avec eux si on s'y prenait comme il fallait.

— Mais comment? lui demanda Raymond, admiratif et stupéfait.

— Comment quoi?

— Comment t'y prends-tu avec elles?

— Oh, j'ai l'avantage sur les autres d'être reconnu officier et gentleman par une décision du Congrès, et je possède une certaine élégance naturelle.

— Je suis d'accord, mais moi aussi.

— Je les aborde en souriant. Je leur dis que je suis un officier de passage à New York, que je repars le lendemain matin pour mon nouveau poste à Hawaï et qu'à les regarder je les trouve extraordinairement séduisantes sur le plan sexuel.

— Mais… que disent-elles?

— Tout d'abord, bien sûr, elles me remercient. Elles sont d'accord, Raymond. Crois-moi, elles me devancent même et, selon qu'elles ont besoin d'être à la maison ce soir-là pour accueillir l'honnête garçon qui les fait vivre ou bien qu'elles aient rendez-vous sous la pendule du Biltmore pour persuader un soupirant, ou qu'elles soient prises par l'une ou l'autre de ces obligations irrévocables qui gâchent la vie citadine, elles se rendent parfaitement compte qu'une nuit est un bien court moment dans une ville aussi grouillante et encombrée que New York.

— Mais qu'en disent-elles?...

— À vrai dire, reprit Marco d'un ton pédant, je ne sais vraiment pas avant d'être rentré ici et qu'on sonne à la porte qui va venir et qui ne va pas venir. J'en invite toujours six. Tous les après-midi. Jusqu'à maintenant, nous n'en avons jamais eu moins de trois à nous mettre sous la dent et...

— Mais comment est-ce que tu...

— Comment est-ce que je les fais venir ici?

— Oui.

— Je leur explique que j'utilise l'appartement d'un ami. J'écris l'adresse, je déchire la feuille de mon carnet et je la leur glisse dans le creux de la main tout en leur adressant un aimable sourire plein de concupiscence, et en parlant tout bas de champagne frappé et d'excellents disques. Puis je leur donne une petite tape sur les fesses et je repars. Je t'assure, Raymond, que ça suffit et que tout le monde s'en trouve bien.

— Oui. Je vois. Mais...

— Mais quoi?

— Tu n'as jamais aucune liaison permanente? demanda Raymond.

— Bien sûr que si, répliqua Marco avec vigueur. Pour qui me prends-tu?... pour un zombi? À Londres, avant cette affectation où je t'ai rencontré, j'étais éperdument amoureux de la femme de mon colonel, et elle de moi. Et ça a duré près de deux ans.

Un soir, Marco se retira dans sa chambre en entraînant avec lui deux jeunes créatures. L'une était une certaine Melle Ernestine Dover, qui travaillait dans un magasin particulièrement élégant de la 5e Avenue, et l'autre une Mme Diamentez, qui était mariée à un des meilleurs arrières professionnels de base-ball du pays. Au bout d'un moment, tout ce petit monde s'endormit.

Raymond savourait les plus vifs plaisirs sur un grand lit dans une pièce voisine, avec une chanteuse momentanément au chômage qui avait du sang hawaiien, noir et irlandais, et dont Marco avait fait connaissance l'après-midi même sous le porche d'une église où il était entré pour allumer un cigare à l'abri du vent.

Ils se redressèrent tous comme un seul homme – Raymond et June, Mlle Dover et Mme Diamentez – car Marco hurlait : « Arrêtez-le ! Arrêtez-le ! » d'une voix rauque, en s'efforçant de sortir du lit, les jambes irrémédiablement empêtrées dans les couvertures. Ce fut Mme Diamantez qui retrouva la première ses esprits – après tout, elle était mariée –, elle prit Marco par les épaules et le repoussa en arrière sur le lit, lui bloquant le torse avec son propre corps, tandis que Mlle Dover lui immobilisait les jambes entre les siennes.

— Ben ! Ben ! hurlait Mme Diamentez.

— Ça va, mon chou, ça va. Tu n'es pas là-bas, tu es ici, criait Mlle Dover.

Raymond et June apparurent tout nus sur le pas de la porte.

— Qu'est-ce qui se passe ? dit Raymond.

Ben roulait et tanguait, les yeux exorbités, l'air farouche d'un animal pris au piège prêt à sacrifier une patte si cela lui permet de se libérer. June alla prendre un vieux verre de scotch sur la commode et, traversant la chambre en courant, en versa le contenu sur Marco.

Cela le calma. Les filles le libérèrent. Sans dire un mot à personne, il contemplait Raymond avec appréhension. Il se dirigea d'un pas de somnambule vers la salle de bains. Il secouait lentement la tête en marchant, comme un boxeur saoulé de coups, et un tic crispait sa joue gauche. Il referma derrière lui la porte de la salle de bains, l'oreille aux aguets, et soudain les robinets de la baignoire s'ouvrirent en grand.

— Tu n'as besoin de rien, mon chou ? fit Mlle Dover, mais il n'y eut pas de réponse.

Au bout d'un moment, bien que Marco refusât de sortir de la baignoire ou de répondre, ils allèrent tous se recoucher et Mme Diamentez s'en alla avec Raymond et June.

Le neuvième jour de permission de Marco était un dimanche. Ils se retrouvèrent soudain seuls. Toutes les souris étaient allées se faire prendre ailleurs. Marco avait une gueule de bois comme il n'en avait pas eu depuis quatorze ans, car il avait mélangé du beaujolais avec quelque chose qui s'appelait le whisky wilkins des familles. Ils prirent un steak pour leur petit-déjeuner. Raymond ouvrit les portes-fenêtres et resta assis à regarder la circulation sur le fleuve et la bande de métal multicolore qui ne cessait jamais de rouler sur l'autoroute du West Side. Au bout d'un moment, comme Marco demeurait plongé dans le silence de sa gueule de bois, Raymond se mit à parler de Jocie. Elle s'était mariée deux mois plus tôt et habitait l'Argentine. Son mari était agronome. La nouvelle avait paru dans la rubrique mondaine de son propre journal et, à entendre Raymond, on avait l'impression que, si cette annonce n'avait pas paru, le mariage n'aurait pas été valide et elle aurait été libre de partir avec lui.

Le jeudi suivant, Marco reçut l'ordre de rejoindre Washington, et il partit sans avoir jamais mis les pieds dans un seul bâtiment de Governor's Island. Il devait rejoindre le Pentagone, où on l'affecta au service de renseignements, tandis qu'on le nommait commandant.

Des neuf survivants de la patrouille qui avait valu à Raymond la médaille d'honneur, deux seulement avaient des cauchemars. Des milliers de kilomètres les séparaient, et aucun des deux ne savait que l'autre était en proie aux mêmes cauchemars, scène pour scène, visage pour visage et choc pour choc. Les détails de ces rêves et leur fréquence étaient épuisants. Ils rêvaient qu'ils étaient assis avec les autres hommes de la patrouille, derrière le sergent Shaw et un vieux Chinois, sur une estrade, devant un public de fonctionnaires et d'officiers soviétiques et chinois et qu'ils souriaient et s'amusaient calmement, pendant que Shaw étranglait Ed Mavole, puis abattait Bobby Lembeck d'une balle dans la tête. Dans une variante du rêve, ils revoyaient la séance d'instructions devant le tableau noir et les instructeurs leur faisaient répéter un récit de bataille imaginaire jusqu'à savoir par cœur tous les détails de leur mission. Ce qu'il y avait d'incompréhensible dans ce cauchemar, c'était que les détails du récit de l'engagement qu'on leur faisait apprendre correspondaient exactement à ceux de l'action qui avait valu à Shaw la médaille d'honneur.

L'un de ces hommes n'avait d'autre recours que d'essayer d'oublier les cauchemars quand ils survenaient. L'autre n'avait d'autre solution que d'essayer de se rappeler ces rêves quand il était éveillé, puisque c'était son travail. Marco avait été entraîné à se servir de façon intensive d'une mémoire extrêmement développée. Le premier cauchemar lui était venu alors qu'il était au lit avec Mlle Dover et Mme Diamentez. Cela l'avait effrayé comme jamais de la vie il n'avait été effrayé. Il était resté assis dans cette baignoire pleine d'eau froide jusqu'au lever du jour et, si ces femmes bruyantes et gaies n'avaient pas été là, il aurait été incapable d'affronter Raymond. Les rêves recommencèrent régulièrement lorsqu'il se fut installé à Washington. Quand il eut fait le même rêve terrifiant pendant neuf nuits consécutives et qu'il se mit à avoir les mains qui tremblaient, cela devint pour lui une obsession qu'il ne pouvait faire partager à personne. Les uniformes soviétiques le hantaient. Le fait de voir son ami tuer deux de ses hommes tous les soirs devant tout le monde, en l'obligeant à devenir un figurant de cette scène, était une atteinte délibérée à son équilibre. Il ne pouvait en parler à personne avant d'avoir le sentiment d'en comprendre tous les aspects. Marco commença donc à vivre avec cet incube. Il le sentait en lui quand il dormait. Il se débattait pour en sortir, sachant qu'il le retrouverait plus tard, car il ne pouvait pas ne pas dormir. Il rédigea des rapports détaillés sur la partie du cauchemar dont il venait d'émerger. Il renonça aux femmes, car il leur faisait peur, et il craignait de parler et de crier, si bien qu'on finirait par dire qu'il était un peu dingue. Les femmes, pour Marco, c'était une nourriture, une boisson, une musique excitante. Les notes qu'il prenait devinrent volumineuses et il les recopia toutes dans un grand carnet à feuilles mobiles. On y lisait des choses telles que : Où l'interprète Chunjin a-t-il trouvé un cigare ? Pourquoi avait-il le droit de s'asseoir dans un fauteuil auprès d'un général soviétique ? Marco se mit à noter combien de fois ce genre de détails apparaissaient dans ses rêves. Qu'est-ce que ce tableau noir ? notait-il. Il y avait trois couleurs différentes de craie. Pourquoi les

Chinois connaissent-ils d'avance et avec tant de détails un engagement qui va anéantir toute une compagnie d'infanterie chinoise? Pourquoi fait-on travailler si dur les hommes de la patrouille pour leur faire apprendre par cœur tant de détails d'ordres si différents? Le conflit qu'il y avait en lui entre l'amour, l'admiration et le respect pour Raymond, que Yen Lo avait semés dans son esprit, et ses notes précises et détaillées sur la façon dont Raymond avait étranglé Mavole et abattu Lembeck, l'avait amené à vivre dans la terreur et dans la crainte que tout ce qui se passait dans son imagination ne se révélât un jour se passer réellement dans la vie. Marco ne pensait pas que ces événements se fussent jamais produits. Les notes étaient destinées à l'empêcher de perdre la boule, à lui fournir les instruments de son effort quotidien pour conserver sa santé mentale. Les rêves se produisirent à la cadence d'environ trois fois par semaine en 1955, puis apparurent à une cadence de plus en plus fréquente en 1956, jusqu'au moment où Marco en vint à passer ses jours dans une sorte de brume après seulement trois heures de sommeil chaque nuit. Il ne sut jamais, durant toute cette période, qu'il n'avait pas perdu la raison.

En juillet 1956, vers 21 h 20, par une nuit que la plupart des New-Yorkais trouvaient étouffante, Raymond était assis relativement au frais devant ses portes-fenêtres ouvertes, sur le petit balcon balayé par une forte brise qui soufflait dans la vallée de l'Hudson. Il lisait le *Cours de français simplifié* de Le Compte et Sundeen, car il avait décidé de travailler directement d'après les notes de Brillat-Savarin et d'Escoffier quand il faisait la cuisine pour s'amuser, distraction à laquelle il s'adonnait depuis les nombreuses et plaisantes soirées où il avait aidé tant d'expertes jeunes femmes à préparer tant de différentes espèces de sauces pour les spaghettis.

Le téléphone posé sur son bureau auprès de son fauteuil se mit à sonner. Il décrocha.

— Pourrais-je parler à Raymond Shaw?

C'était une voix d'homme agréable, avec un accent indéfinissable.

— C'est lui-même.

— Pourquoi ne passez-vous pas le temps en faisant une petite partie de solitaire?

— Bien, monsieur.

Raymond raccrocha. Il fouilla dans les tiroirs de son bureau jusqu'à ce qu'il eût trouvé un jeu de cartes. Il le battit soigneusement et se mit à jouer. La reine de carreau ne se montra qu'au troisième tour. Quarante minutes plus tard, le téléphone sonna de nouveau, tandis que Raymond fumait en considérant la reine sur le dessus du paquet de cartes.

— Raymond?

— Oui, monsieur?

— Vous voyez la reine de carreau?

— Oui, monsieur.

— Avez-vous une police d'assurance accident?

— Non, monsieur.

— Alors, demain, vous vous en ferez établir une par le service d'assurances de votre journal. Prenez une assurance prévoyant pour une durée illimitée un revenu de deux cents dollars par semaine pour incapacité totale. Prenez également une assurance hospitalisation.

— Le journal en a pris une pour moi, monsieur.

— Bien. Samedi en huit, le 14 juillet, vous vous présenterez, à 11 h 10, à la clinique Timothy Swardon, 84 East 61e Rue. Nous voulons que vous veniez passer une visite. C'est clair?

— Oui, monsieur.
— Très bien. Bonne nuit, Raymond.
— Bonne nuit, monsieur.

La communication se termina là. Raymond se replongea dans *Le Compte et Sundeen*. Il but une bouteille de Coca-Cola. Il se coucha à 23 heures après une bonne douche et dormit d'un sommeil sans rêve. Il prit des figues et du café à son petit-déjeuner, arriva à son bureau à 9 h 45 et prit aussitôt contact avec le service du personnel pour se faire établir une police d'assurance, désignant son seul ami, Ben Marco, comme bénéficiaire de la somme de cinquante mille dollars s'il venait à mourir accidentellement ou de mort violente.

Le bureau du sénateur Iselin fit suivre au bureau du journal à New York une lettre personnelle adressée à Raymond, aux bons soins du sénateur. Elle portait le cachet de la poste de Wainwright, dans l'Alaska. Raymond l'ouvrit avec méfiance et lut :

Cher Sergent,

Il fallait que j'écrive à quelqu'un, parce que je crois que je deviens timbré. Vous comprenez, il faut que je l'écrive à quelqu'un qui sait de quoi je parle, et vous étiez mon meilleur copain dans l'armée, alors voici. Sergent, je suis dans le pétrin. J'ai peur de dormir, parce que je fais des rêves épouvantables. Ces rêves ont quelquefois des sons et des couleurs et se passent à une allure qui vous fiche la frousse. Vous devez vous demander ce qui me prend de devenir trouillard comme ça. Ils reviennent sans arrêt chaque fois que j'essaie de dormir. Je rêve de tous les gars qui faisaient partie de la patrouille où vous avez gagné la médaille pour nous avoir sauvés; et il y a un tas de Chinois et de gros bonnets de l'armée russe. Je vous assure que ce n'est pas marrant, croyez-moi. Il y a tout un tas de choses qui se passent dans ce rêve, et j'ai besoin d'en parler. Si vous entendez parler d'un autre gars de la patrouille qui fait le même genre de rêves, je vous serais bien reconnaissant de le mettre en rapport avec moi. J'habite l'Alaska maintenant et mon adresse est sur l'enveloppe. J'ai ici une bonne affaire de plomberie, et je serais en parfaite forme si ces fichus rêves ne me lessivaient pas trop. Enfin, Sergent, j'espère que vous allez bien et que, si jamais vous passez du côté de Wainwright, vous viendrez me dire bonjour. Bonne chance, mon vieux.

Votre ancien caporal,

ALAN MELVIN

Raymond relut une partie de la lettre et la considéra avec une incrédulité écœurée. Il en était si choqué qu'il lut et relut : « Vous étiez mon meilleur copain dans l'armée. » Il déchira la lettre en deux, puis en quatre, puis en huit. Quand il ne put la déchirer en fragments plus petits, il en laissa tomber les bouts dans la corbeille à papiers auprès de son bureau.

8

Depuis trois ans qu'il avait prêté serment comme sénateur des États-Unis, Johnny avait été lentement poussé par la mère de Raymond à se faire accepter au Sénat et dans les milieux officiels de Washington, à apprendre à bien connaître tous ces messieurs de la presse, à préparer le meilleur moment pour le début de sa campagne en vue de sa réélection, bref, il était maître du terrain. Il semble presque impossible aujourd'hui de croire qu'au milieu de son premier mandat, Johnny Iselin était un des membres les moins connus du Sénat. Ce ne fut qu'en avril 1956 que la mère de Raymond décida de tenter son premier grand coup.

Le matin du 9 avril, Johnny se présenta à la salle de presse du Pentagone pour assister à une conférence de presse du secrétaire à la Défense. Il arriva avec deux amis, qui représentaient respectivement des journaux de Chicago et d'Atlanta. Ils avaient pris le café ensemble avant de venir, et Johnny leur avait demandé ce qu'ils comptaient faire ce matin-là. Ils lui avaient répondu qu'ils devaient assister à la conférence de presse hebdomadaire du secrétaire, à 11 heures. Johnny dit d'un ton nostalgique qu'il n'avait jamais assisté à une vraie conférence de presse. Il était un sénateur si obscur, si peu sûr de lui, si gentil et si imbibé de whisky que l'un d'eux l'invita cordialement à les accompagner, ce qui devait lui valoir trois semaines plus tard (mais il n'en savait rien alors) une prime de deux cent cinquante dollars de son journal.

Johnny, à cette époque, était considéré comme une quantité si négligeable, bien qu'il fût connu de tous les journalistes de Washington, que, si on le remarqua, personne ne parut trouver surprenante sa présence. Pourtant, aussitôt après la conférence de presse, des correspondants qui se trouvaient ce matin-là à huit cents kilomètres de Washington prétendirent qu'ils étaient auprès de Johnny lorsqu'il proféra sa fameuse accusation. Les éditorialistes, les collaborateurs de revues trimestrielles, les correspondants de quotidiens étrangers consacrèrent tous beaucoup de temps et de pâte à papier et gagnèrent beaucoup d'argent à parler de cet extraordinaire matin où un sénateur choisit de protester et de proclamer son angoisse au cours d'une conférence de presse tenue par le secrétaire à la Défense.

Cette conférence, qui eut lieu dans un petit amphithéâtre muni de projecteurs pour les caméras d'actualités et de télévision, débuta de façon inattendue : le secrétaire, un homme aux cheveux blancs, au visage épanoui et au caractère emporté, s'avança sur l'estrade jusqu'au pupitre, flanqué de ses secrétaires de presse, et entreprit de lire la déclaration qu'il avait préparée concernant l'intégration des forces terrestres navales et aériennes des États-Unis en une seule unité loyale. Lorsqu'il eut terminé, il demanda d'un air soupçonneux dans les microphones si l'on avait des questions à poser. Il y eut les réactions habituelles des journalistes qui avaient pour mission de harceler le secrétaire afin de l'amener à prononcer l'une de ses fameuses phrases empreintes d'un tel mépris pour l'opinion publique que non seulement elles faisaient vendre plus de journaux, mais qu'elles donnaient à tous les chroniqueurs à prétentions intellectuelles un sujet de méditation. Le secrétaire ne se laissa pas prendre. Comme les questions se faisaient plus rares, il commença à se dandiner d'un pied sur l'autre. Il toussota et s'apprêtait à s'en aller lorsqu'une voix forte, tremblante d'une vertueuse indignation, mais vibrante du sens du devoir, retentit au milieu de la salle.

— Monsieur le secrétaire, j'ai une question à poser.

Le secrétaire dévisagea avec une certaine irritation cet inconnu qui avait jugé bon d'attendre aussi longtemps pour poser sa question.

— Qui êtes-vous, monsieur? dit-il sèchement, car il avait été dressé à se montrer poli envers la presse.

— Je suis le sénateur John Yerkes Iselin, monsieur! déclara la voix, et j'ai une question si grave à poser que la sécurité de notre pays dépend peut-être de votre réponse.

Johnny prit soin d'articuler soigneusement, si bien qu'avant qu'il eût terminé tous les journalistes de l'assistance l'avaient repéré.

— Qui ça? fit le secrétaire d'un ton incrédule, sa voix amplifiée par les miracles de l'électronique évoquant ainsi le cri d'amour d'un hibou géant.

— Pas de faux-fuyants, monsieur le secrétaire, cria Johnny. Pas de faux-fuyants.

Le secrétaire avait un caractère de tyran, il faisait partie d'une des plus puissantes dynasties du monde des affaires.

— Faux-fuyants? rugit-il. De quoi parlez-vous? Qu'est-ce que tout cela veut dire?

Cette phrase seule suffit à lui aliéner pour le reste de son mandant ministériel la sympathie de cette institution qu'on appelle le Sénat des États-Unis, car la première loi non écrite des États-Unis d'Amérique stipule qu'on ne doit jamais s'adresser sur ce ton à un sénateur en présence de la presse.

Les journalistes qui se trouvaient là furent grisés par les possibilités d'un choc entre deux hommes susceptibles de faire augmenter la vente des journaux, des magazines et des heures de publicité de radio et de télévision.

— Comme je l'ai dit, je suis le sénateur John Yerkes Iselin et j'ai en ma possession une liste de deux cent sept personnes dont le secrétaire à la Défense sait qu'elles appartiennent au parti communiste et qui continuent néanmoins à travailler et à concevoir la politique du département de la Défense.

— Quoooi?

Le secrétaire dut hurler sa stupéfaction dans les microphones pour se faire entendre par-dessus les murmures de l'assistance.

— J'exige une réponse, monsieur le secrétaire! s'écria Johnny, en brandissant au-dessus de sa tête une liasse de papiers, sa voix retentissant comme la trompette d'argent de la vertu.

Le secrétaire avait viré du rouge au magenta. Il respirait avec difficulté. Il se cramponna au pupitre comme s'il allait le lancer sur Johnny.

— Si vous avez une liste pareille, sénateur, bon Dieu, rugit-il, apportez-la! Donnez-moi cette liste!

— Il n'est pas question d'esquiver la vérité, monsieur le secrétaire. Vous ne mettrez pas la main sur cette liste. Je regrette profondément de vous dire devant toute cette assistance que vous n'avez plus ma confiance. Ce n'est plus au département de la Défense de faire une enquête. Je crois malheureusement, monsieur, que vous avez laissé passer votre chance. Cette affaire est sous la responsabilité du Sénat des États-Unis.

Sur quoi, Johnny tourna les talons et sortit à grands pas, laissant le chaos derrière lui.

Le lendemain, fidèle à un rendez-vous pris depuis des semaines et impliquant le paiement de «frais symboliques» de deux cent cinquante dollars, Johnny devait participer à une émission de télévision sur les Défenseurs de notre liberté, qui servait de vitrine d'exposition aux membres les plus conservateurs du gouvernement; c'était une émission-débats, où on posait des questions aussi peu directes que possible devant un des publics les plus clairsemés de l'histoire de la télévision. Cette émission ne subsistait que parce que la firme qui la patronnait la trouvait d'une certaine utilité. Il était agréable de dîner chaque semaine après l'émission avec les invités de marque, et cela permettait au président de la firme de se lier d'amitié avec eux et de continuer la discussion des problèmes du gouvernement et de passer de là à tel problème plus précis que la firme pouvait avoir avec ledit gouvernement.

Johnny avait été invité à participer à l'émission, car il était un des deux sénateurs demeurant en exercice avec qui le vice-président de la compagnie n'avait encore jamais dîné. Ce vice-président n'était pas un homme à sous-estimer.

Mais, le jour prévu pour l'émission, Johnny était l'homme politique le plus en vue du pays. Depuis trente heures, on ne parlait plus que de lui. Partout où cela fut possible, malgré le délai extrêmement court, les dirigeants de la firme qui patronnaient l'émission et la station achetèrent des demi-pages de publicité dans les journaux des grandes villes pour annoncer la présence de Johnny en direct au cours de l'émission.

La mère de Raymond laissa presque les choses suivre leur cours normal. Johnny devait prendre l'antenne à 19h30. À 13h30, elle annonça qu'à son grand regret il ne serait pas disponible, qu'il était trop occupé à préparer ce qui allait être l'enquête la plus importante que le Sénat eût jamais entreprise. Cette nouvelle fut un choc pour la station. C'en fut un aussi pour la firme qui patronnait l'émission. Après avoir encaissé le coup de façon à peine perceptible, le vice-président chargé de ces questions demanda qu'une entrevue fût rapidement et discrètement arrangée entre la mère de Raymond et lui. La mère de Raymond préférait avoir ce genre d'entretien dans une voiture, loin de tout appareil d'enregistrement. Elle conduisait elle-même et ils circulèrent tous deux à travers Washington en mettant au point un accord qui garantissait à Johnny « pas moins de six et pas plus de douze » apparitions à l'émission des Défenseurs de notre liberté, chaque année pendant deux ans, moyennant la remise pour chaque émission de sept mille cinq cents dollars d'actions de la compagnie, étant entendu que Johnny se chargerait de son côté de « rester un personnage d'actualité ». Ces conditions pourraient être revues toutes les trois émissions par le vice-président et par la mère de Raymond conjointement, le contrat pouvant alors être annulé ou prolongé par accord mutuel.

Johnny était donc là pour affronter le groupe sans peur de cinq journalistes devant les caméras de télévision à 19h30, ce soir-là. On revint longuement sur les accusations de la veille, à une différence près concernant le nombre exact de communistes au département de la Défense. Voici un extrait de l'enregistrement de l'émission :

SÉNATEUR ISELIN — Hier matin, j'ai... hum... discuté le... hum... fort pourcentage de communistes au... hum... ministère de la Défense. J'ai déclaré que j'avais les noms de... hum... cinquante-huit membres inscrits au parti communiste. Aujourd'hui... hum... je dis ceci : il faut les chasser ! Il faut les arracher à la protection du ministère de la Défense !

JAMES F. RYAN *(Stanford Bee)* — Mais vous avez effectivement les noms des cinquante-huit membres inscrits au Parti – d'authentiques communistes – qui dirigent la politique du département de la Défense... des communistes qui ont tous leur carte ?

SÉNATEUR ISELIN — En effet... hum... Jim. Oui.

JAMES F. RYAN — Vous voulez donc dire qu'il y a, à notre ministère de la Défense, cinquante-huit membres inscrits au parti communiste, qui dirigent ou contrôlent la politique du ministère ?

SÉNATEUR ISELIN — Mon Dieu... hum... Jim, je ne veux pas vous donner plus... hum... qu'au peuple américain l'assurance qu'il n'y a que cinquante-huit communistes, hum... au ministère de la Défense. Je dis que je n'ai les noms que de cinquante-huit d'entre eux.

JAMES F. RYAN — Il est de mon devoir de vous poser cette question et de supporter les conséquences qu'elle pourrait avoir : le secrétaire à la Défense figure-t-il sur cette liste ?

SÉNATEUR ISELIN — Je refuse, pour l'instant, de répondre à cette question... hum... Jim. Et je suis sûr que vous comprendrez mon point de vue.

Sur cette phrase, l'émission s'arrêta pour énoncer le slogan publicitaire qui la terminait, et ce fut un énorme succès. Comme l'avait dit, dès le début, la mère de

Raymond à Johnny, ce n'était pas tant le problème lui-même que la façon dont il pouvait l'exposer.

— Mon chou, tu as été merveilleux, absolument merveilleux, lui dit-elle après l'émission de télévision. La façon dont tu as monté en épingle ces vieux renseignements éventés, je te jure que je commençais à éprouver moi-même une réelle et profonde indignation.

Elle ne l'agaça pas en lui rappelant la confusion qu'avaient provoquée les différents chiffres qu'elle lui avait donnés deux jours plus tôt. Elle était extrêmement satisfaite que cette ruse eût amené les gens dans tout le pays à discuter sur le nombre des communistes qu'il y avait au ministère de la Défense plutôt que sur la question de savoir s'il y en avait vraiment. Johnny, d'ailleurs, se moquait pas mal que le chiffre exact fût deux cent sept ou cinquante-huit, jusqu'au jour où elle lui remit le discours qu'il devait prononcer à la tribune du Sénat, le 18 avril. Là, Johnny déclara qu'il y avait quatre-vingt-deux fonctionnaires du ministère de la Défense qui allaient de « personnes que je considère comme des communistes » jusqu'à des individus qui étaient « douteux ». Le 25 avril, la mère de Raymond réduisit ce chiffre au cours d'une conférence de presse organisée par les journalistes eux-mêmes et non par l'équipe de Johnny, et où Johnny annonça qu'il était prêt à engager sa réputation pour établir qu'il n'y avait pas seulement un communiste au ministère de la Défense, mais un homme qui était « l'espion numéro un d'une puissance étrangère hostile aux États-Unis d'Amérique ».

Johnny s'était fait moquer de lui au vestiaire du Sénat après avoir modifié les chiffres pour la seconde fois dans son discours, et il était furieux de s'être ridiculisé devant ses amis. Lorsque la mère de Raymond lui dit qu'il devait réduire son chiffre à un seul communiste, passant de deux cent sept à un en moins d'un mois, il se rebiffa.

— Pourquoi passes-tu ton temps à changer les chiffres des communistes ? demanda-t-il, fort en colère, juste avant le début de la conférence de presse. Cela me fait passer pour un fichu crétin.

— Tu seras un fichu crétin si tu ne vas pas dans cette salle faire ce qu'on te dit. Bon sang, qu'est-ce qui fait l'objet de tous ces articles dans ce fichu pays ? demanda la mère de Raymond. Est-ce que tu vas brusquement devenir un expert comme si tu savais de quoi tu parlais ?

— Voyons, voyons, ma chérie. Je voulais seulement…

— Tais-toi ! Tu m'entends ? Et maintenant, fous le camp ! cria-t-elle, si bien que le sénateur Iselin dut affronter une batterie de microphones, de caméras et de questions comme on n'en avait jamais vu que pour un président des États-Unis, pour dire :

— Je suis prêt à engager ma réputation sur ce point. Si j'ai tort en cette occurrence, je crois que la sous-commission serait justifiée de ne pas prendre trop au sérieux les autres affaires que j'ai soumises à son attention.

Si le tableau de chasse des communistes travaillant au ministère de la Défense semblait un peu flou, c'est parce que la mère de Raymond avait choisi de rendre ces nombres difficiles à suivre de jour en jour, de semaine en semaine et de mois en mois. Cette méthode était conforme à l'un des principes de base de la mère de Raymond, à savoir que réfléchir faisant mal à la tête aux Américains, c'était une activité à éviter. Secundo, les chiffres étaient fondés sur un document qu'un ministre de la Défense avait adressé, quelque six ans auparavant, au président d'une commission de la Chambre, en soulignant qu'à la fin de la Seconde Guerre mondiale, douze mille sept cent quatre-vingt-dix-huit employés du gouvernement qui avaient travaillé dans des organismes d'urgence de temps de guerre avaient été momentanément mutés au ministère de la Défense, puis que ce groupe avait été à quatre mille et que «dans deux cent quatre-vingt-six cas on avait déconseillé la titularisation de ces employés. Sur ce chiffre, soixante-dix-neuf avaient été effectivement licenciés.» La soustraction opérée par la mère de Raymond de soixante-dix-neuf ôtés de deux cent quatre-vingt-six donnait deux cent sept cas, le nombre sur lequel elle avait lancé Johnny.

Cela tendait à devenir parfois un peu confus, jusqu'au jour où Johnny finit par prononcer l'expression de «loto». Un jour où Johnny avait bu un peu trop avant de monter à la tribune du Sénat, on commença à s'y perdre lorsqu'il se mit à changer les chiffres dans le même discours, ainsi qu'en témoigne le procès-verbal paru dans le *Congressional Record* du 10 avril. Il se livra à des estimations allant de «un groupe très considérable de communistes actifs au ministère de la Défense», jusqu'à «de nombreux communistes du ministère de la Défense». Il rappela le chiffre, de deux cent sept, puis poursuivit presque aussitôt en disant: «Je ne crois pas que j'aie cité le chiffre de deux cent sept lors de la conférence de presse du secrétaire, je crois avoir dit plus de deux cents.» Là-dessus, il s'empressa d'affirmer: «J'ai en ma possession les noms de cinquante-sept communistes qui sont actuellement au ministère de la Défense», puis il modifia aussitôt ce chiffre en ajoutant: «Je connais formellement l'existence d'un groupe d'environ trois cents communistes qu'on a signalés officieusement au ministère de la Défense et qui ont été depuis lors licenciés pour cette raison», et enfin, transpirant comme un lutteur en mauvaise forme, il se rassit, s'étant complètement perdu dans ses comptes.

Il savait qu'il allait se faire passer un savon lorsqu'il rentrerait à la maison, et ce fut ce qui arriva. Elle l'attaqua avec une telle violence que, dans un effort désespéré pour se défendre et pour l'empêcher de le frapper avec un objet contondant, il exigea qu'ils se missent d'accord pour fixer un chiffre une bonne fois. La mère de Raymond se rendit compte alors qu'elle lui en avait trop demandé et elle s'arrêta au chiffre de cinquante-sept, non seulement parce que Johnny serait capable de le retenir, mais parce que tous ces crétins pourraient s'en souvenir aussi, on pourrait facilement l'associer aux cinquante-sept variétés de conserves alimentaires à propos desquelles la Maison Heinz faisait si soigneusement et si régulièrement sa publicité depuis des années.

Trois mois plus tard, Johnny offrit à la mère de Raymond une caisse de gin pour la remercier d'avoir fait de lui «l'homme le plus célèbre des États-Unis». Sa gloire n'était pas moins grande dans le reste du monde. Son succès fut tel que, cinq mois après ses premières accusations, une commission sénatoriale entreprit une enquête spéciale auprès de Johnny, une enquête publique qui permit de recueillir plus de trois millions de mots de dépositions. Johnny prétendit par la suite avoir fourni lui-même un million de mots.

Certains personnages importants refusèrent d'admettre Johnny et le déclarèrent publiquement, d'autres corps de fonctionnaires élus exprimèrent leur désaccord, mais quand on les mit au pied du mur, ils tergiversèrent car Johnny était alors parvenu à inspirer une crainte extraordinaire.

9

Un petit homme, brun de cheveux et de peau, aux yeux bleus et aux sourcils blonds, se présenta à l'appartement de Raymond à 10 h 17 le matin du 14 juillet 1956, le lendemain du jour où la commission d'enquête avait publié son rapport sur Johnny. C'était un samedi matin. Il faisait chaud. L'homme s'appelait Zilkov. Il était directeur du KGB, ou commission de la sécurité de l'État, pour la région des États-Unis située à l'est du Mississipi. Le MVD, au ministère des Affaires intérieures, est beaucoup plus important. Le MVD a des pouvoirs et des fonctions très étendus, mais se cantonne à une juridiction de caractère public à l'intérieur de l'Union soviétique. Le KGB, par contre, est la police secrète. Son directeur a aujourd'hui rang de ministre, c'est un personnage beaucoup plus redouté que Gomel, l'actuel chef du MVD Zilkov était fier du pouvoir qu'il représentait.

Raymond alla ouvrir et dévisagea froidement l'inconnu. Ils s'inspirèrent aussitôt une antipathie mutuelle, ce qui ne saurait être retenu contre Zilkov, car Raymond détestait presque tout de suite tous les gens qu'il rencontrait.

— Vous désirez? fit Raymond d'un ton maussade.

— Je m'appelle Zilkov, monsieur Shaw. Comme on vous en a avisé ce matin par téléphone, je suis venu vous conduire à la clinique Swardon.

— Vous êtes en retard, lui dit Raymond, qui lui tourna le dos pour aller chercher ses bagages, laissant l'inconnu décider s'il allait entrer ou attendre dans le couloir.

— J'ai exactement deux minutes de retard, répliqua le petit homme.

— Eh bien, c'est du retard, non ? Un rendez-vous est un rendez-vous. Si nous devons avoir de nouveaux contacts à l'avenir, tâchez de vous en souvenir.

— Pourquoi avez-vous trois valises ? Combien croyez-vous qu'il vous en faudra à la clinique ?

— Est-ce que je vous ai demandé de m'aider à les porter ?

— Là n'est pas la question. On n'admet pas dans une clinique un accidenté avec trois valises. Vous pouvez tout au plus apporter quelques objets indispensables dans un nécessaire.

— Un nécessaire ?

— Vous en avez un ?

— Un ? J'en ai trois !

— Veuillez disposer vos affaires dans l'un de vos trois nécessaires et nous partirons.

— Non.

— Comment, non ?

— J'irai là-bas moi-même. On ne m'a absolument pas dit que je ne devais emporter que le strict nécessaire dans une serviette. On ne m'a absolument pas dit que j'aurais affaire à un fonctionnaire subalterne d'une petite clinique. Ça suffit. Retournez à votre travail. Je m'occuperai de cela moi-même.

Raymond se mit à fermer la porte au nez de Zilkov.

— Attendez !

— Je n'attendrai rien du tout. Ôtez votre pied de la porte, butor. Dehors ! dehors !

— Ça !

Le petit homme pesa de tout son poids contre la porte, mais le poids plus grand de Raymond et sa force firent un peu reculer le chef de la Sécurité.

— Arrêtez ! Arrêtez ! cria Zilkov.

— Dehors ! dit Raymond inexorablement.

— Non ! Je vous en prie ! Shaw, écoutez-moi ! Pourquoi ne passez-vous pas le temps à faire une partie de solitaire ?

Raymond cessa de pousser. Zilkov se glissa dans l'appartement et referma la porte derrière lui.

La clinique Timothy Swardon avait été un monument élevé à la philanthropie personnelle. M. Swardon, mort depuis onze ans, avait été un riche alcoolique dont les deux filles étaient droguées. Il avait fondé cette superbe clinique privée pour lui et sa famille, mais aussi pour les ivrognes et drogués qui étaient des amis de la famille, ou des amis d'amis. Grâce au caractère spontané de ce cercle toujours plus large, l'établissement avait attiré l'attention des hommes de l'organisation de Giorgi Berezovo, qui protégeait la Sécurité soviétique sur la côte Est des États-Unis. Deux étages entiers sur les sept que comportait la clinique étaient finalement réservés à des missions de sécurité, la totalité de l'établissement ayant été achetée dans des conditions vraiment avantageuses à la plus jolie fille Swardon, qui n'avait pas encore réussi à renoncer à la cocaïne, malgré les avantages dont son père l'avait fait profiter sur le plan médical. Sous la nouvelle direction, ce petit havre en était à sa seconde année de brillant fonctionnement, et c'était une des rares entreprises rentables contrôlées par les Soviets, grâce aux nombreux clients qui demeuraient fidèles à la famille Swardon.

Raymond n'avait pas été renversé par un chauffard, mais les nombreux documents établis par la clinique, l'assurance et la police servaient à légitimer son séjour, ainsi que les visites d'autres personnes qui, de temps en temps, estimaient nécessaire de se rendre à la clinique Swardon pour contrôle médical. Raymond avait pris un taxi et s'était présenté à la réception et, une demi-heure plus tard, deux infirmières soviétiques l'avaient installé dans un lit au cinquième étage dont l'accès était condamné. On mit sa jambe droite dans du plâtre, et on lui entoura la tête de pansements. Pendant que l'on procédait à ces diverses opérations, on l'avait mis en état d'inconscience grâce à un signal vocal, et l'on avait effacé de sa mémoire le souvenir des événements du matin. La clinique avait alerté la police, et un inspecteur était aussitôt accouru pour interroger le chauffeur de taxi qui avait amené Raymond après l'avoir vu renversé par un break vert portant des plaques du Connecticut. Par bonheur, trois autres témoins vinrent corroborer la déposition : deux femmes qui vivaient dans le quartier et un jeune avocat de Bayshore, à Long Island. Le directeur du personnel du *Daily Press* fut alerté pour faire jouer les polices d'accident et d'hospitalisation mentionnées sur les papiers trouvés dans le portefeuille de Raymond. Les techniciens rassemblèrent les photographies qui prouvaient que Raymond souffrait d'une commotion cérébrale et de déchirures musculaires au jarret. Le *Daily Press* publia un bref compte rendu en dernière page. Ce fut ainsi que le commandant Marco en fut informé, ainsi que la mère de Raymond et Johnny.

Le patron de Raymond, Holborn Gaines, laissa tout tomber (une bouteille de bière et un rapport du bureau de Manille) et se précipita à la clinique pour voir s'il pouvait faire quelque chose. L'employé de la réception, un lieutenant de l'armée soviétique, après avoir examiné ses papiers d'identité et avoir consulté une liste de visiteurs probables et donc accrédités que pourrait recevoir Raymond, l'envoya au cinquième étage tout comme si ce n'était pas un étage condamné. Il fut accueilli à la porte de l'ascenseur par une robuste infirmière militaire qui portait la coiffe traditionnelle des diplômées de l'hôpital de la mère Cabrini à Winsted, dans le Connecticut. M. Gaines fut autorisé à jeter un coup d'œil sur Raymond, bien que celui-ci fût inconscient, et il eut droit au bla-bla-bla habituel des médecins. Raymond, lui dit-on, allait aussi bien qu'on pouvait l'espérer. Gaines laissa une bouteille de scotch pour Raymond à la jeune et jolie infirmière (un mètre cinquante, soixante-dix-huit kilos, un peu de moustache, quelques verrues). Il précisa également que Raymond devait se soigner et ne s'inquiéter de rien, ce que l'infirmière prit soin de ne pas répéter à Raymond, au cas où il s'agirait d'un code préalablement établi. Les techniciens qui travaillaient directement sous les ordres de Yen Lo, bien que possédant également un diplôme politique, étaient envoyés sur le quota de l'ambassade de l'Institut Pavlov, en Ukraine. Ils se mirent au travail sur Raymond entre les heures de visite, vérifiant son conditionnement. Cinq ans s'étaient écoulés depuis le moment où l'on avait mis en place les contrôles à Tunghwa. Tout se révéla en parfait état.

Un courrier diplomatique apporta les rapports de laboratoire détaillés à l'ambassade, à Washington ; de là, ils furent transmis par la valise diplomatique aux contrôleurs du projet, qui étaient théoriquement Gomel, Berezovo et Yen Lo, mais Berezovo n'avait pas été jugé suffisamment digne, à la suite de la déception qu'avait été pour le Kremlin Lavrenti Beria, et il était mort. Yen Lo refusa de regarder les rapports, déclarant avec un doux sourire qu'ils ne pouvaient que certifier l'excellence du mécanisme de réflexes conditionnés de Raymond ; aussi Gomel fut-il le seul à examiner les rapports. Il en fut enchanté.

Une fois les rapports transmis en Russie, Raymond rencontra son contrôleur américain qui devait désormais devenir son seul chef. Il ne se souviendrait jamais l'avoir vu et il ne pourrait jamais le reconnaître comme chef quelles que fussent les conditions dans lesquelles ils se reverraient. On fit les présentations, puis l'Américain demanda à rester seul dans la chambre avec Raymond. Ils conférèrent ensemble pendant près de deux heures avant que Zilkov vînt les interrompre. Les deux visiteurs entamèrent alors une violente discussion, Raymond les regardant comme un spectateur à un match de tennis. Zilkov était un jeune et brillant militant. Il affirmait catégoriquement que Raymond devrait procéder à un assassinat test afin que l'on pût vérifier ses réflexes de façon concluante. Le contrôleur américain s'opposa vivement à cette proposition et fit observer qu'il était à la fois surprenant et choquant qu'un officier de Sécurité, chargé de responsabilités aussi considérables, voulût risquer un mécanisme aussi précieux que Raymond.

Raymond écouta gravement, puis tourna la tête pour entendre la réfutation de Zilkov, lequel fit valoir que le mécanisme avait été conçu pour l'assassinat, qu'il n'avait pas été testé depuis cinq ans et qu'à son avis l'expérience devait être tentée avant qu'il acceptât de signer un certificat attestant que le mécanisme était en parfait état de marche. Le contrôleur américain dit que si telle était l'opinion de Zilkov, il faudrait ordonner à Raymond de tuer un employé de l'hôpital. Zilkov rétorqua qu'il ne donnerait aucun ordre de ce genre, que, pour lui, les effectifs de l'organisation dans la région étaient à peine suffisants, et que Raymond n'avait qu'à tuer une femme ou un enfant inutiles. Le contrôleur américain répondit qu'il n'y avait aucune raison que Raymond tuât quelqu'un ne servant à rien, qu'on pourrait aussi bien tirer parti de l'expérience, que la position de Raymond au journal et l'intérêt qu'il présentait pour le Parti se trouveraient considérablement renforcés s'il tuait son supérieur immédiat, Holborn Gaines, dont il pourrait ensuite prendre la place, ce qui ne manquerait pas d'augmenter son influence sur les milieux gouvernementaux. On décida donc que M. Gaines mourrait dans les quarante-huit heures. Là-dessus, le contrôleur américain se plaignit amèrement, par la voie hiérarchique, de ce que Zilkov se fût montré téméraire et imprudent avec un des rouages les plus précieux du système d'espionnage du Parti aux États-Unis, et cela sans raison puisque Raymond avait été contrôlé par des techniciens de Pavlov. Cette plainte ne fut malheureusement pas formulée à temps pour sauver M. Gaines, mais, deux semaines plus tard, Zilkov fut rappelé et sévèrement réprimandé.

Le matin du neuvième jour passé à la clinique Swardon, moins de deux jours avant d'assassiner M. Gaines, Raymond s'éveilla comme d'un profond sommeil, surpris de se trouver dans un lit inconnu, mais plus stupéfait encore de se trouver nez à nez avec le visage ravagé de chagrin de sa mère. Raymond n'avait jamais vu le visage de sa mère autrement que lisse, soigneusement entretenu et arrangé pour l'aider à obtenir ce qu'elle voulait, comme elle utilisait une Cadillac pour se rendre où elle voulait aller. La peau du visage de sa mère avait toujours été sans défaut ; les yeux étaient jolis et parfaitement clairs, leur cornée vierge de petits vaisseaux congestionnés ; sa bouche avait toujours été ferme, comme celle d'un cheval de manège, et ses impeccables cheveux blonds avaient toujours encadré et adouci cet ensemble.

Le fait de se trouver devant une caricature de cette image familière amena les larmes aux yeux de Raymond et fit comprendre à sa mère qu'il avait repris connaissance. Elle avait les cheveux en désordre, les yeux rouges d'avoir pleuré. Ses joues brillaient de larmes, lesquelles avaient délavé le maquillage qui masquait toujours les rides. Sa bouche était crispée dans un vilain rictus, et elle sanglotait bruyamment en se mouchant dans un petit mouchoir. En entendant Raymond, elle s'efforça de se composer un visage, mais c'était impossible.

— Raymond, oh ! mon Raymond !

— Qu'est-ce qu'il y a ?

— Oh…

— Est-ce que Johnny est mort ?

— Quoi ?

— Mais enfin, qu'est-ce que tu as ?

— Je suis venue dès que j'ai pu.

— Où suis-je ?

— À la clinique Swardon.

— La clinique Swardon ? Où ça ?

— À New York. Tu as été renversé par un chauffard. Oh ! j'ai eu si peur ! Je suis venue dès que j'ai pu.

— Depuis combien de temps suis-je ici ?

— Huit jours, neuf jours. Je ne sais plus.

— Et tu viens seulement d'arriver.

— Raymond, est-ce que tu me hais?

— Non, maman.

— Est-ce que tu m'aimes?

— Oui, maman.

Il la regarda avec une sincère inquiétude, le ressort était-il cassé? Ou bien n'était-ce qu'une habile imitatrice envoyée pour jouer le rôle de sa mère, tandis que sa véritable maman s'efforçait de dégriser le grand homme d'État?

— Mon petit garçon! Mon cher petit garçon!

Des sanglots silencieux la secouèrent. Il savait qu'il n'y avait là aucune simulation. Elle avait dû avoir de sérieux ennuis. Il n'était pas possible qu'elle pleurât parce qu'il était allongé sur un lit d'hôpital. Raymond ferma les yeux. Il éprouvait une profonde satisfaction à l'idée que tout à l'heure, après l'avoir quitté, elle se regarderait dans une glace et verrait dans quel état elle avait le visage.

— Tu es un tel charlatan, maman! Je me sens très bien. Je sais que tu as discuté de tout cela avec les docteurs par téléphone il y a plusieurs jours, et que tu es ici aujourd'hui simplement parce qu'il y a des soldes chez Bloomingdale ou pour faire inscrire sur la liste noire quelques acteurs de la radio.

Il parlait d'un ton amer. Ses yeux étaient durs et secs.

— Il faut bien que je sois un charlatan, dit-elle en se redressant. Mais il faut aussi que je sois un monstre de courage pour défendre tous les hommes que j'ai connus, toi compris, sauf mon père. Il y a tant de charlatanisme en ce monde et c'est par le charlatanisme qu'il faut le combattre.

Elle était de nouveau elle-même, et Raymond en éprouva un grand soulagement.

— Comment va Johnny?

— Très bien. Il serait ici si cette commission en finissait de l'interroger… Ah! attends un peu les élections!

Elle renifla bruyamment.

— Je lui ai dit qu'il devait rester là-bas et leur faire face. De toute façon, tu n'as pas besoin de lui, alors pourquoi me demander de ses nouvelles?

— J'ai des remords…

— À propos de quoi?

— À propos de Jocie.

— Qui est Jocie?

— Jocie Jordan. La fille du sénateur.

— Ah, oui! Pourquoi éprouves-tu des remords?

— Parce qu'elle croit que je l'ai abandonnée.

— Raymond! Pourquoi dramatises-tu tout ainsi? Vous étiez des enfants!

— Je croyais que, puisque c'est notre première rencontre depuis que j'ai été décoré, depuis que je suis revenu de Corée, je croyais qu'avant de nous montrer sincères et de nous détester dès le matin, nous pourrions rendre à Jocie l'hommage de nous intéresser à elle… ne fût-ce que pour mentionner son nom en passant, comme on fait pour les morts…

Sa voix s'étranglait. Ses yeux n'étaient plus secs.

Comme s'il lui avait rappelé ce qui avait déclenché ses larmes, elle éclata brusquement en sanglots.

— Qu'est-ce que tu as, maman? Ce n'est pas à cause de moi que tu pleures?

Toujours sanglotante, elle hocha la tête.

— Mais je vais très bien. Je ne souffre pas. Je vais parfaitement bien. Oh! Raymond, comment te dire? Il y a tant de choses à faire! Johnny va conduire le peuple américain jusqu'aux sommets de son histoire. Mais il faut que je guide Johnny, Raymond, tu le sais. Je sais que tu le sais. Pour tout cela, j'ai sacrifié ma vie et beaucoup, beaucoup de choses auxquelles je tenais. Si je devais faire appel à toutes mes forces – celles d'autrefois et celles de l'avenir – je ne pourrais pas donner plus à cette sainte croisade. Il me faut maintenant regarder mon existence en face. Je ne peux te dire ce qu'une mère éprouve, parce que tu ne comprendrais pas… Tout le monde se remet d'avoir pleuré, mais je ne suis pas triste et je n'ai pas de regrets parce que je sais que ce que j'ai fait et que ce que je fais est pour notre bien à tous.

Raymond la regarda longuement, puis eut un petit geste méprisant.

— Je ne comprends pas un mot de ce que tu dis, déclara-t-il.

— Des changements terribles, terribles, vont survenir dans ce pays.

Sa main gifla brusquement l'air, machinalement, et il ferma les yeux.

— Ce pays va connaître un incendie tel qu'il n'en a jamais vu, dit-elle d'une voix sourde. Je sais ce que je dis. Les signes sont visibles, et la politique est l'art de lire les signes. Le temps va gronder et lancer des éclairs dans les rues, Raymond. Le sang jaillira, les pierres tomberont du ciel et les imbéciles et les railleurs seront abattus. La stupide complaisance de ce pays va être traînée dans le sang et le fracas jusqu'au jour où il deviendra un pays purgé, purifié, qui aura retrouvé sa pureté originelle. Et quand ce jour viendra, quand nous aurons été lavés du limon de l'oubli et sauvés de la navrante, de l'affreuse, de la coupable, de la criminelle, de l'égoïste pourriture dont Johnny et Johnny seul va nous tirer, tu t'agenouilleras pour me remercier, pour baiser mes mains et ma jupe et ne donner qu'à moi ton amour, comme le fera le grand peuple de ce pays aveugle et désemparé.

Il posa sa main sur celle de sa mère, puis la porta à ses lèvres. Il sentit soudain qu'il s'apitoyait sur eux deux. Il n'arrivait pas à comprendre que sa mère n'éprouvât aucun sentiment, et cela le bouleversait profondément.

Deux jours plus tard, alors que Raymond venait de dîner dans sa chambre, à la clinique Swardon, avec sa jambe toujours dans le plâtre, Zilkov et le contrôleur américain se rendirent dans ladite chambre avec un jeu de cartes et lui donnèrent des instructions détaillées sur la façon dont il devait tuer Holborn Gaines. L'heure fixée était 3 h 45, le lendemain matin. Gaines vivait seul. Après 1 heure du matin, quand le veilleur de nuit était parti se coucher, il y avait un ascenseur automatique. Pas de portier. Zilkov avait fait faire une clé de la porte d'entrée de l'immeuble et de l'appartement de M. Gaines, au neuvième étage. Il examina de nouveau le plan photocopié du petit appartement, trois pièces et une salle de bains, en indiquant où se trouvait la chambre, et en suggérant que Raymond étranglât sa victime, car c'était la méthode la plus discrète, la moins compliquée et la moins salissante. Il ajouta que Raymond devait accepter comme règle absolue qu'au cas où *qui que ce fût* le découvrirait sur les lieux du crime, cette ou ces autres personnes devaient mourir aussi. Était-ce clair? Zilkov avait sans doute reconsidéré le risque qu'il avait décidé de faire courir à Raymond car, pour s'assurer que cette condition était bien comprise, il demanda au contrôleur américain de répéter l'avertissement.

En fait, M. Gaines était seul, mais il ne dormait pas comme il l'aurait dû pour éviter à Raymond bien des embarras. Il lisait dans son grand lit à colonnes, avec neuf oreillers moelleux répandus autour de lui, une liseuse de marabout rose vif sur les épaules ; il gloussait en consultant quelques kilos de rapports confidentiels provenant des directeurs des bureaux de Washington, de Rome, de Londres, de Madrid et de Moscou. Les fenêtres étaient hermétiquement closes et, comme toujours au bureau, un radiateur électrique posé sur le plancher était braqué sur lui, en plein juillet.

Lorsque Raymond ouvrit la porte de l'appartement, il renversa le grand paravent de papier peint que M. Gaines gardait devant la porte en été. En tombant, le paravent décrocha un tableau qui tomba avec fracas. Raymond se maudit de sa maladresse, car il savait fort bien que M. Gaines prendrait fort mal une visite à cette heure.

— Qu'est-ce que c'est que ce vacarme ? cria M. Gaines d'une voix perçante.

Raymond, embarrassé, rougit. C'était un sentiment entièrement nouveau pour lui, mais M. Gaines était le seul être au monde capable de le lui inspirer, car M. Gaines lui donnait l'impression d'être tout à la fois désemparé, maladroit et éperdu de reconnaissance.

— C'est moi, monsieur Gaines, dit-il. Raymond.

— Raymond ? fit M. Gaines stupéfait. Mon assistant ? Raymond Shaw ?

Raymond apparut sur le seuil de la chambre. Il portait un complet noir impeccable, une chemise gris sombre, une cravate noire et des gants noirs.

— Oui, monsieur, dit-il, je… je suis navré de vous déranger, monsieur Gaines.

M. Gaines palpa d'un doigt gêné sa liseuse en marabout.

— N'allez pas vous faire des idées à cause de cette ridicule liseuse, dit-il d'un ton agacé. Elle appartenait à ma femme. C'est ce que j'ai de plus chaud. C'est parfait pour lire au lit le soir.

— Je ne savais pas que vous étiez marié, monsieur Gaines.

— Elle est morte il y a près de dix ans, dit M. Gaines d'un ton rogue, puis la mémoire brusquement lui revint. Mais… que diable faites-vous ici à… (M. Gaines consulta le réveil sur la table de nuit) à 3 h 50 ?

— Eh bien… je… heu…

— Ne me dites pas que vous êtes venu ici pour me parler ? Vous ne venez tout de même pas pour me raconter les détails d'une histoire d'amour ou quelque chose comme ça ?

— Non, monsieur…

— Raymond, si vous estimez avoir une raison de donner votre démission – ce que, bien entendu, je regretterais –, vous n'avez qu'à laisser un petit mot sur mon bureau demain matin. J'ai horreur de bavarder comme ça ! Je croyais vous l'avoir déjà dit, Raymond.

— Oui, monsieur. Je suis désolé, monsieur Gaines.

M. Gaines parut soudain se rappeler un détail important. Il leva la main gauche et désigna la porte d'un geste vague.

— Comment êtes-vous entré ? Quand je ferme cette porte, il faut une clé pour l'ouvrir.

— On m'a donné une clé.

— Qui ça ?

— Les gens de la clinique.

— Quelle clinique ? Pourquoi vous ont-ils donné une clé ?

Raymond avait lentement contourné le lit. Il s'arrêta auprès de M. Gaines, regardant son patron enfoncé dans la plume. Il se sentait penaud.

— Raymond ! Répondez-moi mon garçon, pourquoi êtes-vous ici ?

Ce fut relativement facile, car M. Gaines, étant donné son âge, n'avait guère de force et Raymond, en raison des sentiments d'affection et de gratitude qu'il éprouvait envers lui, fit de son mieux pour mettre aussi rapidement que possible un terme à la vie de son ami. Il songea à éteindre la lampe de chevet en partant, mais la ralluma, en se disant qu'il n'arriverait pas à retrouver son chemin dans le noir.

Il parcourut environ quatre cents mètres avant de prendre un taxi sur Lexington Avenue ; il se fit déposer à trois cents mètres de la clinique Swardon. Il pénétra dans l'établissement par une porte de derrière, exhibant son laissez-passer au caporal soviétique en salopette.

Lorsque Raymond regagna sa chambre, le contrôleur américain l'attendait.

— Pas encore couché ? fit Raymond du ton le plus naturel. Il est près de 4 h 30.

— Je voulais être sûr que tout allait bien, dit le contrôleur. Bonne nuit, Raymond. Je vais envoyer les infirmières pour refaire votre lit et votre plâtre.

— Est-ce bien utile ?

— Vous devez le garder jusqu'à votre sortie. Comment savoir qui viendra vous rendre visite, maintenant que M. Gaines est mort ?

Le contrôleur quitta la chambre. En quelques instants, les infirmières eurent déshabillé Raymond et lui eurent remis ses pansements.

Raymond, en fait, eut encore deux visiteurs avant de quitter la clinique. Joe Downey, le rédacteur en chef du *Daily Press*, passa le voir après l'enterrement de M. Gaines et lui offrit de reprendre la chronique, ce qui représentait pour lui une augmentation de salaire de deux cents dollars par semaine et une économie de trois cents pour le journal, car, naturellement, ils n'avaient pas l'intention de faire débuter Raymond aux appointements de M. Gaines, qui était chroniqueur politique du journal depuis vingt-six ans. Ils proposèrent aussi à Raymond 50 % des droits de reproduction, c'est-à-dire une augmentation de 100 % des rentrées pour le journal, car, aux termes de l'arrangement précédent, M. Gaines en gardait la totalité, déduction faite des frais de vente, de distribution et de publicité.

À vrai dire, cette augmentation atténuait pour Raymond les inconvénients de cet avancement, mais il se dit qu'au fond ce serait à la banque et non pas à lui de s'occuper de cette question d'argent.

Raymond était bouleversé par ce meurtre. Il éprouvait un grand respect pour le vieil homme, et un attachement assez étonnant dans la mesure où il n'en éprouvait que pour deux autres personnes au monde, Marco et Jocie. Il n'arrivait pas à comprendre que quelqu'un eût voulu assassiner M. Gaines. C'était un bon vieillard, doux et inoffensif. Comment pouvait-on faire une chose pareille? M. Downey lui rapporta l'opinion de la police, selon laquelle le crime devait être l'œuvre d'un militant détraqué.

— Holly était un des plus vieux amis qui me restaient, dit tristement M. Downey.

— Est-ce que le journal va offrir une récompense?

M. Downey se frotta le menton.

— Hmmm... Je pense que nous le devrions. On pourra toujours l'imputer au budget de publicité, si jamais nous avons à la payer.

— Je veux participer pour cinq mille dollars à cette récompense, déclara Raymond.

— Vous n'avez pas besoin de le faire, Raymond.

— Si, j'y tiens.

— Bon, très bien. Vous en offrez cinq et nous en offrirons dix, mais il faudra que le conseil d'administration donne son accord. Je vais appeler Center Street dès que je serai rentré au bureau, pour qu'on l'annonce dans le journal. Ma foi, nous allons payer aussi les frais d'une alerte générale. Le salopard !

Downey était doublement ému car il avait horreur de dépenser l'argent du journal et il savait pertinemment que Holly Gaines, où qu'il fût, n'approuverait pas ce geste de boy-scout, mais il y avait certaines choses qu'il fallait bien faire semblant de faire.

Marco vint voir Raymond le même après-midi.

— Bon Dieu, tu en as une gueule ! dit Raymond entre ses pansements et son appareil d'extension. Qu'est-ce qui t'est arrivé ?

Marco avait littéralement une tête de déterré.

— Ce qui m'est arrivé ? fit-il. Je ne suis pas dans un lit d'hôpital, moi.

— Je ne t'ai jamais vu un air pareil.

— Merci !

— Qu'est-ce qui s'est passé ?

Marco se passa une main sur le visage.

— Je n'arrive pas à dormir.

— Tu ne peux pas prendre des somnifères ? dit Raymond.

Comme sa mère en prenait régulièrement, il avait pris les drogues en haine.

— Ce n'est pas que je ne puisse pas dormir, c'est plutôt que je préfère ne pas dormir. Je marche jusqu'à l'épuisement, parce que j'ai peur. Je fais sans cesse le même cauchemar.

Raymond, allongé sur le dos, refit le geste de balayer quelque chose.

— C'est un cauchemar dans lequel il y a un général soviétique, un tas de Chinois, moi, et les gars de la patrouille ?

Marco bondit de sa chaise. Il se planta devant Raymond, saisit à deux mains sa veste de pyjama, le dévisageant avec des yeux exorbités.

— Comment le sais-tu ?

— Lâche-moi, tu veux, dit Raymond de la même voix odieuse, déplaisante, qu'il utilisait pour maintenir le reste du monde de l'autre côté des douves entourant le château où il gisait toujours, prisonnier du sort jeté par la sorcière malfaisante.

C'était une voix si péniblement hostile et si violemment odieuse que Marco en retomba assis sur sa chaise, ce qui était une bonne chose car il était devenu d'un jaune morbide. Il avait le souffle court, et ses yeux brillaient d'une imperceptible lueur de folie au moment où il s'était précipité pour saisir à pleines mains la forme même de son obsession et pour la punir de ce qu'elle avait fait à sa dignité, c'est-à-dire à l'image que chaque homme se fait de lui-même.

— Je te demande pardon, Raymond.

Raymond redevint aussitôt l'ami de Marco, comme si rien ne s'était passé.

— Veux-tu me dire comment tu connais mon cauchemar, Raymond ?

— Tu comprends, je ne le connaissais pas vraiment. C'est simplement ce Melvin… tu sais : Al Melvin, le caporal de la patrouille… il m'a écrit une longue lettre, il y a environ une semaine. J'ai été surpris d'avoir de ses nouvelles parce que… ma foi… comme tu le sais, je n'ai jamais été très enclin à fraterniser, mais il me disait dans sa lettre que j'étais le seul qu'il savait comment joindre – il a envoyé la lettre à Johnny, parce que tout le monde sait comment le joindre – et qu'il avait absolument besoin de parler de ce cauchemar à quelqu'un de la patrouille, sinon il avait peur de perdre l'esprit et…

— Je t'en prie, parle-moi de ce cauchemar, Raymond.

— Eh bien, il rêve de la patrouille, d'un tas d'officiers soviétiques et de généraux chinois. Qu'est-ce que ça veut dire, ce cauchemar?

— Où est sa lettre? Tu l'as, cette lettre?

— Non. Je ne garde jamais les lettres.

— C'est tout ce qu'il a écrit? C'est tout ce qu'il t'a dit du cauchemar?

— Oui. Ça ressemble au tien?

— Oui.

— Vous devriez vous rencontrer.

— Tout de suite… Tu ne sais pas ce que ça représente pour moi. Je ne peux pas t'expliquer ce que ça représente pour moi, Raymond.

— Tu ne peux pas le voir tout de suite. Il habite Wainwright, dans l'Alaska.

— Dans l'Alaska?

— Oui.

— Bon Dieu! Wainwright, dans l'Alaska. Tu te fous de moi.

— Non. Je regrette, Ben. Je ne me fous pas de toi. Mais qu'est-ce que ça peut faire? Qu'est-ce que ça change?

— Qu'est-ce que ça change? Je t'ai dit que je ne peux plus dormir. Je me sens dans un état épouvantable, j'ai la tremblote et j'ai parfois envie de me suicider parce que j'ai peur de devenir fou. Et là-dessus tu me dis qu'un autre homme de la patrouille souffre des mêmes obsessions, et tu me dis qu'il habite un patelin qui s'appelle Wainwright, dans l'Alaska, et tu me demandes ce que ça change?

Marco éclata d'un rire nerveux, prit son visage entre ses grandes mains et se mit à pleurer, les mains crispées sur ses pommettes, ses épaules massives agitées de soubresauts grotesques qui faisaient tressauter ses quatre rangs de décorations. Il faisait un bruit si déchirant que les deux infirmières de l'armée soviétique qui se trouvaient à l'étage accoururent. Après avoir laissé pendant six ou sept minutes Marco sangloter tout son saoul, on lui fit une piqûre pour le calmer et on l'emmena.

Tout compte fait, Raymond avait fait à la clinique un séjour bien curieux : il avait reçu la visite de la femme de l'anticommuniste le plus avéré dans une clinique tenue par la police secrète soviétique, la visite aussi de l'officier de renseignements de l'armée américaine dont la présence avait provoqué le plus grand embarras, parmi le personnel de l'établissement ; il avait proposé cinq mille dollars de récompense pour sa propre capture, et il avait appris que deux adultes étaient capables de se conduire comme des enfants à cause d'un rêve parfaitement inoffensif, encore qu'il revînt périodiquement.

10

Johnny était devenu président de la Commission des opérations fédérales et président de la Sous-Commission permanente des enquêtes, avec un budget de deux cent mille dollars par an et tout un état-major d'enquêteuses. Il devenait plus habile dans sa façon d'utiliser ce personnel. Il se coulait auprès d'un collègue sénateur ou d'un autre membre aussi important du gouvernement et mentionnait le nom et les habitudes de certaine jeune femme que le sénateur entretenait, ou dont il avait payé l'avortement ou racheté un dossier compromettant. Cette méthode faisait merveille. Il n'avait qu'à tenir ce propos à cinq ou six d'entre eux, ils devenaient aussitôt ses émissaires dévoués auprès d'autres gens susceptibles de lui barrer la route.

Certains avaient pourtant encore le courage de l'attaquer. L'un des plus astucieux analystes de la politique américaine écrivit : « L'Iselinisme a réalisé un procédé pour mettre au point un mensonge puis pour l'effacer, ce qui est un miracle de malhonnêteté dépassant de très loin la publicité des cigarettes à filtre. Iselin a lancé tant d'accusations contre tant de gens (et qui sait si les noms qu'il brandit ne sont pas ceux de gens dont l'existence est tout à fait contestable?) que personne n'est capable de tenir un compte précis de ces attaques. Iselin monte la garde pour protéger le peuple de ce grand pays contre la réalité des faits.»

L'Association des savants américains demanda que l'on publiât le communiqué suivant: «Le sénateur Iselin apporte la dernière main à son sabotage du moral des savants américains pour le plus grand bénéfice de ceux qui travaillent contre les intérêts des États-Unis.»

Johnny se débrouillait admirablement. De gouverneur d'une région de péquenauds, disait la mère de Raymond, parfaitement inconnu en dehors de la politique locale à l'échelon de l'État en 1956, il était devenu, en 1957, une figure nationale. Outre la mère de Raymond, il avait pour lui de nombreux atouts. Son physique d'abord: ce nez charnu, l'absence presque totale de front, ce visage perpétuellement mal rasé, les yeux porcins, rougis par le bourbon, la voix d'une écœurante monotonie, geignarde et grinçante, tout cela faisait de lui un des plus grands démagogues de l'histoire américaine, même si, comme le disait souvent la mère de Raymond à ses amis, il était au fond du cœur un esprit léger et frivole. Son Johnny, néanmoins, était devenu le seul Américain, dans la galerie des canailles politiques qui illustraient les chansons populaires, à inspirer tout à la fois la peur et la haine des étrangers résidant aux États-Unis. Il se mouchait dans la Constitution, faisait un pied de nez à l'appareil du parti et à toute autre forme de la hiérarchie gouvernementale. Il traçait lui-même les méandres de la politique extérieure américaine, à une époque où ladite politique pesait d'un poids affreusement lourd sur l'histoire du monde. Pour les peuples d'Islande, du Pérou, de France et de l'île Pitcairn, l'étiquette de l'Iselinisme en vint à représenter tout ce qui était malpropre, arriéré, entaché d'ignorance, répressif, antiprogressiste ou pourri.

Lorsque la mère de Raymond eut rédigé les sermons que Johnny devait prononcer sur la route de la gloire, elle le laissa mugir pendant qu'elle organisait, en une quinzaine de mois, les cellules de l'organisation nationale Iselin, qu'elle appela le Réseau des Américains loyaux. Cette organisation, durant cette première période, enrôla quelque deux millions trois cent mille membres, militant tous pour Johnny et pour ce qu'il incarnait.

La mère de Raymond et son mari tenaient leurs séances d'analyse politique et de stratégie électorale dans leur résidence, du côté de Georgetown. Ils bavardaient, buvaient un bourbon et du ginger ale, et Johnny regardait ses coupures de presse. Il pensait toujours que les soirées d'hiver étaient le meilleur moment pour coller dans les albums les liasses de coupures concernant son œuvre, avec l'intention de léguer un jour cette abondante documentation à une bibliothèque John Yerkes Iselin. L'analyse des batailles de la journée ou de la semaine se faisait toujours sans cérémonie et donnait naissance à des mesures constructives pour l'avenir immédiat.

— Mon chou, disait la mère de Raymond, est-ce qu'il n'y a pas des moments, quand tu es assis à la table de la commission, où tu as besoin d'aller aux toilettes ?

— Bien sûr. De quoi crois-tu que je sois fait ?... De papier buvard ?

— Alors comment t'y prends-tu ?

— Comment je m'y prends ? Je me lève et je sors.

— Tu vois ? C'est exactement ce que je veux dire. Eh bien, demain, quand il faudra que tu sortes, je veux que tu essaies ma méthode. Tu le feras ?

Il fit une vilaine grimace.

— Devant toutes ces caméras de télévision?

— Ça ne fait rien. Demain, quand il faudra que tu ailles aux toilettes, je veux que tu te mettes en rage – en t'assurant que tu es dans le champ d'une caméra – et que tu te mettes à taper sur la table. Ensuite, lève-toi en disant que tu ne veux plus supporter cette farce et que tu ne lui accorderas pas un instant de plus ta présence.

— Pourquoi?

— Il faut que tu commences à soigner tes sorties, Johnny, pour que le peuple américain sache que tu n'es plus là et qu'on attende ton retour.

— Oh! chérie, quelle bonne idée! Ça, c'est une idée qui me plaît!

Elle lui lança un baiser.

— Quel innocent tu fais, dit-elle en lui souriant avec attendrissement.

Un peu plus tard, elle reprit:

— Johnny, mon chou...

— Oui, chérie?

— Veux-tu me faire plaisir? Demain, à l'heure du déjeuner, va te faire raser chez le coiffeur du Sénat. Tu peux supporter de te faire raser deux fois par jour. Je me demande quelquefois si ta barbe ne pousse pas en vingt minutes. Tu as l'air d'un blaireau dans un dessin animé de Disney.

— Ne t'en fais pas pour ça, chérie. J'ai mes habitudes et j'ai un physique bien à moi, mais je suis américain jusqu'au bout des ongles et ils le savent bien.

— Tout de même, mon chou, promets-moi d'aller te faire raser demain, à l'heure du déjeuner.

— Pourquoi pas? Donne-moi un autre verre. J'ai une rude journée, demain.

John Yerkes Iselin fut réélu pour son second mandat de six ans le 4 novembre 1948, à la plus forte majorité dans l'histoire des élections de son État. Deux cent trente-six bagarres à mains nues eurent lieu le soir suivant dans les bistros, les cafés, les bodegas, les cantinas, les trattorias et les diverses brasseries, entre les résidents américains et les natifs scandalisés et consternés des grandes villes.

Un lundi de bonne heure, à son bureau du *Daily Press* (car il avait pris l'habitude d'arriver à son travail à 7 h 30 plutôt qu'à 10, maintenant qu'il était chef de service), Raymond leva les yeux et aperçut, non sans quelque irritation, la silhouette de Chunjin dans l'encadrement de la porte. Raymond ne se souvenait pas de l'avoir jamais vu. L'homme était frêle et brun, avec des yeux vifs et une expression intelligente ; il y avait dans son regard un espoir nostalgique mêlé d'une grande considération, mais ces subtilités n'aidèrent pas Raymond à se rappeler le personnage.

— Vous désirez? fit-il avec son affreux accent délibérément traînant.

— Je suis Chunjin, monsieur Shaw. J'étais l'interprète attaché à la compagnie Cholly, au 52e régiment…

— Vous étiez l'interprète de la patrouille?

— Oui, monsieur.

D'autres auraient pu laisser leur camaraderie s'épancher dans des évocations attendries du bon vieux temps, mais Raymond dit seulement :

— Que voulez-vous?

Chunjin tiqua.

— Je veux dire : qu'est-ce que vous faites ici? dit Raymond, toujours aussi brusque, mais s'efforçant par une syntaxe plus claire de remédier à l'apparente stupidité de son interlocuteur.

— Votre père ne vous a pas dit?

— Mon père?

— Le sénateur Iselin? J'ai écrit...

— Le sénateur Iselin *n'est pas* mon père. Si vous n'apprenez rien au cours de votre visite dans ce pays, retenez au moins cela.

— J'ai écrit au sénateur Iselin. Je lui ai dit que j'étais interprète dans votre unité. Je lui ai dit que je voulais venir en Amérique. Il m'a obtenu un visa. Maintenant, j'ai besoin de travail.

— Du travail?

— Oui, monsieur Shaw.

— Mon cher garçon, nous n'utilisons pas d'interprètes ici. Nous parlons tous la même langue.

— Je sais couper et raccommoder. Je suis cuisinier. Je suis chauffeur. Je nettoie et je frotte. Je répare tout. Je prends messages. Je dors à la maison de mon cousin et je mange pas beaucoup. Je demande un travail avec vous parce que vous êtes grand homme qui me sauve la vie. J'ai besoin seulement dix dollars par semaine.

— Dix dollars? Pour tout ça?

— Oui, monsieur.

— Voyons, Chunjin. Je ne pourrais pas vous payer si peu.

— Oui, monsieur. Seulement dix dollars par semaine.

— Je peux employer un valet. Je crois que j'aimerais bien avoir un cuisinier. Je veux dire: un bon cuisinier. Et j'ai horreur de faire la vaisselle. Je pensais m'acheter une voiture, mais les difficultés de stationnement m'ont arrêté. Je vais à Washington deux fois par semaine. Je préférerais que vous ne couchiez pas là, mais je regrette, dix dollars par semaine, ce n'est pas assez.

Raymond dit cela d'un ton catégorique, comme si c'était lui qui s'était présenté pour la place et qui l'eût refusée.

— Je travaille pour quinze, monsieur.

— Comment pouvez-vous vivre avec quinze dollars par semaine à New York?

— Je vis avec les cousins, monsieur.

— Combien les cousins gagnent-ils?

— Je ne sais pas, monsieur.

— Je regrette, Chunjin, mais il n'en est pas question.

Raymond se replongea dans son travail. Son expression laissait clairement entendre que l'entretien était terminé et qu'il avait hâte de revenir aux rapports des bureaux à l'étranger et de lire les très précieux renseignements que sa mère avait réussi à lui faire parvenir.

— Ça n'est pas bon pour vous de payer moins, monsieur Shaw?

Raymond se retourna lentement vers le Coréen, se rendant compte avec impatience qu'il n'avait pas su lui faire comprendre que la conversation était terminée.

— J'aurais peut-être dû préciser ma position, dit Raymond d'un ton glacial. Il me semble qu'il y a quelque chose de fondamentalement malhonnête dans un arrangement aux termes duquel un homme accepte de travailler pour une somme avec laquelle il ne peut pas vivre.

— Vous croyez que je vole, monsieur Shaw?

Raymond rougit.

— Je n'ai pas dit cela.

— Je vis avec deux dollars par semaine, à Mokpo. Je pense dix dollars c'est beaucoup mieux.

— Depuis combien de temps êtes-vous ici?

Chunjin regarda sa montre.

— Deux heures.

— Je veux dire : à New York.

— Deux heures.

— Très bien. Je vais donner des instructions pour que la banque vous verse un salaire de vingt-cinq dollars par semaine.

— Merci, monsieur Shaw.

— Je fournirai les tenues.

— Oui, monsieur Shaw.

Raymond se pencha sur le bureau et écrivit sur un bout de papier l'adresse de la banque, en ajoutant le nom de M. Rothenberg.

— Allez à cette adresse. C'est ma banque. Demandez cet homme. Je vais téléphoner. Il vous donnera la clé de mon appartement et des instructions pour l'achat des provisions. Nous ne payons pas comptant. Veuillez préparer le dîner pour 19 h 15, lundi prochain. Je serai à Washington pour le week-end, vous pourrez me joindre au Willard Hotel. Un rôti de veau, avec des haricots verts, pas de pommes de terre… Je vous en prie, Chunjin, ne me servez jamais de pommes de terre…

— Non, monsieur Shaw.

— … des épinards en boîte, pas frais ; de la sauce, de la compote et deux tasses de café bien noir.

— Bien, monsieur Shaw. Exactement comme dans l'armée américaine.

— Seigneur, j'espère que non ! dit Raymond.

11

Le 15 avril 1959, le jour même où Chunjin prenait son travail auprès de Raymond, après s'être fait muter de l'armée soviétique, le commandant Marco fut mis en congé de maladie illimité.

Marco avait subi deux traitements psychiatriques dans des hôpitaux militaires. À mesure que le cauchemar périodique s'installait, la fatigue pathologique se faisait plus pénible. Aucune méthode n'avait réussi. Marco pesait quatre-vingt-quatorze kilos quand il était arrivé à New York à son retour de Corée. Lorsqu'on lui octroya un congé de maladie illimité, il avait perdu près de vingt kilos et il avait l'air un peu timbré. Il avait l'illusion qu'il pouvait tout voir et tout entendre, mais il avait perdu toute capacité d'effectuer un tri parmi les sensations visuelles ou sonores. Le son, notamment, exacerbait ses réflexes. Il essayait désespérément de ne pas prêter l'oreille quand les gens parlaient, car le son « a » répété à plusieurs reprises dans une phrase pouvait le faire éclater en sanglots. Quand il tendait le bras, ses mains tremblaient. Parfois, il claquait des dents comme s'il était pris de frissons. De temps en temps, après quatre ou cinq nuits durant lesquelles il avait fait le même cauchemar, il souffrait d'un vilain tic facial.

Marco se sentait déchiré entre deux obédiences. Il était lentement moulu par les deux lois qui gouvernaient sa vie et qui échappaient totalement à son contrôle : c'était la vénération dans laquelle il tenait la médaille d'honneur et l'intensité anormale de son amitié pour Raymond Shaw, qui avait été imposée à son esprit par le conditionnement psychologique le plus profond.

Lorsque Marco eut terminé le second cycle du traitement et qu'on lui ordonna de se reposer, les médecins savaient qu'il était fini, et il savait qu'ils le savaient. Il se rendit à New York pour parler à Raymond. Il n'avait jamais parlé aux médecins de la partie du rêve où Raymond tuait Mavole et Lembeck, et il ne s'était pas accordé le droit de mentionner toutes les phases des quatre variations d'exercices qui avaient été utilisées pour valoir à Raymond la médaille d'honneur. Il avait écrit à Al Melvin, ils avaient à eux deux dépensé plus de trois cents dollars en communications téléphoniques interurbaines, et chacun avait éprouvé un soulagement considérable à savoir que l'autre souffrait de la même maladie, mais les cauchemars n'avaient pas cessé pour autant. Marco savait qu'il devrait parler à Raymond. Il le fallait absolument. Il savait que s'il ne parlait pas à Raymond des détails de ses rêves, il en crèverait. Mais par une ironie du sort, alors que Marco roulait dans un train vers New York, Raymond roulait dans un autre en direction de Washington.

Marco était assis dans un wagon pullman à moitié plein. À un bout, celui où se trouvait Marco, la plupart des places étaient occupées par des hommes d'affaires, ou par des gens qui ressemblaient à des hommes d'affaires, mais étaient en réalité un avorteur, un chef d'orchestre, un pasteur, un astrologue, un chef de boy-scouts, un horticulteur et un cinéaste, car, malgré leurs efforts pour le faire croire au monde, ce ne sont pas les hommes d'affaires qui peuplent intégralement notre planète, si banale que soit partout devenue la qualité des conversations. Il y avait aussi quelques femmes. Leurs robes jetaient dans le wagon la seule touche de couleur gênante, à l'exception des décorations chamarrées de Marco.

Il y avait un whisky sur le petit plateau de métal rond posé devant Marco, mais il n'y avait pas touché. Il regrettait de ne pas avoir commandé de la bière et il prenait soin de ne regarder personne. Cela faisait plusieurs semaines qu'il avait cessé de le faire. Il transpirait sans cesse. Il était très pâle. Ses paumes moites mouillaient son pantalon à la hauteur des genoux. Il s'efforçait de décider s'il avait envie de fumer un cigare ou non. Ses yeux brûlaient. Il éprouvait une horrible fatigue. Il avait mal à l'estomac. Il essayait de toutes ses forces de ne pas serrer les dents, mais il n'arrivait pas à se concentrer sur cette pensée. Il avait les mâchoires endolories et un médecin lui avait dit qu'il finirait par user l'émail de ses dents s'il ne faisait pas attention. Il se tourna légèrement, mais sans remuer la tête, vers la personne assise auprès de lui, et qui était une femme.

— La fumée du cigare vous gêne-t-elle? demanda-t-il.

— Pas du tout, répondit-elle.

Il se détourna, mais sans faire un mouvement, pour prendre un cigare.

— Allez-y, dit-elle. Je regrette même que vous ne fumiez pas deux cigarettes en même temps.

— Vous devez vraiment aimer la fumée du cigare.

— Pas particulièrement, mais je crois que deux cigares en même temps, ça ferait vraiment très drôle.

Il se tourna de nouveau vers la femme assise auprès de lui. Ses yeux remontèrent lentement, hésitant, le long des doigts aux ongles rougis croisés sur ses genoux, passèrent sur une boucle de ceinture indienne en argent représentant un serpent à plumes à l'air fort urbain, s'attardèrent sur des seins hauts et pointus qui le dévisageaient de leur regard sans yeux à travers le lainage bleu sombre, remontèrent le long du décolleté et du discret collier de perles de culture qui entourait un long cou de carrare blanc jusqu'à une bouche dont il rêvait de voir la forme vivante depuis qu'il en avait vu la reproduction sur une photographie découverte dans un magazine allemand vingt-trois ans plus tôt, parmi les affaires de son père dans la malle d'un *command car*. Théoriquement, c'était un objet sexuel. C'était une bouche spirituelle, qui semblait insatiable. Il regrettait de ne pas pouvoir se concentrer sur ce spectacle ; il leva les yeux plus haut, vers la corne avide d'un nez aquilin et sémite et cela lui rappela que tout musulman qui obtient le Paradis a droit à soixante-douze femmes qui devaient ressembler exactement à celle-ci.

Il se leva en chancelant. Les autres voyageurs le dévisagèrent d'un air hostile. Il renversa son verre et la petite table métallique. Il se tourna bruyamment vers la gauche, incapable de s'arrêter de pleurer et, à travers le brouillard opaque de ses larmes, arriva quand même jusqu'à la porte du couloir. Il resta seul dans le couloir, la tête appuyée contre la vitre, en attendant que le temps passe, persuadé qu'il passerait, que son moteur finirait par s'arrêter et que ses sanglots s'apaiseraient.

Lorsqu'il se retourna pour aller chercher une autre place dans une autre voiture, elle était auprès de lui. Elle avait les cheveux couleur d'écorce de bouleau, prématurément blancs, et il la dévisagea comme s'il discernait chez elle une hyperthyroïdie et un érotisme exacerbé. Elle était là, en train de fumer une cigarette, penchée en arrière et regardant par la fenêtre.

— Le Maryland est un bel État, dit-elle.

— C'est un Delaware.

— Je sais. J'ai été un des premiers travailleurs chinois à poser les rails sur cette voie, mais il n'empêche que le Maryland est un bel État. L'Ohio aussi, d'ailleurs.

— Oh, oui. Columbus est une ville formidable pour le football. Vous êtes dans les chemins de fer?

Il avait le vertige. Il avait besoin de parler.

— Plus maintenant, lui dit-elle.

— J'ai passé toute ma vie dans l'armée, dit Marco. Nous déménageons tout le temps. Je suis né dans le New Hamsphire.

— Je suis allée une fois dans un camp de filles, sur le lac Francis.

— C'est très au nord. Comment vous appelez-vous?

— Eugénie.

— Pardon?

— Je ne plaisante pas. C'est vrai. Et ça se prononce à la française.

— C'est joli.

— Merci.

— Vos amis vous appellent Genny?

— Non, pas encore.

— Je trouve que c'est un joli nom.

— Vous pouvez m'appeler Genny.

— Comment vos amis vous appellent-ils?

— Rosie.

— Pourquoi?

— Mon nom – mon prénom – est Eugénie-Rose. Des deux, j'ai toujours préféré Rosie parce que ça sent le savon noir et la bière. C'est le genre de prénom que porte toujours la barmaid qui se fait pincer les fesses par les camionneurs. Mon père disait que c'était un nom pour femme corpulente, et, comme j'avais un mètre soixante-huit, il pensait que j'avais des chances de devenir corpulente.

— Pourtant, quand je vous ai demandé votre nom, vous avez dit Eugénie.

— Sans doute que je me sentais plus ou moins fragile à ce moment-là.

— Je n'ai jamais pu comprendre ce que cela signifiait, « plus ou moins ».

— Vous n'êtes pas le seul.

— Vous êtes arabe ?

— Non.

Il lui tendit la main.

— Je m'appelle Ben. En fait, c'est Bennet. En l'honneur d'Arnold Bennet.

— L'écrivain ?

— Non, un lieutenant-colonel. C'était le supérieur de mon père, à l'époque.

— Quel est votre nom de famille ?

— Marco, commandant Marco.

— Vous êtes arabe ?

— Non, mais sans blague, j'ai cru que vous l'étiez. J'aurais situé la tente de votre père à une vingtaine de kilomètres derrière les monts du Hoggar, dans le centre du Sahara. Il y a par là une ville qui s'appelle Janet et un tout petit patelin avec un très vilain nom que je ne pourrais absolument pas répéter même si vous aviez un doctorat en géographie. Le vent s'appelle le *khamseen* et, quand une forte pluie dégringole au flanc d'une montagne, le désert renaît et des millions et des millions de fleurs blanches et jaunes fleurissent au milieu de cette désolation. Les arbres, quand il y en a, ont des racines de trente mètres. Il y a des poissons-chats dans les trous d'eau. Vous vous rendez compte? Est-ce que vous le saviez? Bien sûr… Partout ailleurs, dans le monde arabe, la femme est une bête de somme. Chez les Touareg, la femme est reine, et les Touareg du Hoggar sont ceux de la plus pure race. Ils ont une cérémonie qui s'appelle l'*ahals*, en parlant de sa beauté, de son intelligence et de son esprit. Elle s'appelait Dassime oult Yemma, et sa longue existence a été marquée par des aventures avec les guerriers de son temps. Je vous ai prise pour elle. Pendant un instant, dans le wagon, tout à l'heure, j'ai cru que vous étiez elle.

Son débit était de plus en plus rapide et ses yeux brillaient d'un éclat fiévreux. Elle serrait fort sa main dans les siennes depuis le moment où il s'était présenté. Ils se dévisageaient.

— Merci, dit-elle.

— Vous êtes devenue une de mes meilleures et de mes plus courageuses pensées, reprit-il. Je vous en remercie.

L'étroit bandeau qui lui serrait la tête s'était desserré.

— Êtes-vous mariée?

— Non. Et vous?

— Non. Quel est votre nom de famille?

— Cheyney. Je suis assistante de production d'un nommé Justin. J'habite dans la 54e Rue, à deux pas du Musée d'art moderne, 53 West 54e Rue, appartement 3B. Vous vous souviendrez de tout ça?

— Oui.

— Téléphone: Eldorado 9, 2, 6, 3, 2. Vous vous souviendrez?

— Oui.

— Vous avez l'air si fatigué. Appartement 3B. Vous êtes stationné à New York? C'est bien «stationné» qu'on dit?… 53 West 54e Rue.

— Je ne suis pas exactement stationné à New York. J'étais à Washington, mais je suis tombé malade, j'ai une longue permission, et je vais la passer à New York.

— Eldorado 9, 2, 6, 3, 2.

— J'habite chez un de mes amis, un journaliste ; nous étions en Corée ensemble.

Marco passa une main moite sur son visage et se mit à fredonner. Il dut fermer les yeux. Il était si fatigué. Si fatigué… Elle lui prit doucement la main.

— Asseyons-nous, dit-elle. Je voudrais que vous posiez votre tête sur mon épaule.

Le train fit une embardée et Marco faillit tomber, mais elle le retint, puis elle l'entraîna vers l'autre wagon, où il y avait beaucoup de place.

L'appartement de Raymond était à l'extrémité ouest de l'île, là où les pêcheurs ont de grosses poches sous les yeux à force de sortir quatre ou cinq fois par nuit pour pousser des sirènes vers de vieilles maisons où personne n'a le temps de se préoccuper du fait que trop de Portoricains épuisés vivent dans une seule pièce. Là florissaient les taudis de West Side, où la ville avait si mauvais aspect qu'on avait dû en démolir au moins treize blocs avant que les rats n'eussent emporté les bébés. New York ! New York ! Une ville merveilleuse ! Le côté ouest de l'île était riche en façades : on pensait un peu à une princesse de conte de fées atteinte de syphilis. Central Park West était tout en façade et bordait un parc magnifique trahi seulement de temps en temps par des bandes de tapettes pépiantes et par la population trop nombreuse des maisons de santé. Columbus Avenue et Amsterdam

Avenue étaient les rues des ivrognes, où les meurtres se commettaient aux heures les plus sombres du petit matin, où il y avait beaucoup trop de saloons et de quincailleries. Ces établissements étaient reliés entre eux par des maisons de rapport dont le devant était violemment coloré matin et soir (et toute la journée le dimanche) par des grappes de Portoricains. Au-delà d'Amsterdam, il y avait Broadway, une rue de lumière et de bruits, la partie charnue de la ville, aux yeux porcins, avec ses lésions de néon et ses cicatrices incandescentes, ses pustules de lumières et de couleurs, ses rues encombrées de déchets qu'on ne pourrait jamais nettoyer, car, quand mille mains balayaient, un million de mains répandaient de nouveau des ordures. Sur Broadway patrouillaient des piétons à l'allure étrange, des gens qui s'étaient trompés de tête et qui parcouraient maintenant les rues en désespérant de retrouver leur vrai visage. On avait l'impression que, d'un pâté de maisons à l'autre, dans Broadway, on ne vendait que de la nourriture. Plus loin, c'était West End Avenue, une artère qui n'était pas à sa place, aigrie par ses propres souvenirs, perdue et désemparée, désespérément distinguée derrière un tablier de briques douteuses. C'étaient là les limbes de la petite bourgeoisie où Dieu le Père, sous forme de rayons de soleil, ne montrait jamais son visage. Raymond habitait plus loin, sur Riverside Drive, une autre artère de grands et nobles appartements, qui étaient devenus des chambres meublées empestant le chou, en face du fleuve et de la rive sordide du Jersey. Le temps de la ville était passé depuis longtemps, si tant est qu'il eût jamais existé, et les grands buildings entassés les uns auprès des autres étaient autant de doigts tendus qui faisaient signe à la Bombe.

Marco régla le taxi devant l'immeuble de Raymond. En cette fin de journée d'avril, il faisait plus froid à New York qu'au Labrador, et le vent lui déchirait le visage.

Marco avait dormi trois heures dans le train, sans rêver, et il s'était éveillé dans les bras de Rosie Cheyney. Cela lui ferait un très charmant traitement à raconter à ces imbéciles de docteurs, quand tout serait fini. Quand tout cela serait fini, sauf les sanglots… En donnant au chauffeur vingt-cinq *cents* de pourboire, il entra dans l'ascenseur, persuadé qu'il allait trouver derrière les yeux couleur moutarde de Raymond une compréhension presque humaine… 53 West 54e Rue, appartement 3B… Il voulait entendre Raymond lui raconter comment il avait obtenu la médaille d'honneur. Il voulait parler du tableau noir, des flèches, des Chinois, et de ce dessin animé rudimentaire avec la tache bleue… Eldorado 9, 2, 6, 3, 2… Il ne parlerait pas à Raymond des meurtres du cauchemar… Rosie. Eugénie-Rose. Mon Fier Nez Arabe. Oh, quel nez ! Cyrano : acte I, scène I. Pédant : l'animal seul, monsieur, qu'Aristote nommait Hippocampelephantocamelos… Cette salle de projections et les couvercles de boîtes de films, plates et vides comme des tartes, qu'on utilisait comme cendriers… Il retrouva soudain le goût des cigarettes à la fiente de yak, et c'était merveilleux. Si seulement il pouvait se rappeler le goût de cette marque, se dit-il, mais il n'y arrivait pas. Il pensa au mouvement des nombreux points rouges sur l'écran, puis à Raymond, synchronisé par le point bleu, puis il entendit la voix enregistrée qui leur disait qu'ils assistaient à l'opération au cours de laquelle Raymond s'apprêtait à sacrifier sa vie pour les sauver tous.

Le liftier lui indiqua la porte juste en face de l'ascenseur, Marco sonna tandis que le liftier attendait. Chunjin vint ouvrir, avec son pantalon noir, sa chemise blanche, un nœud de cravate noire et une veste blanche, regardant Marco d'un œil vague, s'attendant à une question, n'ayant plus le temps de reconnaître le commandant et ne s'attendant certainement pas à sa visite. Pour Marco, c'était un djin qui s'était incarné, issu de ce supplice qui lui donnait de la lyssophobie. Il ne s'écoula pas plus de quatre cinquièmes de seconde avant que Marco frappât Chunjin à la poitrine. Il visait le visage de l'homme, mais le Coréen avait eu le réflexe de faire un pas en arrière et avait esquivé ainsi partiellement l'attaque-surprise de Marco. Comme il ne se croyait pas de service lorsque Raymond n'était pas là, Chunjin n'était pas armé, mais c'était un agent bien entraîné. Il avait le grade de lieutenant-colonel dans les rangs de la Sécurité soviétique. Mais il avait reconnu Marco trop tard. Il connaissait pourtant à fond le dossier de Marco, car le commandant était le seul ami de Raymond.

Le liftier, un robuste gaillard de vingt-huit ans, vit le Coréen projeté en arrière et la porte venir battre contre la cloison de plâtre rose. Il se précipita derrière Marco et essaya de le retenir. Marco, de la main gauche, écarta Chunjin pendant que de la main droite il calmait le liftier. Chunjin s'empara de son bras gauche, fit à Marco une prise de judo, le projeta à travers la pièce, de façon à pouvoir le saisir par le cou, plongea sur lui pour lui briser la nuque, mais Marco roula sur lui-même et échappa à la prise.

Ils étaient tous deux ceinture noire, ce qui est le plus haut grade de judo. Marco avait l'avantage du poids, mais il était en mauvaise forme. Cependant, une sorte d'ivresse meurtrière s'était emparée de lui et il était gorgé d'adrénaline jusqu'à la racine des cheveux. Son meilleur atout, c'étaient ses treize kilos de plus, tandis que quatre voisins observaient la scène avec une curiosité studieuse sans quitter le pas de leurs portes, il cassa l'avant-bras de Chunjin. Le Coréen faillit lui arracher un côté de la figure et lui tordre le cou, sans rien perdre de son entrain pendant qu'on lui cassait le bras : Marco était ahuri de voir qu'un homme aussi frêle pût être aussi résistant. Puis Marco lui disloqua l'articulation de la hanche au moment où l'autre sautait pour lui donner un coup de pied au larynx, et ce fut cette seconde prise qui fit pousser au Coréen un terrible hurlement de douleur.

Marco était en train de marteler la nuque de Chunjin sur le plancher en lui posant une série de questions précises, quand le plus jeune des policiers de la voiture de patrouille entra dans la chambre et lui assena un coup de matraque sur la tête.

À l'hôpital Saint Luke, Chunjin demeurait ferme sur deux points : 1) il s'obstinait à refuser de porter plainte contre son ancien commandant, qui l'avait, de toute évidence, pris pour un intrus dans l'appartement de M. Shaw, puisque, à sa connaissance, M. Shaw n'avait jamais eu de domestique ; 2) il fallait absolument le laisser sortir de l'hôpital au plus tard lundi à midi, de façon qu'il pût faire les courses et préparer son premier repas pour M. Shaw, car, autrement, il risquait de perdre sa place, la seule dont il voulût. Il ne pouvait pas expliquer, bien entendu, que, s'il la perdait, il serait fusillé.

Au commissariat du 24e district, au coin de la 100e Rue de Central Park West, après avoir emmené de chez Raymond Marco à demi évanoui, les policiers le fouillèrent, trouvèrent sa carte d'officier, découvrirent à quel service il appartenait et appelèrent le bureau militaire à la préfecture de police, qui assurait la liaison entre la police new-yorkaise et les diverses branches des forces armées. Le Bureau contacta au début de la soirée l'officier de garde au service de renseignements à Washington. Marco fut identifié. Une voix très particulière, une voix qui semblait supplier, expliqua à la police que Marco était un de leurs meilleurs agents et qu'il passait une très mauvaise période. La voix expliqua que Marco avait contracté une sorte de maladie de l'imagination alors qu'il se trouvait en Corée, qu'il avait subi deux séries de tests prouvant qu'il était aussi sain d'esprit que tout le monde, et que l'armée américaine serait très reconnaissante à la police new-yorkaise de tout ce qu'elle pourrait faire pour le remettre d'aplomb.

Quand on sait s'y prendre avec elle, il n'y a pas d'institution plus compréhensive que la police municipale de New York, mais les policiers avaient eu de tels ennuis avec des gens qui devenaient fous tout d'un coup qu'ils insistèrent pour que Marco quittât le commissariat en compagnie de quelqu'un susceptible d'exercer sur lui une certaine surveillance. Marco n'avait pas encore l'esprit très clair. Il avait été assommé. Il avait livré un rude combat et l'adrénaline, dans ses veines, s'était transformée en lait caillé. Il était épuisé, il n'avait pas mangé grand-chose, il eut quand même la présence d'esprit de les prier d'appeler Eldorado 9, 2, 6, 3, 2 en demandant Mlle Eugénie-Rose Cheyney.

On le laissa dans une cellule pendant qu'on demandait le numéro, et la porte de la cellule ne s'était pas refermée qu'il dormait déjà. Rosie arriva au commissariat trente-sept minutes plus tard. Malheureusement, au moment où les inspecteurs et elle débouchaient dans le couloir, il avait dormi juste assez longtemps pour arriver à l'auditorium de Tunghwa, où Raymond étranglait Mavole avec un foulard de soie. En regardant dans sa cellule, même les deux policiers furent frappés par les sons douloureux qu'il émettait et par les gestes implorants qu'il parvenait à faire avec ses mains. Un inspecteur ouvrit la porte. Eugénie-Rose était devenue d'une pâleur de craie et se mordait la lèvre inférieure, pour ne pas hurler. Elle se coula dans la cellule devant le second inspecteur, s'agenouilla auprès du lit de Marco, et elle le secoua par les épaules en lui parlant d'une voix ferme ; puis, désespérant de le tirer du piège où il était, elle lui assena de toute la force de son bras charmant une gifle sur la joue gauche. Il se réveilla en tremblant. Elle le serra dans ses bras.

— Tout va bien, mon cœur, dit-elle. C'est Rosie. Tout va bien maintenant, le rêve est fini. C'est Genny.

Elle signa le registre du bureau, comme s'il s'agissait d'un sac à main qu'on lui eût volé. Il oscillait légèrement sur ses pieds en l'attendant. Comme si elle eût été le manager d'un boxeur, elle serra la main du lieutenant de garde, des deux inspecteurs et d'un policeman qui passait par là, et elle leur dit que, s'ils avaient encore envie d'aller au théâtre, ils n'avaient qu'à l'appeler chez Job Justin. Elle emmena Marco dans l'air de cette nuit bizarre : une nuit froide, bien froide de la mi-avril, une de ces nuits qui font de New York un endroit idéal pour mourir.

Marco avait une capote militaire et une casquette. Dans la pénombre, il n'avait pas l'air si mal. Il y avait juste un peu de sang sur sa manche droite, provenant du visage de Chunjin. Eugénie-Rose appela un taxi comme s'il s'agissait d'un chien dressé : sur un geste d'elle, il vint s'arrêter à ses pieds. Elle fit monter Marco le premier, puis monta et referma la portière.

— Roulez dans le parc, dit-elle au chauffeur, et dites ce qui vous passe par la tête.

— Je ne parle jamais aux clients, ma petite dame, dit le chauffeur. Je déteste les gens jusqu'au moment où ils me donnent un pourboire, et alors c'est trop tard.

— Je crois que tu devrais manger quelque chose, dit-elle à Marco.

— J'adore manger, répondit-il. J'ai toujours aimé manger, mais je ne peux plus très bien avaler.

— On va toujours essayer, lui dit-elle, et elle se pencha pour dire au chauffeur de les conduire à l'Absinthe House, un établissement de la 48e Rue ouest qui servait à boire et à manger aux noctambules les plus évolués.

Elle se renversa sur la banquette en le prenant par le bras.

— C'était très original de ta part de charger la police de téléphoner pour prendre notre premier rendez-vous, murmura-t-elle.

— Ils m'ont demandé qui je voulais… qui serait prêt… et je… je…

— Merci. Merci beaucoup.

Elle décida qu'ils avaient besoin d'air et ouvrit toutes les vitres en disant au chauffeur :

— Je suis désolée pour tous ces courants d'air, mais c'est très important, croyez-moi.

— Écoutez, ma petite dame, tant que le compteur tourne, c'est votre taxi. Allez-y, ôtez les portières si vous trouvez que ça sent le renfermé.

Marco se mit à claquer des dents. Il s'efforça de les serrer, car il voulait lui donner l'impression qu'elle avait eu une bonne idée en ouvrant les vitres, mais il faisait autant de bruit qu'un joueur de castagnettes. Elle referma les vitres.

— Achetons une boîte de soupe et allons chez toi.

— Bien sûr.

Elle donna la nouvelle adresse au chauffeur.

— Tu crois qu'on me laissera rendre visite à ce type, à Saint Luke, ce soir ?

— Peut-être demain matin.

— Tu voudras bien venir avec moi ? Ça me calmerait. Je ne voudrais pas lui taper dessus, alors qu'il est couché.

— Bien sûr.

— Il faut que je retrouve Raymond.

— Ce journaliste dont tu m'as parlé ? Pourquoi ne pas téléphoner à son journal ?

— Tu as raison. Oui, bien sûr. Allons à l'Absinthe house si tu préfères, je me sens mieux.

— Tu sais ce que je faisais, quand tu m'as fait appeler par la police ?

— Je pourrais le deviner si je n'étais pas si fatigué. Je donne ma langue au chat.

— Eh bien, après que tu m'eus déposée et que je fus montée, avant d'ôter mon manteau, j'ai téléphoné à Lou Anjac, mon fiancé… (Marco se pencha en avant, sur le qui-vive, inquiet.) Il est venu dès qu'il a pu, c'est-à-dire tout de suite, et je lui ai raconté que je venais de te rencontrer et je lui ai rendu sa bague. (Elle tendit les longs doigts nus de sa main gauche et les agita.) J'ai essayé de lui dire combien j'étais navrée de la peine que je lui causais. Là-dessus, voilà que tu me fais téléphoner par la police pour m'inviter à venir au violon du 24e district. J'ai attrapé ce manteau. J'ai embrassé Lou sur la joue pour la dernière fois de notre vie et je suis partie en courant. Au commissariat, on m'a dit que tu avais rossé un petit bonhomme décharné, mais que, d'après Washington, tu étais un type bien…

Il lui lança un regard absent et possesseur, passa un bras autour de ses épaules et l'embrassa tandis que le chauffeur, qui s'efforçait de calculer à 2 % près son pourboire, brûlait un feu rouge, en roulant vers la 54e Rue ouest.

12

Après deux jours d'un magnifique sommeil sans rêves sur le lit et sur le sein de Mlle Cheyney, Marco téléphona au *Daily Press* le lundi matin de bonne heure, pour apprendre que Raymond était à Washington. Quelques minutes plus tard, il obtint le bureau du *Daily Press* à Washington. Lorsqu'il dit à Raymond qu'il avait très envie de le voir, Raymond l'invita à dîner à New York ce soir-là ; Marco lui dirait ce qu'il pensait de son nouveau cuisinier, puis, la mémoire lui revenant, il balbutia :

— Je viens de me souvenir. C'est ton ancienne ordonnance. Tu te rappelles ? Le petit type qui était interprète de la patrouille… Chunjin ? C'est mon nouveau cuisinier ! Hein ? Tu n'aurais jamais deviné ça ?

Marco dit que non et demanda à quelle heure Raymond arriverait de Washington.

— En comptant le trajet depuis Penn Station, je devrais arriver à l'appartement à… mettons… 18 h 22.

— Même si tu dois attendre au coin pour qu'il soit juste l'heure ?

— Est-ce que cela t'ennuierait d'appeler Chunjin pour lui dire de mettre un couvert de plus ? De toute façon, tu dois mourir d'envie de lui parler. Je vous connais, vous autres vieux soldats.

— Je m'occupe de tout, dit Marco, et ils raccrochèrent tous deux.

Raymond ouvrit la porte.

— Chunjin n'est pas là, dit-il. Il n'y a pas de dîner pour toi.

— Ni pour toi.

— Mais j'ai trouvé un mot de lui disant que tu l'as rossé et qu'il est à l'hôpital Saint Luke.

— En tout cas, dit Marco, il y a des tas de charcuteries, dans ce quartier.

— Tiens, mais c'est une idée épatante ! fit Raymond. Il s'écarta de la porte, laissant à Marco le choix de la fermer ou de ne pas la fermer et se mit à feuilleter un annuaire du téléphone.

— Je n'y pense jamais, et pourtant j'adore ça. Du pastrani, des pickles, cet extraordinaire pain noir avec des petites graines aphrodisiaques et peut-être un peu de hareng mariné et du fromage avec un peu de saumon fumé, et aussi de cette choucroute absolument indigeste à base de filaments d'ampoules électriques et bœuf bouilli. (Il se mit à composer un numéro.) Rien que pour ça, je te suis reconnaissant d'avoir éliminé Chunjin.

— Allons, tant mieux, dit Marco. Tu m'en vois ravi.

— Le liftier m'a raconté ses malheurs. Je lui ai donné cinq dollars.

— On peut dire qu'il sait garder un secret, celui-là. Il m'a fait le même coup. Je lui ai donné cinq dollars, moi aussi.

— Pourquoi l'as-tu battu, lui ?

— Il voulait jouer les pacificateurs.

— Et pourquoi as-tu assommé Chunjin ?

— Ça fait partie de tout ce que je suis venu te raconter.

— Allô… Gitlitz ? Ici Shaw. Oui. Écoutez-moi bien…

Raymond commanda de la nourriture pour dix, comme on fait quand on téléphone à une charcuterie de Broadway située entre la 34e et la 96e Rue, et il donna l'adresse à laquelle il fallait livrer.

— J'ai passé pas mal de temps à l'hôpital, ces deux dernières années.

— À l'hôpital ? Qu'est-ce que tu avais ?

Raymond ouvrit une canette de bière. Après le week-end de travail de Chunjin, un parfum d'encaustique flottait encore dans la pièce. Marco paraissait très maigre, mais il n'avait plus les traits tirés. La méthode Cheyney de massage à l'âme avait ses bons côtés. Il était en civil, et son visage avait l'expression distante et oisive d'un homme qui va répéter son speech pour un banquet, tout seul dans une chambre d'hôtel. Eugénie-Rose l'avait bourré de tranquillisants.

L'autorité qu'il avait acquise en rédigeant une brillante chronique politique avait considérablement stabilisé Raymond, se dit Marco. Il lui trouvait l'air plus grand et plus large. Raymond avait trente ans. Il n'aurait pas pu aller chez un meilleur tailleur, car il s'était toujours fait habiller chez le meilleur. Il n'aurait pu porter du linge plus blanc. Ses ongles étaient impeccablement polis. Les bouts de ses chaussures étincelaient. Il avait des couleurs, des dents d'une blancheur éblouissante. Le seul point faible était que Raymond croyait peut-être que ses yeux brillaient, mais, malheureusement, ils ne parvenaient à briller que dans la mesure où le lui permettait son talent de simulateur. Raymond n'éprouvait aucune émotion, et il ne pouvait rien à ça. Quand il était content, il essayait de se souvenir de quoi avaient l'air les autres lorsqu'ils manifestaient du bonheur, du plaisir ou de la satisfaction, et il s'efforçait d'imiter cette apparence. Mais ça ne rendait pas.

Tout en écoutant avec attention le récit de Marco, Raymond comprenait seulement qu'une attaque de grande envergure avait été lancée contre son ami et l'avait presque anéanti. Sans doute s'attendait-on à le voir bouleversé à mesure qu'ils parlaient de cette fichue médaille qu'il avait toujours considérée comme une vaste ânerie, un joujou pour un amateur de soldats de plomb : il ne l'avait jamais demandée, il ne l'avait jamais voulue, et si, par quelque étrange processus, cette médaille pouvait faire rester son ami dans l'armée et lui rendre la santé, alors ils n'avaient qu'à s'arranger pour qu'il sût exactement de quoi il retournait. Si c'était nécessaire pour Ben, il irait jusqu'à faire intervenir Johnny Iselin. Il ne dit rien de tout cela à Marco.

— Si ce que tu as rêvé s'est réellement passé, Ben, dit-il lentement, alors ça m'est arrivé à moi et à tous ceux de la patrouille.

— Et à Chunjin, répondit Marco.

— Si nous faisions une enquête ? dit Raymond. Ça devrait suffire.

— Suffire à quoi ?

— À découvrir ce qui s'est passé et ce qui t'a fait rêver tout ça.

— Quel genre d'enquête ?

— Ma mère peut obtenir de la commission dont fait partie Johnny Iselin, au Sénat…

— Johnny Iselin ? fit Marco, horrifié. Mais c'est l'armée !

— Quel rapport cela a-t-il avec…

— Ce qui s'est passé, c'est dans ma tête et dans la tête de Melvin, et les meilleurs neurologues n'ont pas été fichus de l'en faire sortir. Ils n'ont même pas la moindre idée de ce qui pourrait en être la cause. Que pourrait faire une commission sénatoriale! Et Iselin! Seigneur, Raymond, ne prononce plus le nom de ce salaud!

— C'était simplement une idée. Histoire de démarrer. Je sais aussi bien que toi que Johnny est une ordure.

— Alors pourquoi le faire intervenir?

— Parce que nous devons confier une chose comme ça à des spécialistes. Bon sang, Ben, tu l'as dit toi-même: l'armée ne peut pas se débrouiller toute seule. Ce qu'il faut, si nous voulons arriver à quelque chose, c'est une enquête sur une grande échelle. Tu comprends... il faut que quelqu'un fasse parler les gens.

— Fasse parler qui?

— Heu... je...

— Je vois.

— Eh bien, la patrouille. Si ma médaille d'honneur est du chiqué (et, crois-moi, je ne vois pas comment ça pourrait être autre chose), il faudra bien que quelqu'un se souvienne et que quelqu'un d'autre rafraîchisse la mémoire de ceux qui ont oublié que nous nous sommes tous fait avoir. Voilà. Nous nous sommes fait avoir. Si tu ne peux pas supporter l'idée d'avoir affaire à Johnny Iselin, et je ne te le reproche pas, alors tu n'auras qu'à demander à passer en conseil de guerre.

— Qu'est-ce que tu veux dire? De quoi parles-tu?

Marco semblait commencer à comprendre de quoi parlait Raymond, mais pas tout à fait.

— Il faudra que tu t'accuses d'avoir falsifié le rapport qui m'a amené à être décoré de la médaille d'honneur, et il faudra que tu demandes à l'armée de vérifier si cela a été fait ou non en collusion avec les hommes de la patrouille.

— Ils ne pourront jamais comprendre une démarche pareille ! Une médaille d'honneur… Tu te rends compte ? Une médaille d'honneur, c'est sacré pour l'armée, Raymond. Enfin… je… bon Dieu, le Pentagone s'écroulerait !

— Bien sûr ! C'est ce que je dis ! Il faut étaler tout ça ! Si l'armée n'est pas fichue de comprendre, alors, crois-moi, Iselin comprendra. Il te tirera de là.

— Non, jamais.

— Il faut qu'on soit sûrs que ça se fasse et que l'armée ne puisse pas faire une nouvelle gaffe et te laisser dans cet état. Qu'est-ce que ça peut leur faire ? Des types comme toi, on en retrouve. Mais ils ont fait de moi un héros, et ça me rend tabou. Ils ne pourraient pas revenir sur une gaffe aussi grande.

— Raymond, écoute ! S'il n'y avait pas ces généraux soviétiques et chinois dans mon rêve, ça me serait bien égal qu'on ne s'occupe pas de moi.

— Bon. Ça te regarde.

— Mais étant donné le risque, l'affreux risque qu'il puisse y avoir là-dedans quelque chose qui mette en péril la sécurité du pays, il faut que je les oblige à creuser ça. Tu as raison, Raymond. Il le faut.

— Pourquoi aurais-je mérité une médaille d'honneur ? Je ne me souviens même pas de l'opération. Je me rappelle les *faits* qui l'ont entourée, bien sûr. Mais l'opération elle-même, je ne m'en souviens pas.

— Parles-en. Continue à en parler, je t'en prie.

— Eh bien, voyons, reconstituons donc ça… Nous sommes en patrouille. Toi, tu es au centre de cette ligne et moi je suis sur leur flanc droit. Il fait sombre. Je te crie : « Capitaine ! Capitaine Marco ! Donnez-moi un peu de lumière à vingt mètres ! » Et tu me réponds : « C'est parti, mon gars ! » et presque tout de suite une fusée éclate. Je tire en enfilade sur leur colonne et, comme le savent tous ceux qui lisent les illustrés, je suis très bon tireur. Je commence à avancer sur eux, je m'empare d'une de leurs mitrailleuse lourdes, et tout en avançant, je balance devant moi huit de leurs grenades.

— Oui, dit Marco. Mais tu ne te souviens pas d'avoir fait tout ça…

— C'est ce que j'essaie de t'expliquer, répliqua Raymond, d'un ton irrité. Chaque fois qu'on me demande de penser à cette opération, je sais toujours exactement ce qui va se passer, mais je n'en arrive jamais à l'endroit où ça se passe vraiment.

— Tu ne te souviens pas d'un tableau noir? Ni d'instructeurs chinois?

— Non.

— Ni d'exercices de mémoire? Ça ne te dit rien, une salle de projection et des dessins animés avec une piste sonore en anglais et un tas de Chinois debout?

— Non.

— Tu as dû subir un meilleur lavage de cerveau que moi. Ou que Melvin.

— Un lavage de cerveau?

Raymond n'aimait pas cette expression. Il ne pouvait supporter l'idée que quelqu'un altérât sa personnalité, aussi repoussa-t-il aussitôt cette idée. D'autres, à qui l'on aurait donné les mêmes précisions, auraient pu être incités à agir ou mis au défi, mais pas lui. Le dégoût qu'en éprouvait Raymond agissait comme un croc de marinier qui repoussait la terre ferme pour lui permettre de s'en aller à la dérive, emporté par le fort courant du moi. Cela ne voulait pas dire qu'il avait aussitôt fermé son esprit au problème de Marco. Il éprouvait le désir sincère d'aider Ben à trouver le soulagement, le sommeil, le repos et la santé, mais le rôle qu'il jouait dans ce qui lui avait d'abord paru être une croisade patriotique s'était trouvé atténué par le dégoût qu'il éprouvait : il se recroquevillait devant ce qu'il ne pouvait considérer que comme un vulgaire lavage de cerveau.

— Il *faut* que ce soit un lavage de cerveau, dit Marco. Dans mon cas, ça n'a pas marché à fond. Dans le cas de Melvin non plus. C'est la seule explication possible, Raymond. La seule.

— Pourquoi ? répliqua Raymond froidement. Pourquoi les communistes voudraient-ils que j'aie une médaille d'honneur ?

— Je ne sais pas. Mais il va falloir le découvrir. (Marco se leva.) Avant que je sorte d'ici, j'aimerais que tu comprennes que je vais étaler toute cette affaire devant un conseil de guerre, non pas parce que… non pas pour me sauver de ces rêves…

— Ah, bon sang, Ben ! Qui en a eu l'idée ? Qu'est-ce que ça peut fiche ?

— Laisse-moi terminer. C'est une déclaration officielle, car, crois-moi, mon vieux, je sais ce que je dis. Une fois que j'aurai mis en branle cette histoire de conseil de guerre – *mon* conseil de guerre – ça sera peut-être dur pour nous deux. (Il leva les yeux au plafond.) Il *faut* que je le fasse. Pour des raisons de sécurité. Pour un enjeu pareil, je peux me sacrifier. Et toi aussi, Raymond, toi aussi.

— Veux-tu t'arrêter ? Qui a eu cette idée ? Moi. Qui t'a décidé à l'accepter ? Moi. Tu peux rengainer tous tes discours patriotiques. Je veux simplement savoir pourquoi une bande de péquenauds soviétiques et de coolies chinois dégénérés ont voulu me faire décorer de la médaille d'honneur.

— Raymond, veux-tu me faire plaisir ? Parle-moi encore de l'opération, je t'en prie.

— Quelle opération?

— Allons! Allons!

— Tu veux que je reprenne là où tu en étais?

— Oui, oui.

— Eh bien... tu lances une autre fusée, à une vingtaine de mètres devant moi, peut-être en plein centre de la ligne, parce que tu t'imagines que je remonte vers cette crête, alors...

— Oh, mon vieux, c'est quelque chose!

— Quoi donc?

— Chaque fois que tu parles de cette opération, tu racontes ça comme si ce n'était pas encore arrivé.

— C'est toujours comme ça que j'y pense! Allons, Ben, tu m'as convaincu. Allons retrouver ta souris.

Marco passa les doigts dans ses cheveux drus. Il posa les coudes sur ses genoux et se prit la tête à deux mains. Raymond le considéra, presque avec tendresse.

— Ne te gêne pas si tu as envie de pleurer, Ben, dit-il doucement,

Marco secoua la tête. Raymond ouvrit une autre canette de bière.

— Je crois que je vais pouvoir dormir, dit Marco. Je le sens. Il n'y a plus rien dans ces saletés de voix, dans ces couleurs qui changent tout le temps et dans les yeux de tous ces spectateurs qui me fasse encore peur.

Il baissa les mains et tendit machinalement le bras vers la canette de bière de Raymond. Raymond se baissa pour en ouvrir une autre. Marco s'endormit, assis dans son fauteuil. Raymond l'étendit sur le divan, lui apporta une couverture, éteignit la lumière et passa dans son bureau pour écouter le vent sur la rivière et pour lire un petit livre au titre invraisemblable: *L'Alcool, serviteur de l'homme.*

Marco dormait encore quand Raymond quitta l'appartement le lendemain matin. Eugénie-Rose Cheyney lui téléphona dès son arrivée au bureau. Elle lui demanda si Marco avait dormi tranquillement. Raymond lui dit que oui. Elle dit :

— Oh, monsieur Shaw, c'est magnifique ! et raccrocha.

13

La mère de Raymond lui téléphona de l'aéroport d'Idlewild pour lui demander de déjeuner avec elle. Il essaya de trouver rapidement le nom de quelqu'un avec qui il pourrait dire qu'il avait rendez-vous, mais elle le pria de ne pas la mener en bateau, et ajouta qu'elle savait pertinemment qu'il avait trop horreur des gens pour se laisser coincer, alors il ferait aussi bien de se pointer, à 13 heures, là où déjeunent les dames, au *Plaza.* Il répondit qu'il y serait.

Lorsqu'il arriva au Plaza, à 13 heures moins dix secondes, elle était fort occupée à faire une scène au maître d'hôtel, à un chef de rang et à deux serveurs, installée à une table qui faisait face au parc dans la grande salle de coin. Elle lui fit signe d'attendre qu'elle eût fini sa harangue. Les serveurs s'inclinèrent et prirent congé. La mère de Raymond lança au maître d'hôtel un regard lourd de mépris, puis s'adressa à Raymond.

— Tu te rends compte? dit-elle. Un restaurant qui n'a pas à sa carte du Clos de Lambrays ni de la Cuvée du docteur, peste!

D'un geste, elle congédia l'homme sans douceur. Elle laissa Raymond déposer sur sa joue droite un baiser infiniment léger, puis lui fit signe de s'asseoir, non pas en face d'elle ni à sa droite, mais à sa gauche, ce qui leur interdisait à l'un comme à l'autre de regarder le parc par la fenêtre.

— Comment vas-tu? demanda-t-elle.

— Très bien.

— Moi aussi, bien que tu ne me l'aies pas demandé.

— Quand je t'ai entendue commander un steak aux huîtres, ça m'a donné une idée.

— Le steak est surtout pour toi.

— Bien sûr.

— Johnny va bien?

— Tu veux dire physiquement?

— Oui. Et autrement aussi. Il a des ennuis?

— Bien sûr que non.

— Alors pourquoi sommes-nous ici?

— Pourquoi sommes-nous ici?

— Pourquoi avons-nous notre réunion annuelle?

— Je suis ta mère, ce qui est déjà une raison suffisante. Pourquoi m'as-tu demandé si Johnny avait des ennuis?

— Je me suis dit que ma chronique pouvait t'être utile, ma chronique qui s'est bien gardée de jamais mentionner le nom de Johnny, bien qu'il soit un assassin. Il pue la mort, tu sais?

Raymond se surpassait en se montrant odieux et impossible quand il était avec sa mère. Il avait sans cesse son tic, ce geste de balayer quelque chose, qui ponctuait son attitude hautaine et méprisante.

Sa mère lui répondit en fermant les yeux.

— Mon cher garçon, une chronique de plus dans ce triste monde à citer le nom de Johnny n'attirerait guère l'attention.

— Je m'en souviendrai.

Elle ouvrit les yeux.

— Pourquoi?

Raymond, quand il était avec sa mère, éprouvait toujours la crainte de béer devant sa beauté. Lorsqu'ils parlaient, chaque fois qu'ils se rencontraient, il scrutait chaque millimètre carré de sa peau, soupesait chacun de ses gestes, avide d'y découvrir moins de grâce, mais en vain.

— Maman, au nom du Ciel, où as-tu jamais entendu parler d'un steak aux huîtres? C'est Johnny qui a trouvé ça, non? C'est sûrement Johnny, car dans sa littérature gastronomique il ne saurait y avoir un plat qui exprime mieux sa vulgarité qu'une grosse pièce de viande fourrée d'huîtres.

— Raymond, je t'en prie! Surveille tes expressions, dit-elle en lui lançant un coup d'œil narquois.

— C'est dégoûtant, et il est dégoûtant.

— La raison pour laquelle je t'ai demandé de déjeuner avec moi aujourd'hui, Raymond, dit sa mère d'un ton suave, c'est qu'à vrai dire je n'ai pas été en très bonne santé ces temps-ci. Mon médecin m'a conseillé de faire un voyage en Europe, cet été.

— Qu'est-ce que tu as?

Il accentua son ton traînant, tout en songeant:

«Y a-t-il jamais eu sur la terre une menteuse égale à cette femme? S'imagine-t-elle, dans sa monstrueuse vanité, qu'on peut faire le coup de la mauvaise santé? Va-t-elle m'exhiber un électrocardiogramme truqué? Elle n'irait pas jusqu'à recourir à un subterfuge aussi grossier qu'un évanouissement, mais elle pourrait me monter une grande scène avec un vieux médecin compatissant à qui elle aurait fait apprendre son texte...»

— Ce docteur, bien sûr, était idiot, reprit sa mère. Je suis allée me faire faire des examens à la clinique Mayo. Je me porte comme un charme.

Le ressentiment qu'éprouvait Raymond à son égard lui donnait l'impression que des boutons d'acier se formaient sous sa peau.

« Je vais encore perdre, se dit-il, comme je perds toujours avec elle. C'est comme si j'avais un bandeau sur les yeux, et elle va gagner si je ne prévois pas où elle m'entraîne. Oh, quelle femme ! Quelle beauté et quelle tricheuse ! C'est sur elle qu'on devrait cracher quand on veut cracher sur Johnny Iselin. Comment puis-je oublier ça ? Comment puis-je regarder ces yeux ravissants, comment puis-je être si profondément ému par cette tête splendide, sans me souvenir qu'elle enferme un cloaque de trahison, un puits d'amour empoisonné, une cité de serpents morts ? Pourquoi suis-je ici ? Pourquoi suis-je venu ? »

— Je suis heureux de l'apprendre, dit-il. Mais je me rappelle fort bien t'avoir entendue me dire que tu n'étais pas très bien, il y a quelques instants.

Elle lui sourit avec indulgence, exhibant des dents parfaites.

— J'ai dit... oh, Raymond ! Au nom du Ciel, qu'importe ce que j'ai dit.

— Je boirais bien quelque chose.

— En déjeunant ?

— Oui.

— Tu fais généralement la tête quand les gens boivent en déjeunant.

Elle renversa la tête en arrière tout en faisant avec ses lèvres un bruit de baiser répugnant. Un serveur se précipita si rapidement que Raymond crut que l'homme avait décidé de la tuer, mais non : il s'arrêta près d'elle et la considéra d'un air abject, comme s'il l'eut suppliée de lui donner le knout. C'était l'effet que faisait la mère de Raymond sur bien des gens.

— Eh bien, Raymond, parle.

— Je prendrais bien un peu de bière en canette.

— En canette, monsieur? murmura le serveur.

La mère de Raymond émit un bref grognement, l'homme fit :

— Bien, monsieur! d'une voix étranglée et partit.

— Alors, qui est le plus vulgaire maintenant? demanda-t-elle d'un ton doux. Tu ne veux pas une boîte de haricots avec ta bière?

— Bon sang, maman, veux-tu me dire comment nous déjeunerons aujourd'hui?

— Oh! qu'importe... Je te disais donc que cet imbécile de docteur m'a assuré que je devrais aller en Europe pour me changer les idées et, qu'il ait raison ou non, ce projet m'a séduite. Alors, comme je ne peux pas y aller toute seule et comme cela poserait trop de problèmes à Johnny de m'accompagner, je me demandais... et je m'attends d'ailleurs à te voir accepter pour des raisons professionnelles, puisque je voyagerai comme représentante accréditée des Commissions du Budget, des Relations extérieures et des Finances – je représenterai le Sénat, en quelque sorte – et je serai là-bas pour rappeler aux dirigeants écervelés d'Europe et d'Angleterre que les États-Unis ne sont pas à l'origine une démocratie, mais une Union fédérale et une République contrôlée aujourd'hui par le Sénat. Cela signifie évidemment que j'aurai accès à des endroits et que je verrai des gens que ni ton journal, ni ta chronique ne pourraient toucher en dix ans. Avant que tu me répondes si tu consens ou non à m'accompagner, moi, ta mère, dans un tour d'Europe qui ne coûtera pas un sou, je t'assure qu'il n'y a personne dans les îles Britanniques ni sur tout le continent européen que je ne puisse te faire connaître. Si tu décidais de faire acheter tes articles par d'autres groupes de journaux étrangers influents, je pense que cela pourrait s'arranger aussi…

La mère de Raymond lui faisait du charme, comme elle en avait fait à Johnny Iselin. Le père de Raymond avait dû être un rêveur, pour être demeuré insensible alors qu'elle était encore en pleine jeunesse.

— D'accord, maman.

— Bon. Nous embarquerons en face de la 46e Rue ouest le 15 juin à midi, sur l'*United States*. Mon bureau t'enverra l'itinéraire, les hôtels et te donnera une idée des rendez-vous mondains et professionnels prévus. Tu voudrais voir le pape ?

— Non.

— J'irai seule, dans ce cas.

— Et puis ?

— Ce steak aux huîtres n'est-il pas absolument délicieux ? Quelle étonnante idée, les huîtres et le steak ! Johnny en mange tout le temps, tu sais.

— Ça ne m'étonne pas.

— Est-ce que je peux faire quelque chose pour toi à Washington, mon cœur ?

— Non, je te remercie. Ah si ! J'ai un ami…

— Un ami ? Tu as un ami ?

Elle s'arrêta de mâcher et reposa sa fourchette.

— Le sarcasme est une bien piètre béquille pour l'humour, maman.

— Pardonne-moi, Raymond. Je ne voulais pas me moquer. Crois-moi, j'ai été stupéfaite. Je ne t'avais jamais entendu parler d'un ami. Je suis très heureuse que tu aies un ami, et tu peux être tranquille, mon chéri, si je peux l'aider, je le ferai avec plaisir. Qui est-ce ?

— Il est commandant dans les services de renseignements, à Washington.

La mère de Raymond avait tiré de son sac un calepin impressionnant.

— Son nom?

Il le lui dit.

— West Point?

Il répondit que oui.

— Est-ce à des galons de colonel que tu penses?

— Je pense que ce serait parfait. J'espère que ça peut s'arranger sans qu'on marque IP sur son dossier?

— Comment ça, IP?

— Influence Politique.

— Bien sûr, qu'on mettra IP sur son dossier! Quel mal y a-t-il à ce que l'administration sache que ce garçon a des appuis bien placés? Mon Dieu, Raymond, sans l'IP, certains des gros bonnets que nous appelons nos dirigeants seraient les plus vieux sous-lieutenants de l'histoire militaire! Tu es le garçon le plus naïf que je connaisse, Raymond. Il suffit d'ailleurs de lire ta chronique...

— Qu'est-ce qu'elle a, ma chronique?

Elle leva la main.

— Pas maintenant. En juin, quand nous serons à bord, nous en reparlerons. Pour l'instant faisons de ton ami un colonel.

Elle consulta ses notes.

— Maintenant, y a-t-il quelque chose... voyons, de négatif, que je doive savoir à son propos?

— Non. C'est un excellent officier. Son père, son grand-père et son arrière-grand-père étaient d'excellents officiers.

— Tu le connais depuis la Corée?

— Oui. Il... il commandait la patrouille.

Raymond hésita, car la mention de la patrouille le fit repenser à cette saloperie de médaille; il se rappela tout ce qu'avait fait sa mère pour cette décoration représentant quelque chose pour Johnny Iselin, comment elle s'était ridiculisée à la Maison Blanche, et Johnny devant les caméras à cette saleté de déjeuner où on l'avait humilié, et tout d'un coup il se dit qu'il pourrait, lui aussi, faire un peu de mal à sa mère et allonger un coup de pied à Johnny, si bien qu'il finirait quand même par tirer quelque plaisir de cette foutue médaille, après tout. Il garda patiemment le silence jusqu'au moment où elle sentit ce que signifiait son hésitation et où elle reprit l'initiative de la conversation.

— Qu'est-ce qu'il y a ? fit-elle.

— Eh bien, il y a un détail que l'armée pourrait considérer comme négatif, dans son passé. Mais je crois que c'est arrangé.

— C'est une pédale ?

— Ah !

— Tu dis que tu crois que ça s'est arrangé ?

— Oui.

— Tu ne penses pas que tu devrais me dire ce que c'est ?

— Maman, est-ce que tu vas présenter Johnny comme candidat à la présidence, à la Convention de l'année prochaine ?

— Veux-tu oui ou non faire de ton ami un colonel ? Je ne crois pas que Johnny puisse décrocher la présidence. Je me contenterai peut-être de la seconde place.

— Tu vas le faire participer aux élections primaires, au printemps prochain ?

— Je ne pense pas. Il est trop fort pour ça. Je ne crois pas avoir besoin d'une épreuve de popularité pour Johnny. Mais revenons au… côté négatif du commandant.

Raymond croisa les mains devant lui sur la table.

— Il a fait l'an dernier deux séjours dans des hôpitaux psychiatriques de l'armée.

— Oh, c'est tout? fit-elle en haussant les épaules. Et moi qui m'imaginais que c'était quelque chose de sérieux! Mon Dieu, Raymond! Un malade nerveux! As-tu jamais vu l'effet que ça fait quand c'est inscrit dans un dossier?

— Ce n'est pas ce que tu pourrais croire, maman. Tu comprends, à la suite d'une aventure en Corée, il souffre de cauchemars périodiques.

— C'est normal.

— Ce qui lui est arrivé pourrait donner des cauchemars à n'importe qui. En fait, ça t'en donnera peut-être quand tu l'auras entendu.

— Pourquoi?

— Parce que c'est toute une histoire, et que je suis embringué dedans jusqu'au cou.

— Comment cela? fit-elle d'une voix coupante.

Il lui raconta. Lorsqu'il eut fini elle était pâle comme du lait et sa main tremblait.

— Comment ose-t-il?

— Voyons, maman, c'est son devoir. Tu comprends, non?

— Comment ose-t-il, ce misérable petit névrosé?...

Sa voix s'étrangla.

Raymond fut surpris de la violence de sa réaction. Elle frappa du poing sur la table et les verres, les assiettes, l'argenterie tressautèrent tandis qu'une carafe pleine se fracassait sur le sol. Tous les regards se tournèrent de leur côté. Un garçon se précipita vers la table et se mit à quatre pattes pour éponger le tapis et ramasser les débris de verre. Elle lui décocha un vigoureux coup de pied dans la cuisse en se rasseyant.

— Allez-vous-en, larbin, dit-elle.

Le garçon se releva lentement et la dévisagea, le souffle coupé, puis il s'éloigna brusquement. Elle se leva, hors d'haleine, la sueur brillant sur sa lèvre supérieure.

— Je vais aider ton ami, Raymond, dit-elle d'une voix frémissante. Je vais l'aider à calomnier et à détruire un héros américain ! Je vais battre des mains pendant qu'il crachera sur notre drapeau !

Elle le planta là, fendant à grands pas les petits groupes de clients et de domestiques, les bousculant quand il le fallait. Raymond la suivit du regard, sachant qu'une fois de plus il avait perdu, mais ne sachant pas ce qu'il avait perdu. Il n'en était pas autrement affecté, d'ailleurs, car l'impression d'être vaincu était un des sentiments que Raymond éprouvait le plus constamment.

Elle alla jusqu'au bureau du directeur de l'hôtel. Elle écarta sa secrétaire et claqua la porte derrière elle. Elle annonça qu'elle était la femme du sénateur John Yerkes Iselin et que les deux personnes qui se trouvaient en conférence avec le directeur, deux hommes d'affaires au visage rose, arborant chacun un œillet à la boutonnière, seraient bien aimables de vider les lieux. Ils s'excusèrent et s'en allèrent aussitôt, craignant qu'on ne les accuse d'être communistes. Elle dit au directeur qu'elle aurait besoin de son bureau et de son téléphone et qu'elle aurait besoin d'être seule car elle devait parler d'une affaire urgente au secrétaire à la Défense, au Pentagone ; elle lui serait donc très reconnaissante d'aller lui-même au standard pour demander la communication avec le secrétaire, en PCV, et de rester auprès de la standardiste pour s'assurer qu'elle n'écoutait pas la conversation.

Raymond régla l'addition et se mit à errer dans le hall à la recherche de sa mère. Il finit par conclure qu'elle était partie ; il sortit donc par la porte qui donnait sur la 5e Avenue et décida de retourner à pied à son bureau. En arrivant, il trouva un message lui demandant d'appeler les services de renseignements à New York. Il téléphona. On lui demanda s'il pouvait aider à retrouver le commandant Bennett Marco. Raymond répondit qu'à son avis le commandant Marco était chez lui puisque c'était à son appartement qu'il était descendu à New York. On lui demanda le numéro de téléphone. Il le donna, en expliquant qu'il ne fallait le donner à personne d'autre, puis il se sentit idiot d'avoir dit ça à des enquêteurs professionnels. Il fut ensuite accaparé par un coup de téléphone du secrétaire de presse du gouverneur puis par trois autres coups de téléphone que le précédent avait rendus nécessaires. Lorsqu'il appela Ben à l'appartement, il n'eut pas de réponse. Il n'y pensa plus. Ce soir-là, lorsqu'il rentra à 18 h 22, il trouva un mot de Ben le remerciant et lui disant qu'on l'avait rappelé à Washington. Le mot priait également Raymond de ne poser aucune question à Chunjin après sa sortie de l'hôpital.

À Naples, durant l'été de 1958, parlant avec Leonard Lyons des hommes les plus puissants de ce monde, l'exilé Charles Luciano avait déclaré :

— Un sénateur américain peut causer plus d'ennuis que n'importe qui.

Cette affirmation était tout aussi valable un an plus tard.

14

Lorsque le lieutenant général Nils Jorgenson s'était éveillé ce matin-là, pour célébrer sa quarantième année de service dans l'armée des États-Unis, il était euphorique. Lorsqu'il quitta le bureau du secrétaire où se trouvait également l'officier chargé de la liaison entre l'armée et le Congrès, il était consterné, furieux, mais surtout horrifié. Le général était un excellent homme et un brave. Il ferma les portes à clé quand Marco et lui se retrouvèrent seuls dans son bureau, puis somma Marco de lui dire s'il avait envisagé de demander à passer en conseil de guerre afin de provoquer l'ouverture d'une enquête sur les circonstances dans lesquelles on avait décerné la médaille d'honneur à un homme. Marco confirma. Le général estima nécessaire de préciser à Marco qu'il avait connu son père et son grand-père. Il lui demanda ce qu'il avait à dire.

— Mon général, il n'y a qu'une personne au monde avec qui j'aie parlé de cette affaire, et c'est Raymond Shaw lui-même, hier soir, chez lui. C'est Shaw, mon général, qui m'a conseillé de prendre cette décision. Puis-je vous demander, mon général, qui a formulé cette accusation auprès du secrétaire à la Défense? Je n'arrive pas à comprendre comment…

— C'est le sénateur John Yerkes Iselin, commandant. Alors… je vous fais cette proposition en raison de vos états de service et de ceux de votre famille : je vous offre la possibilité de donner votre démission d'officier.

— Je ne peux pas donner ma démission, mon général. Je suis convaincu que la médaille d'honneur de Shaw sert d'instrument à l'ennemi. Je… je considère que c'est mon devoir, mon général.

Le général s'approcha de la fenêtre. Il regarda longuement le fleuve. Il revint vers son fauteuil et s'assit, penché en avant, presque plié en deux et contempla le plancher. Il se dirigea vers son bureau, prit dans un tiroir une vieille pipe mâchonnée, l'alluma et se mit à fumer furieusement en regardant par la fenêtre. Puis il se rassit derrière son bureau en dévisageant Marco.

— Non seulement vous ne passerez pas en conseil de guerre, mais je vous informe que vous n'y avez aucun droit. (Il eut un ricanement dégoûté.) Dire que, pour mon quarantième anniversaire sous les drapeaux, je me prends à dire à un officier américain qu'il n'a aucun droit !

— Mon général ?

— Le sénateur Iselin est homme à bloquer tous les crédits de la Défense nationale si on le contrarie sur un point qui lui tient à cœur. Le sénateur Iselin est capable de démolir tout notre système militaire si on permet l'ouverture d'une enquête sur la glorieuse conduite de son beau-fils. Il entreprendrait une guerre contre l'armée américaine qui serait bien plus sévère et bien plus catastrophique que tout ce qu'ont pu nous infliger les forces ennemies au cours de notre histoire. Pour vous faire comprendre l'énormité de la responsabilité qui est la vôtre, on m'a ordonné de vous dire ceci, qui va à l'encontre de tous mes principes, ajouta-t-il d'une voix tremblante. Si vous persistez à demander à passer en conseil de guerre afin de prouver que Raymond Shaw n'a pas le droit de porter la médaille d'honneur, vous serez mis au cachot.

Marco regarda le général.

— Avez-vous jamais eu à menacer un soldat pour lui faire balayer une cour, commandant ? L'armée, telle que nous la connaissons, a jusqu'ici fonctionné suivant un système fondé sur l'obéissance. Vous vous souvenez ? On m'a ordonné de ne pas me contenter de vous menacer. Le sénateur Iselin a décidé que je devais vous acheter. Si vous acceptez d'oublier votre honneur d'officier et si vous voulez bien signer le document préparé par le conseil du sénateur Iselin, garantissant que vous ne réclamerez pas qu'on enquête sur cette affaire, vous serez promu lieutenant-colonel, et aussitôt après colonel.

La nausée monta en Marco comme la mousse dans un verre de bière trop étroit. Il ne pouvait pas parler, même pour dire qu'il avait entendu. Le général prit un papier dans sa poche et le posa sur le bureau devant Marco.

— Voilà ce qu'est Iselin, dit-il. Je vous ordonne de signer.

Marco prit la plume et signa le document.

— Merci, commandant. Vous pouvez disposer.

Marco sortit du bureau à 16 h 21. Le général Jorgenson se suicida à 16 h 45.

15

Eugénie-Rose Cheyney était une bonne fille et elle aimait Marco. Ce fait donnait à Marco une grande marge, comparable à celle du banquier dans les tripots. Quoi qu'il arrivât, cela le soutiendrait.

Eugénie-Rose s'était fait adresser chez elle tout son travail de bureau, car elle savait que Marco lui téléphonerait dès qu'il s'éveillerait dans l'appartement de Raymond Shaw. Comme à 19 h 10, ce soir-là, elle n'avait toujours pas de nouvelles de Marco, elle se dit qu'il avait dû essayer d'appeler alors que la ligne était occupée, et elle téléphona à Raymond chez lui. Raymond n'avait pas encore répondu, et la sonnerie retentissait toujours, quand elle entendit la porte de l'ascenseur s'ouvrir, puis se refermer après un silence. Elle eut la certitude que c'était Marco. Elle raccrocha et se précipita vers la porte pour lui ouvrir sans lui laisser le temps de sonner.

Il avait un air épouvantable.

— Rosie, dit-il, marions-nous.

Il franchit le seuil et la saisit comme un noyé se cramponne à un récif. Il l'embrassa. D'un coup de pied, elle referma la porte. Puis elle lui rendit ses baisers.

— Quand? demanda-t-elle.

— Combien de temps prennent les formalités dans cet État?

Elle se frotta longuement contre lui.

— J'ai encore plus envie de t'épouser, Ben, que de continuer à manger de la cuisine italienne, c'est-à-dire que nous ne pouvons pas nous marier aussi vite, murmura-t-elle.

— Pourquoi?

— Ben, tu as trente-neuf ans. Il y a trois jours que nous nous connaissons, et ça ne suffit pas. Quand nous serons mariés, et je te prie de noter que je dis: quand nous serons mariés, et non pas quand *je* serai mariée, il faudra rester mariés parce que si jamais ça craque, je risque de devenir alcoolique, religieuse ou crypto-républicaine, alors attendons une semaine.

— Une semaine?

— Je t'en prie.

— Bon, d'accord. Mais nous allons faire établir les papiers, passer les visites médicales, publier les bans, prévoir les prénoms des enfants, acheter les alliances, le riz et prévenir la famille...

— La famille?

Il la dévisagea un moment.

— Toi non plus?

— Non.

— Orpheline?

— Tu as un air épouvantable, mais pas le même qu'hier. M. Shaw m'a dit que tu avais dormi toute la nuit.

— Ah, tu as parlé à Raymond?

— Ce matin. Il est très cérémonieux à ton égard.

— Pauvre Raymond! Je suis son seul ami. Ce vieux Raymond a juste assez de cœur pour pouvoir tolérer deux ou trois personnes dans sa vie. J'en fais partie.

— Tu as passé de mauvais moments, aujourd'hui? Oui. Enfin, oui et non.

Il s'assit aussi brusquement que si ses jambes s'étaient brisées. Elle se laissa tomber sur le parquet auprès de son fauteuil. De la main droite, il se mit à lui caresser la nuque, machinalement, mais avec une certaine sensualité.

— Tu es ce que j'ai de plus sacré au monde, dit-il lentement, aussi je jure sur toi que je revaudrai au sénateur Iselin ce qui m'est arrivé aujourd'hui. Je ne sais pas encore comment, mais j'y penserai tous les jours à dater d'aujourd'hui. À partir d'aujourd'hui, je me demanderai toujours comment je lui ferai payer le coup qu'il m'a fait. Je ne le tuerai probablement pas. J'ai découvert aujourd'hui que je ne serai sans doute jamais un assassin.

Elle le regarda. Son visage luisait de sueur et ses yeux avaient une expression triste, plutôt vengeresse. Ses yeux à elle, ses yeux de Targui, étaient des amandes noires avec un noyau bleu, un bleu changeant comme la brume sur la neige. C'étaient les yeux d'une belle dame abandonnée par une armée de Croisés qui s'étaient trompés et qui avaient pris à gauche vers Jarabub, en Afrique, au lieu de prendre à droite, vers Londres, lorsque Walter le Désargenté les avait envoyés piller la Terre sainte, en 1096, pour s'installer à jamais au cœur du Sahara, et perpétuer la tradition de la chevalerie errante et des cours d'amour pour les belles dames dont les chansons célébraient les doux yeux. Elle le contempla longuement, puis posa la tête sur sa jambe et attendit.

— Iselin est le beau-père de Raymond, lui dit Marco. Je n'avais qu'à téléphoner à Johnny, dire que c'était Raymond qui m'envoyait, me faire introduire dans son bureau, fermer la porte à clé et lui tirer une balle dans la tête.

Marco parlait d'une voix sourde, les dents serrées. Il songea un moment à cette occasion perdue.

— Savais-tu, Rosie, que Raymond avait la médaille d'honneur? demanda-t-il (Elle secoua la tête sans répondre.) Je voudrais pouvoir t'expliquer ce que ça signifie. Mais il faudrait que je trouve un moyen de t'envoyer dans les popotes militaires, de te faire passer par West Point, de te trouver une ou deux guerres et le goût de lire Georgie Patton, les *Commentaires* de César, Blucher, Ney et Moltke, Dieu merci, ça n'est pas possible. Contente-toi donc de le croire puisque je te dis : la médaille d'honneur est l'idéal de tout soldat. Bref, après que Raymond a été décoré, j'ai commencé à avoir des cauchemars. C'était assez moche. Dieu merci, j'avais passé la pire période quand je t'ai rencontrée. C'étaient les mêmes cauchemars depuis cinq ans et ils s'évertuaient à me faire croire que Raymond n'avait pas mérité sa médaille, alors que j'avais juré le contraire et tous les hommes de la patrouille aussi. En fin de compte, ces rêves m'ont convaincu que nous avions tort. Je suis certain aujourd'hui que les Russes ont voulu que Raymond ait la médaille et que c'est pour ça qu'il l'a eue. Je ne sais pas pourquoi. Peut-être, si j'ai de la chance, ne le saurai-je jamais. Mais je suis un officier de renseignements. J'ai rempli tout un carnet avec les détails concernant le mobilier, les vêtements, le teint des gens et leurs défauts d'élocution. J'ai discuté de tout ça avec Raymond. Il m'a suggéré de demander à passer en conseil de guerre pour faux rapports et de provoquer l'ouverture d'une enquête, de façon que l'ennemi croie en tout cas que nous en savons plus que nous n'en savons en fait. Ce projet n'est pas allé plus loin, car cet après-midi même, un lieutenant-général s'est tiré une balle dans la tête, parce que c'était la seule chose qu'il pouvait faire pour amener Iselin à entendre les protestations de l'armée contre ce qu'il nous a imposé. Je connaissais ce général. Il aimait la vie, mais il a compris que cette protestation était un geste important, et il a été habitué à accepter ses responsabilités. Aussi je jure sur ta tête, reprit Marco d'une voix blanche, que moi, Marco, je ferai payer ça au sénateur Iselin et que, s'il faut le tuer, comme je ne le peux pas, je m'arrangerai pour que quelqu'un le tue à ma place. (Il ferma les yeux.) Il y a de la bière dans la maison ?

Elle lui en apporta et but elle-même du gin pur et tiède.

Marco vida une canette de bière avant de poursuivre.

— D'ailleurs, dit-il, on m'a empêché de le faire. Avant de se suicider, le général m'a ordonné de laisser tomber cette histoire de conseil de guerre, alors voilà. Je n'en sortirai jamais.

— Mais si.

— Mais non.

— Mais si.

— Comment ?

— Tu te souviens de ma rupture avec mon fiancé ?

— Je croyais que tu disais simplement ça pour que je t'embrasse.

— Il s'appelait Lou Amjac.

— Qui est-ce ?

— Un agent du FBI. Ils connaissent leur affaire, ces gars-là. J'ai dans l'idée qu'ils pourraient t'aider.

— Je fais partie des services de renseignements, mon petit. Nous n'avons pas l'habitude de porter notre linge sale au FBI. On ne s'adresse pas à la concurrence.

— D'après ce que tu m'as dit, tu *faisais* partie des services de renseignements. Si le FBI peut prouver que tu as quelque chose de valable sur quoi t'appuyer, alors tes patrons te reprendront et tu pourras continuer l'enquête toi-même.

— Seigneur!

— Ça ne vaut pas le coup d'essayer?

— Ma foi si, mais, tout de même, je ne vois pas Lou Amjac se donnant du mal pour m'aider. Après tout, tu étais sa fiancée.

— Ça ne lui fera peut-être pas plaisir, mais c'est un agent du FBI et, si tu as quelque chose qui l'intéresse, tu ne te débarrasseras pas de lui comme ça.

Cette histoire, en effet, ne fit pas très plaisir à Amjac. À vrai dire, il était particulièrement de mauvaise humeur. Amjac était un personnage décharné, aux yeux toujours embués et, quand Marco les vit, il eut une brusque flambée de jalousie en pensant qu'Eugénie-Rose était peut-être myope et que peut-être, quand elle avait vu ce type pour la première fois, elle avait cru qu'il pleurait. Amjac était grand. Il avait le teint coloré, des cheveux roux, des taches de rousseur jusque sur les mains, et il semblait prédisposé aux furoncles sur la nuque. Ses cheveux étaient fins et laineux, et même s'il avait passé un an au lit, il n'aurait pas de moustache. Il avait une mâchoire de crocodile et, assis dans la petite chambre tiède et drapée d'or de Rosie, entre les affreuses roses des tapis et des vieilles affiches, il semblait mourir d'envie de mordre un grand coup dans le bras de Marco.

— Lou, je te présente Benny Marco, le garçon dont je t'ai parlé, dit Eugénie-Rose. Benny, mon chou, je te présente un détective comme on n'en fait plus, sorti tout droit du *Masque noir*. Il s'appelle Lou Amjac.

— Tu m'as fait faire tout ce trajet sous la pluie pour rencontrer ce type? demanda Amjac. Qu'est-ce que je suis censé faire? L'arrêter pour port illégal d'uniforme?

Marco se dit que mieux valait les laisser bavarder ensemble.

— Tu veux un whisky?

— Oui.

— Bon. Donne-moi ton manteau. Comment va ton coude, avec ces changements de temps? Assieds-toi. Ou plutôt, non, viens avec moi dans la cuisine pendant que je te prépare à boire. Ta mère est rentrée de Montréal?

Amjac se débarrassa de son manteau.

— Je crois que, si j'étais droitier, je serais forcé de quitter le FBI. Cet après-midi, c'était tout juste si j'arrivais à plier le coude. Ce docteur Weiler – tu sais: Abe Weiler, le spécialiste – est peut-être calé, mais, pour ce qui est de l'arthrite, il n'est pas très fort. (Il la suivit dans la minuscule cuisine.) Ma mère a décidé de rester encore une semaine. On vend de l'excellente bière là-bas, et comme le mari de ma sœur ne rentrera que lundi, pourquoi pas?

— Bien sûr, pourquoi pas? fit la voix de Rosie. Assure-toi quand même qu'elle soit partie avant qu'il rentre, voilà tout. Il m'a dit qu'il aimerait bien la moucher, la chère femme.

— Bah! des mots, tout ça, fit Amjac. Merci, dit-il en prenant un whisky bien tassé.

— Vous vous intéressez toujours à ce que font les Soviets, au FBI? Aux histoires d'espions?

Amjac désigna Marco du menton.

— Lui?

— Il sait certaines choses, dit-elle.

Ils revinrent dans le living-room. Rosie portait quatre canettes de bière serrées contre son estomac.

— Il peut parler? demanda Amjac.

— Je pense bien. Mais d'abord, laisse-moi te dire...

— Eh bien raconte! grommela Amjac.

Elle raconta l'histoire de la patrouille, la médaille d'honneur, les cauchemars, Melvin à Wainwright, les hôpitaux militaires, Chunjin et Raymond, la mère de Raymond et le sénateur Iselin, le projet de Marco à propos du conseil de guerre et le suicide du général Jorgenson. Lorsqu'elle eut terminé, ils restèrent tous les trois silencieux. Amjac vida son verre à petites gorgées.

— Où est le carnet? demanda-t-il sévèrement.

Marco parla pour la première fois:

— Avec mes affaires. Chez Raymond.

— Vous pensez pouvoir vous rappeler les visages des personnages de vos rêves?

— De tous.

— Il y avait un lieutenant-général?

— Avec l'écusson du service de sécurité.

— Et ce Melvin a rêvé la même chose?

— Oui. Et l'homme qui était assis près du lieutenant-général est aujourd'hui le valet de chambre de Raymond Shaw.

Amjac se leva. Il enfila lentement son manteau.

— Je vais en parler avec le collègue qui s'occupe de ça, annonça-t-il. Où est-ce que je peux vous joindre?

Marco allait répondre, mais Eugénie-Rose l'interrompit.

— Ici, Louis, dit-elle avec entrain. À n'importe quel moment.

— J'habite chez Raymond Shaw, s'empressa de dire Marco en rougissant violemment. Trafalgar, huit-huit-huit-huit-un.

— Je ne peux pas y croire, dit Amjac à Rosie. Je n'arrive absolument pas à croire que tu sois devenue une fille aussi dure, aussi cruelle. Tu t'es toujours fichue éperdument de moi.

— Lou !

Il arriva à la porte mais dut se retourner. Elle le fixait d'un regard sans expression

— Tu sais bien que non, dit-elle. Tu sais très bien que non.

Il ne put soutenir son regard. Il détourna les yeux et regarda le plancher.

— Avec toutes les filles qu'il y a dans le monde, dit-elle, crois-tu qu'un vieux célibataire de trente-neuf ans qui a roulé sa bosse un peu partout ait envie de se marier ? Eh bien, oui, Lou. Et moi aussi. Peut-être que, si tu avais su choisir entre moi, ton coude, et ta mère, nous serions mariés, aujourd'hui. Nous avons passé quatre ans ensemble, Lou. Quatre ans. Et je ne me suis pas fichue de toi ; tout ce que je peux te dire, c'est qu'il n'y a plus que Ben pour moi, maintenant. Un jour, si tu continues à traînailler comme ça, et c'est sans doute ce que tu feras, tu tomberas peut-être sur une fille qui te mènera en bateau loin, loin, et tu comprendras que ma méthode – que tu trouves dure et cruelle – est celle qui laisse le moins de cicatrices. Maintenant, cesse de faire la tête, et dis-moi : vas-tu nous aider ou non ?

— Je veux bien l'aider, Rosie, dit lentement Amjac, mais c'est à quelqu'un d'autre de prendre la décision, alors je te le dirai demain. Bonsoir et bonne chance.

— Bonsoir, Lou. Bien des choses à ta mère.

Amjac referma la porte derrière lui.

— On peut dire que tu n'y vas pas par quatre chemins, toi, fit Marco avec respect.

Le lendemain, vers midi, Amjac se trouvait dans une vaste pièce du bureau de New York du FBI avec quatre autres hommes. Le second était le collègue dont il avait parlé la veille. Le troisième, un courrier tout juste arrivé de Washington. Et le quatrième était Marco.

Le courrier avait apporté cent soixante-huit photographies provenant des archives du Bureau. Parmi ces photographies, il y avait des mannequins féminins, masculins, des artistes de cirque mexicains, des chimistes tchèques, des pétroliers de l'Indiana, des athlètes canadiens, des forains australiens, des criminels japonais, des mineurs des Asturies, des maîtres d'hôtel français, des lutteurs turcs, des psychiatres, des avocats, des éditeurs anglais et divers personnages officiels d'URSS, de la République populaire chinoise et de l'armée soviétique. Certains clichés étaient très nets, d'autres flous. Marco reconnut tout de suite Gomel et Giorgi Berezovo. Personne ne dit mot. La seconde fois, il repéra Pa Cha, le vieux dignitaire chinois. Il ne se laissa pas prendre par des portraits d'agents littéraires de Caroline du Nord ni de courtiers basques en moutons, car il avait trop vu toutes ces têtes pendant cinq ans de cauchemars.

Le courrier et le chef d'Amjac prirent les trois photographies désignées par Marco et sortirent pour aller consulter leurs archives. Marco et Amjac restèrent seuls dans le bureau.

Marco déplia le *New York Times*. Il avait achevé les deux tiers du problème de mots croisés lorsque les deux hommes revinrent.

— Que vous rappelez-vous d'autre à propos de ces hommes? demanda le chef avant de s'asseoir.

Le courrier glissa les clichés devant Marco.

— Prenez votre temps, dit l'agent.

Marco n'en avait pas besoin. Il prit la première photo, celle de Gomel.

— Celui-ci a de fausses dents en acier inoxydable et il sent le bouc. Il a une voix forte et grinçante. Il doit mesurer environ un mètre soixante-cinq. Il est massif. Il est en civil, mais ses collaborateurs sont en uniforme, de colonel à sous-lieutenant. Ils ont des insignes politiques. (Marco prit ensuite la photo du civil chinois, Pa Cha.) Celui-ci a une voix comique, haut perchée et des yeux de tueur. Il avait de l'autorité. Il ne cherchait pas à dissimuler son mépris des Russes. Ils étaient déférents avec lui. (Il prit la photo de Berezovo, qui le représentait en pyjama de soie, un verre à la main et un grand sourire idiot aux lèvres.) C'est le lieutenant-général. Ses collaborateurs étaient en civil, et il y avait une femme parmi eux. (Marco sourit.) On aurait dit des gens du FBI. Il zozote un peu et il a le teint très coloré… comme M. Amjac.

Un nouveau personnage entra avec une note qu'il remit à l'agent ; celui-ci la lut et dit :

— Votre ami M. Melvin a bien voulu nous aider, à Wainwright, en Alaska. Il a reconnu un de ces hommes, Mikhail Gomel, qui est membre du Comité central.

Marco fit un grand sourire à Amjac, mais celui-ci détourna les yeux.

— Pouvez-vous regagner Washington aujourd'hui, colonel ? Une équipe de spécialistes vous attendra.

— Quand vous voudrez, monsieur. Je suis en congé illimité. Mais je ne suis que commandant.

— Vous êtes colonel depuis ce matin. On vient de me l'annoncer de Washington par téléphone.

— Non ! hurla Marco.

Il se leva d'un bond et se cramponna à la table en vociférant.

— Non, non, non !
Il frappait furieusement sur la table.
— Le salaud, le salaud, le salaud ! Il nous paiera ça !

Le colonel Marco se mit au travail avec le FBI et la section du service de renseignements à laquelle il appartenait (et où il avait aussitôt été réintégré sur la recommandation du FBI et de la CIA). Plus question de conseil de guerre pour provoquer l'ouverture d'une enquête. On mit sur pied une section chargée de l'affaire, avec quartier général à New York et salle de conférences au Pentagone. La Maison Blanche fournit des crédits illimités pour le logement, les laboratoires et le personnel, comprenant notamment trois psychiatres, le grand spécialiste américain du pavelovisme, six techniciens de l'espionnage parmi lesquels trois bibliothécaires, un mnémotechnicien, un orientaliste et un expert en politique intérieure soviétique. Les autres n'étaient que des flics et des sous-flics.

Marco dirigeait tout cela. Il avait Louis Amjac pour assistant et pour compagnon de tous les instants. Il y avait aussi un type rondouillard, avec le culot d'un groom de Chicago, qui s'appelait Jim Lehner et représentait la CIA. Ils travaillèrent dans une vaste maison de Turtle Bay, près de New York, pendant tout l'été de 1959, mais ils ne dépassèrent pas les inquiétantes conclusions auxquelles était parvenu Marco. Ils auraient peut-être été plus loin si Marco leur avait raconté la partie de ses rêves concernant les meurtres commis par Raymond, mais il ne voyait pas le rapport, il ne pensait pas que le moment fût venu, il n'arrivait pas à y penser de façon constante, bref pour toutes sortes de raisons, il n'en dit rien. Des milliers d'heures de travail furent ainsi consacrées au projet et, à mesure que le temps passait, la pression des autorités ne faisait que croître. Trois équipes exercèrent sur Raymond une surveillance ininterrompue. Le coût total de l'entreprise, que les esprits romanesques du service baptisèrent Opération Énigme, fut estimé à plus de 634 217 dollars et des poussières, en frais de voyage, salaires, équipement, loyer et aménagements, entretien et dépenses diverses.

L'armée fit venir par avion Alan Melvin, l'ancien caporal Plombier, d'Alaska à l'hôpital Walter Reed, à Washington ; puis on l'installa dans la maison de Turtle Bay, à New York, mais son interrogatoire ne révéla rien de plus que ce qu'on avait tiré de Marco. L'Opération Énigme semblait pourtant avoir été lancée à temps pour sauver la raison de Melvin, voire sa vie. Ses cauchemars lui avaient fait perdre trente-deux kilos. Il pesait quarante-sept kilos quand on vint le chercher à Wainwright. On ne put le faire voyager qu'au bout de dix-sept jours, mais entre-temps il avait parlé à Marco. Quand il apprit que ce qu'il avait rêvé était devenu un sujet d'inquiétude pour le président des États-Unis, il eut l'impression qu'on lui ôtait toutes ses craintes, et cela lui permit de dormir et de manger.

Lorsqu'il fut rendu au service actif, le colonel Marco demanda l'autorisation, qui lui fut accordée, d'avoir une conférence avec les officiers du Conseil. Ceux-ci lui expliquèrent qu'il ne pouvait refuser son avancement, mais qu'il avait beaucoup de mérite à avoir mis au point une opinion aussi précise. Le colonel Marco demanda l'autorisation d'exprimer le violent dégoût qui lui inspirait le sénateur Iselin, et de déclarer publiquement qu'il refusait un parrainage aussi infamant ; il demanda également l'autorisation d'exprimer sous une forme officielle ses craintes que cette promotion au grade de colonel ne compromît l'avenir de sa carrière dans l'armée.

Le Conseil lui expliqua officieusement et de façon fort amicale que, s'il était vrai que son dossier conserverait à jamais la trace du sénateur Iselin pour expliquer l'avancement… hum inhabituel… du colonel Marco, le chef d'État-Major avait de sa propre main ajouté une note explicative, qui mettait le colonel au-dessus de tout soupçon.

Tout compte fait, Marco estima qu'il s'était assez bien tiré de l'affaire Iselin, ce qui n'excusait en aucune façon Iselin ni ne diminuait sa propre rancune. Le seul facteur négatif de cette affaire, ç'avait été la mort du général Jorgenson, mais c'était une autre histoire, sans rapport avec son avancement. Un jour, espérait-il, il verrait l'annotation apposée par le chef d'état-major sur le dossier du général Jorgenson avant que ce document passât dans les archives de l'armée. En tant que soldat, le colonel Marco savait que la mort du général avait été une mort de héros.

Le colonel Marco, songeant à ses cauchemars passés, se dit qu'ils parviendraient peut-être à faire de lui un général.

Pendant que Raymond faisait le tour de l'Europe avec sa mère, Marco faisait le tour des États-Unis avec Amjac et Lehner, et procédait à un interrogatoire en règle des survivants de la patrouille. Cela ne donna rien. Chaque soir, comme un voyageur esseulé sur qui pèse l'ennui de la route, Marco téléphonait à celle qu'il n'avait pas encore eu le temps d'épouser. Elle le réconfortait. Les trois hommes visitèrent sept villes, de la Jolla en Californie à Bayshore, Long Island. Mais Marco et Melvin avaient été les deux seuls hommes de la patrouille qui eussent jamais rêvé.

16

Le tour d'Europe que Mme John Iselin accomplit avec son fils pendant l'été 1959 fut marqué par une succession d'événements extrêmement choquants, aussi symptomatiques de cette décennie qu'un collier de gousses d'ail. Mme Iselin fit plus pour l'antiaméricanisme et pour séparer l'Amérique de ses alliés que n'importe qui n'en avait fait au XXe siècle sur le plan individuel ou général à l'exception de son mari. Partout où Mme Iselin s'installait avec son fils, un beau garçon qui s'exprimait de façon étrange, elle donnait une raison différente à son voyage. À Paris, elle recherchait les lacunes des services gouvernementaux américains à l'étranger. À Bonn, elle déclara qu'elle recherchait les esprits subversifs dans les organismes officiels américains à l'étranger. À Munich, elle affirma qu'elle recherchait les uns et les autres.

Le frère unique de Mme Iselin était, à l'époque de sa visite à Rome à la fin de juillet, ambassadeur des États-Unis en Italie. Il invita sa sœur et son neveu à séjourner avec lui et sa famille, ce que Mme Iselin accepta par le truchement de l'Associated Press.

— Mon frère est cher à mon cœur, déclara-t-elle à l'intention de la presse, et j'ai grande envie de le revoir après une longue séparation, d'écouter ses sages conseils et de me retrouver dans ses bras. Nos obligations envers notre patrie nous ont séparés trop longtemps. Nous avons perdu le contact.

On ne précisa pas, ce qui avait rétabli ce contact était un ordre précis expédié en code par le secrétaire d'État et ordonnant à l'ambassadeur d'inviter sa sœur.

Mme Iselin quitta la résidence de l'ambassadeur pour s'installer au Grand Hôtel vingt-quatre heures plus tard et convoqua aussitôt une conférence de presse pour expliquer son geste, affirmant, suivant le communiqué qui fut publié *in extenso* dans le *New York Times* du 29 juillet 1959 : « C'est une femme déchirée que vous avez devant vous. J'aime mon frère, mais j'aime davantage encore mon pays. Ma loyauté en tant que sœur d'un frère chéri doit céder la place à une loyauté plus grande envers l'avenir de l'Occident. L'ambassade de mon frère est entièrement dirigée par des communistes américains obéissant aux ordres du Kremlin, mais je vous supplie de croire que cela tient à l'ineptie et à l'ignorance de mon frère et non pas à sa vilenie. »

Une fois les journalistes partis, Raymond demanda d'un ton languissant à sa mère ce qui l'avait prise de commettre une action aussi méchante.

— Raymond, mon chéri, lui dit sa mère, dans cette vie, on ne peut tendre l'autre joue qu'un certain nombre de fois. Il y a longtemps que j'ai dit à mon frère que je lui riverais son clou, et il sait aujourd'hui que je ne plaisantais pas.

Le frère de Mme Iselin donna sa démission d'ambassadeur en Italie, qui fut aussitôt acceptée par le département d'État et refusée par la Maison Blanche. Pendant trente-six heures, cette affaire demeura dans un délicieux état d'incertitude jusqu'au moment où, rentrant de la verte campagne de Georgie, le président l'emporta, et le frère de la mère de Raymond retrouva son ambassade, la sagesse de la décision du président tenant surtout aux crises de rage dans lesquelles la seule mention du nom de Johnny Iselin le jetait.

Tandis que sa femme réussissait avec une telle constance à occuper les colonnes des journaux du monde entier, le sénateur Iselin jugea nécessaire d'expliquer de Washington la façon dont il concevait la mission de sa femme en Europe. Dans une interview télévisée, au cours de l'enquête qu'il menait sur l'athéisme au ministère de l'Agriculture, il déclara aux millions de téléspectateurs dévots répandus à travers le pays :

— Ma femme, un esprit brillant, une Américaine qui a profondément souffert jadis dans son patriotisme, a été envoyée à l'étranger comme émissaire officieuse du Sénat américain afin de faire un rapport sur les sommes dépensées par l'administration actuelle pour soutenir la cause du communisme dans le monde occidental. J'espère sincèrement que cela répondra de façon définitive à la question que certains se posent.

Cette déclaration ne régla pas définitivement l'affaire, car le président insista pour que le représentant de la minorité au Sénat répondit au sénateur Iselin. Le président, qui appartenait à l'exécutif, négligea le fait que le chef de la minorité était d'abord un membre du Sénat, institution qui n'a jamais vu d'un bon œil l'exécutif lui donner des directives.

Le texte du leader de la minorité était un modèle de compromis politiques. En tant que porte-parole du Sénat, il niait dans une certaine mesure que Mme Iselin fût une émissaire « officielle » du sénat américain, mais il reconnaissait que le Sénat se sentirait fort honoré de la considérer à tout moment comme son émissaire « officieuse ».

— Mme Iselin est une belle et gracieuse personne, déclara ce gentleman, ravi de voir la Maison Blanche ainsi déconfite, une femme délicieuse dont le charme et la grâce ne le cèdent qu'à sa remarquable intelligence, mais je ne pense que ni elle ni son distingué mari souhaitent dire que quelqu'un qui n'a pas été élu par le peuple américain pour siéger à l'auguste assemblée du Sénat puisse être reconnu comme représentant cette assemblée. Disons plutôt que Mme Iselin représente l'Amérique partout où elle peut être. *(Applaudissements.)*

L'orateur reçut des félicitations écrites des Filles des combattants américains pour la liberté, en remerciement de sa galanterie envers les femmes américaines.

Les échos de la presse européenne, et notamment de la presse conservatrice, rendaient un autre son. À Stockholm, le *Dagens Nyheter*, le plus grand quotidien suédois, écrivit : « Ce que la femme du sénateur John Iselin aurait pu découvrir, elle l'a déjà compromis par sa stupidité et par son arrogance. Elle a créé un sentiment antiaméricain bien plus solide que n'aurait pu y réussir le Komintern. L'opinion unanime de l'Europe est qu'Iselin symbolise exactement le contraire de que représente l'Amérique et de ce que nous avons appris à apprécier. L'Iselinisme est l'ennemi numéro un de la liberté et une honte pour l'Amérique. »

Durant tout le voyage, jusqu'aux derniers jours en Angleterre, Raymond n'avait même pas cité le nom de sa mère ni de son beau-père dans la chronique politique qu'il rédigeait quotidiennement et qu'il transmettait par câble. Le *Daily Press*, le journal de New York pour lequel il travaillait, avait dû, racontait-on, aller jusqu'aux menaces pour obliger Raymond à préciser publiquement sa position. C'était une invention. En fait, le rédacteur en chef de Raymond, Charles O'Neil, était un homme d'une finesse peu commune. Il téléphona à Raymond au Savoy, à Londres, et après un échange de vues sur les conditions météorologiques dans chaque pays, O'Neil (qui payait la communication) dit qu'à son avis Raymond n'avait aucune idée de la publicité qu'avait value à sa mère cette tournée en Europe, ni à quel point lui, Raymond Shaw, se trouvait associé à l'action d'Iselin. Il lui lut des extraits de quelques articles, tout en frissonnant à la pensée de ce qu'allait lui coûter cette conversation. Raymond fut consterné. Il demanda conseil à O'Neil. Son rédacteur en chef lui dit qu'il ne voyait aucune raison pour que le prix de la communication ne fût pas imputé à la chaîne de journaux qui publiait la chronique de Raymond… hum… il voulait dire qu'à son avis le journal et Raymond devraient changer d'attitude en ce qui concernait la famille Iselin, et que Raymond devrait immédiatement câbler une chronique exprimant son opinion sur l'Iselinisme.

Raymond obéit le jour même, et cette chronique fut reproduite par de nombreux journaux, qui acceptèrent sans sourciller de couvrir les frais de la conversation téléphonique avec Londres. On pouvait lire dans cet article : « Depuis mon enfance, je sais que John Yerkes Iselin est un assassin, un gangster et un opportuniste. Ses attaques n'ont jamais été justifiées. Il constitue donc une menace pour la sécurité nationale. Iselin est en train de soumettre les institutions américaines à des fins totalitaires plutôt qu'au gouvernement des États-Unis. »

Raymond insista pour lire la dépêche à sa mère avant de l'envoyer.

— Oh ! Raymond, dit sa mère. Que veux-tu que je fasse ? T'intenter un procès ? Envoie donc cette ânerie. Quelle importance ? (Elle le congédia d'un geste méprisant.) Je t'en prie ! Va câbler ta copie. J'ai à travailler.

Tandis que Raymond était à Paris, à la fin de juin, un membre de la Chambre des députés française, dirigeant du parti politique qui témoignait la plus grande hostilité au gouvernement alors au pouvoir, fut assassiné dans son hôtel particulier de la rue David, dans le XVIe arrondissement, ce qui laissa perplexe la police et les services de sécurité.

Tandis que Raymond était à Londres, un pair grandement admiré, directeur d'une chaîne de journaux périodiques, Lord Morris Croftnal, fut assassiné pendant son sommeil. On ne releva aucun indice permettant d'identifier le meurtrier ni de deviner ses mobiles.

17

Le navire de Raymond accosta à New York un mercredi, à la fin d'août 1959. De bonne heure, le jeudi matin, Raymond se rendit au *Daily Press*. Marco lui téléphona et prit rendez-vous pour 16 heures au bistro hongrois de Charlie, en face du journal, en disant qu'il amènerait avec lui deux de ses collaborateurs.

Les quatre hommes s'installèrent au fond de l'établissement. L'air était presque glacé à cause de l'énorme climatiseur, assez grand pour refroidir toute une usine d'automobiles. De l'ouverture jusqu'à la fermeture, il y avait toujours du bruit dans l'établissement, car Charlie le Hongrois aimait le bruit et était, lui-même, à sa façon, un juke-box géant.

Après avoir commandé du whisky pour Amjac et Lehner et de la bière pour Raymond et pour lui, Marco alla droit au fait en demandant à Raymond de raconter sa version de la bataille, ce que Raymond fit aussitôt. Lehner avait un magnétophone portatif en bandoulière.

— Tu as l'air de t'être débarrassé de ces cauchemars. D'ailleurs, ça se voit, dit Raymond sans trop s'avancer, ne sachant s'il pouvait parler de ces choses-là devant ces types aux airs de détectives.

Marco avait l'air en pleine forme. Il avait pris du poids.

— Complètement.

— Est-ce que… est-ce que ce dont nous parlions t'a aidé ?

— Le conseil de guerre ?

— Oui.

— Étant donné la façon dont les choses ont tourné, ça n'a pas été nécessaire, mais c'est à toi et à toi seul que je dois de m'être débarrassé de ces cauchemars. Nous avons ouvert une autre enquête, comme tu le conseillais, et mes cauchemars ont disparu. Pour toujours, je l'espère.

— Tu as fait une enquête sur cette histoire de médaille ?

— Bien sûr. Qu'est-ce que tu crois ?

— Tu as progressé ?

— Lentement, mais sûrement.

— Cette médaille, c'est du bidon ?

— Ça en a bien l'air.

— Je le savais.

Raymond regarda Amjac, puis Lehner, en secouant la tête d'un air incrédule.

— Qu'est-ce que tu dis de ça ? demanda-t-il. Pourrais-tu me dire pourquoi les communistes ont voulu décrocher une médaille d'honneur pour un étranger ?

Amjac ne répondit pas. Il avait l'air embarrassé. Raymond s'aperçut de son silence et il le dévisagea froidement.

— Je demandais ça comme ça, dit-il d'un ton hautain.

Amjac toussa.

— Voulez-vous que je vous dise, monsieur Shaw ? dit-il. Ça nous fiche la frousse. Nous sommes à court d'idées et nous ne savons plus où chercher.

Raymond tourna les yeux vers Lehner, qui avait une tête comme une gourde, une petite moustache et des yeux en pépins de pastèque, mais Lehner le dévisagea sans rien dire.

— Avez-vous parlé à Al Melvin ? fit Raymond.

— Oui, monsieur. Nous lui avons parlé, dit Amjac d'un ton sévère.

— Raymond, dit Marco, nous avons examiné sous tous les angles tous les aspects de cette affaire. Nous avons interrogé tous les membres de la patrouille. Nous avons parcouru plus de quinze mille kilomètres. Nous avons la certitude que Chunjin est ici en tant qu'agent ennemi, qu'il est là pour être ton garde du corps et ton assassin, si besoin en est. J'ai un groupe à New York et à Washington dont la seule mission est d'étudier ce problème. Nous sommes dix-sept en tout. M. Amjac nous a été prêté par le FBI et M. Lehner est un expert de la CIA. Je travaille jour et nuit à percer ce mystère. Amjac et Lehner aussi, et la Maison Blanche veut être tenue au courant par un rapport hebdomadaire, dont une copie est adressée aux chefs d'états-majors. Tu veux que je te dise encore quelque chose qui te montrera quel être unique tu es devenu ? Un double du rapport est adressé aux Premiers ministres de Grande-Bretagne et du Canada et au président du Mexique.

— Mais pourquoi, bon sang ?

Raymond semblait scandalisé par cette initiative.

— Je voudrais bien savoir ce que les Mexicains et les Anglais ont à voir avec cette satanée médaille ?

Lehner prit Raymond par le bras. Raymond le regarda et se dégagea.

— Pourquoi n'écoutez-vous pas ? dit Lehner. Si vous parlez, vous n'apprendrez rien.

— Lâchez-moi, dit Raymond. Si vous voulez rester ici avec nous, cessez de me toucher.

Il se tourna vers Marco.

— Continue, Ben, dit-il d'un ton plus calme.

— À notre avis, dit Marco, nous approchons du but. La patrouille, c'était en 1951. Chunjin n'est arrivé pour prendre son poste qu'en 1959 : ça fait un écart de huit ans. S'il doit se passer quelque chose, ce sera pour bientôt. Tu es un homme marqué, Raymond. Ils t'ont marqué et ils te surveillent. Nous t'avons marqué aussi. Est-ce que je te fais peur, Raymond ?

— Moi ?

Rien ne faisait peur à Raymond. Il faut qu'un homme ait quelque chose à perdre pour avoir peur.

— C'est ce que j'ai expliqué à notre groupe, et c'est ce que nos psychiatres avaient conclu. Mais il faut que je te fasse peur, Raymond, parce que nous avons besoin que tu te considères comme une sorte de bombe à retardement, avec une mèche qui met huit ans à brûler. Tu marches pieds nus sur le tranchant d'un rasoir. Il n'y aura que toi qui sauras quand tu devras agir, et cela ne peut finir que d'une seule façon. Ta patrie, ma patrie, les États-Unis seront mis en péril par toi et on comptera sur toi pour faire exactement ce qu'on t'a dit ou ce qu'on te dira. Ils ont pris possession de ton cerveau.

— Bah !

Raymond avait horreur de ce genre de conversation. Cela le dégoûtait.

— Je t'ai dit que nous avons parlé à tous les membres de la patrouille cet été. Tu sais ce qu'ils ont dit de toi, tous autant qu'ils sont ? Que tu étais le type le plus formidable, le plus sympathique, le plus merveilleux qu'ils aient jamais rencontré. Ils gardaient de toi un souvenir tendre et affectueux, Raymond. N'est-ce pas drôle?

— Drôle? C'est ridicule.

— Comment expliques-tu ça?

Raymond haussa les épaules et fit une grimace.

— Je leur ai sauvé la vie. Enfin, ils croient que je leur ai sauvé la vie.

— Je ne crois pas. Il a fallu que je débrouille tout cela avec nos psychiatres, car je n'ai pas une opinion très nette non plus, mais, ce dont je me souviens, c'est qu'il y avait un abîme entre toi et ces hommes *avant* la patrouille. Ils ne te haïssaient pas, ils avaient plutôt l'air de redouter ton mépris. Tu avais une façon de provoquer leur antipathie, de les mettre constamment mal à l'aise... Les psychiatres te diront qu'on ne peut pas changer d'attitude comme ça, qu'il s'agisse d'une attitude collective ou individuelle.

— La vie n'est pas un concours de popularité, dit Raymond. Je ne leur ai pas demandé de me trouver sympathique.

— Je m'en vais te prouver qu'ils ont pénétré dans ton esprit, Raymond. Tu m'as dit un jour, en plaisantant, que quand tu avais quitté l'armée, tu t'étais intéressé aux femmes beaucoup plus que quand tu as été mobilisé... Comme il faut que je te fasse peur, il va falloir que je t'embarrasse aussi. Nous avons vérifié. Nous sommes des experts. Des super-experts, même. Nous avons examiné ta vie à la loupe. Tu avais vingt-deux ans, tu allais sur tes vingt-trois ans quand tu as quitté l'armée, et tu n'avais jamais couché avec une fille. Bien mieux, tu n'en avais jamais embrassé, n'est-ce pas?

Marco se pencha sur la table, les yeux humides d'affection, et il reprit doucement.

— Tu n'as même jamais embrassé Jocie, n'est-ce pas?

— Tu l'as fait interroger?

Raymond n'était pas scandalisé. Il avait depuis longtemps réglé tous ses cadrans de façon que Marco ne pût pas lui faire de mal, mais il était extrêmement impressionné, et pour la première fois. Il était tout content d'être en rapport avec quelqu'un qui avait vu Jocie, qui s'était assis auprès d'elle et lui avait parlé, peu importait de quoi. Il était tout content qu'on eût parlé de lui à Jocie, qu'on eût parlé de ce merveilleux été qu'ils avaient passé ensemble ; et qu'on eût parlé de leurs baisers.

— Il fallait que je sache. Et il fallait que je te fasse comprendre que parcourir plus de quinze mille kilomètres aller-retour pour avoir la réponse à une question, c'est très peu de chose en face de la menace qui pèse sur nous.

— Mais, Ben… Jocie… enfin, après tout, Jocie…

— C'est pourquoi j'ai amené ces deux étrangers. C'est la seule raison. Crois-tu que je parlerais de choses pareilles – de choses qui, je le sais, sont sacrées pour toi alors que je sais que rien d'autre au monde n'est sacré à tes yeux – devant deux étrangers, si je ne tenais pas désespérément à t'atteindre?

Raymond ne répondit pas, il pensait à Jocie, à la Jocie qu'il avait perdue et qu'il ne retrouverait jamais.

— Ils sont dans ton esprit. Profondément. En ce moment même. Depuis huit ans. Un des leurs, qui a le sens de l'humour, a pensé que ce serait une bonne plaisanterie de te jeter un os pour tout le mal qu'ils allaient t'amener à te donner, et on a modifié quelque chose dans ta tête qui fait que, tout d'un coup, tu t'es intéressé aux filles, tu comprends? Pour eux, ça n'était rien. Ça n'était qu'un geste gratuit, un pourboire qu'on donne à la dame des lavabos, étant donné tout ce qu'ils faisaient d'autre dans ta tête.

— Arrête! Arrête, bon Dieu, Ben! Je ne veux pas écouter ça. Tu me donnes la nausée. Cesse de dire qu'il y a dans ma tête des gens, des choses et tout un tas de saloperies. Qu'est-ce qu'ils ont déjà fait en partant de l'intérieur de ma tête?

— Ne criez pas, dit Lehner. Calmez-vous.

Mais cette fois il ne toucha pas Raymond.

Marco dévisagea Raymond avec compassion et soutint son regard un long moment avant de dire:

— Mon vieux, c'est toi qui as tué Mavole et Bobby Lembeck.

— Quoi?

Raymond repoussa la table, mais il avait le dos au mur au sens propre comme au sens figuré, si bien qu'il ne pouvait pas reculer pour échapper aux mots. Ses yeux glauques dans son long visage osseux avaient un peu l'expression terrifiée qu'on voit dans les yeux d'un cheval qui tombe. Il était incrédule, mais Amjac et Lehner savaient que Marco avait touché juste, parce qu'ils connaissaient Raymond comme un Marine connaît son propre fusil, parce qu'on leur avait pendant des heures et des heures fait des cours sur Raymond, sur ses réactions et ses inhibitions.

— Tu les as tués. Ce n'est pas ta faute. On s'est simplement servi de ton corps comme on utiliserait une machine. Tu as étranglé Mavole et tu as abattu Bobby d'une balle dans la tête.

— Dans le rêve?

— Oui.

Raymond éprouvait un indicible soulagement. Il avait d'abord été surpris, mais les choses revenaient enfin à la réalité. Ces hommes qui accompagnaient Marco étaient pris au piège : eux aussi croyaient aux illusions dont souffrait ce malheureux et qui avaient failli lui coûter sa santé d'esprit l'année précédente. Pour Raymond, tout reprenait sa place, maintenant qu'il comprenait ce qu'il y avait derrière toute cette histoire. Ben était son ami et Raymond ne voulait pas le laisser tomber. Il jouerait son jeu comme on s'y attendait. Il prendrait un air agité de temps en temps s'il le fallait, car Ben semblait avoir retrouvé sa santé et sa faculté de dormir, et Raymond était prêt à combattre une armée entière pour sauver cela.

— Si ce rêve revenait sans cesse dans mon sommeil, c'était qu'il s'était produit réellement dans ma vie. Il faut que je te fasse peur, Raymond. Si tu peux vivre dans une peur continuelle, peut-être pourrons-nous te forcer à voir ce que nous n'arrivons par à découvrir. Quel que soit le moment où se produira l'événement, il faut que nous trouvions un moyen de t'atteindre, de te donner de nouveaux réflexes, afin que tu fasses ce que nous te dirons de faire – que tu ailles jusqu'à me tuer s'il le faut – dès l'instant où tu sauras ce que c'est qu'ils ont projeté de te faire faire. Ils ont fait de toi un tueur. Ils sont à l'intérieur de ton esprit maintenant, Raymond, et tu es impuissant. Tu abrites des parasites qui se nourrissent de toi, mais nous ne pouvons pas t'exécuter ni te boucler pour te sauver.

Raymond n'avait pas besoin de simuler l'inquiétude. Quand Marco lui parlait de l'invasion de sa personnalité par ces gens, cela le faisait tiquer, cela lui donnait envie de pleurer et de s'en aller en courant. Sa voix changea. Il n'avait plus cet accent traînant et dédaigneux. C'était une voix d'acteur, la voix d'Errol Flynn s'apprêtant à se sacrifier avec une vaillance résignée. C'était une voix nouvelle, qu'il avait mise au point exprès pour aider son ami et elle était très convaincante.

— Qu'est-ce que tu veux? demanda la nouvelle voix.

La voix de Marco attaqua.

— Accepterais-tu de te soumettre volontairement à un lavage de cerveau? demanda cette voix.

— Oui, répondit Raymond.

Le juke-box géant se mit à cracher les sons comme s'il essayait de briser les bouteilles étincelantes, derrière le bar.

Le vendredi matin, juste avant midi, une équipe de psychiatres et de biochimistes se mit au travail sur Raymond, au quatrième étage de la grande maison de Turtle Bay. Tous ces efforts laissèrent les savants et les policiers épuisés et déçus. L'effet des narcotiques et des diverses techniques de suggestion fut à peu près équivalent à celui d'un pot de crème de beauté qu'on appliquerait sur le blindage d'un porte-avions de la classe du *Forrestal*. Ils furent incapables de lui arracher le moindre renseignement. En état d'hypnose profonde, bourré jusqu'à la gueule d'un cocktail de sérums de vérité, Raymond donna preuve qu'il était incapable de se rappeler son nom, la couleur de sa peau, son sexe, son âge ou son existence. Avant d'être en état d'hypnose, il était prêt à révéler tout ce qu'il pouvait. En catalepsie, on aurait dit que son esprit avait été muré, comme un réacteur atomique est séparé du reste d'un sous-marin. Tout cela ne fit que confirmer ce qu'ils savaient déjà : Raymond avait subi un lavage de cerveau, effectué par un maître en cette spécialité. L'espoir, dont ils s'étaient longtemps bercés qu'ils parviendraient à planter dans l'esprit de Raymond une suggestion contrebalançant celle qui s'y trouvait, cet espoir n'avait aucune chance de se réaliser.

Quand ce fut terminé, les médecins voulurent dire à Raymond que leurs explorations s'étaient soldées par un échec, estimant qu'il pourrait accepter une suggestion consciemment, mais Marco s'y opposa. Ils diraient à Raymond, leur ordonna-t-il, qu'il était hors d'atteinte, qu'il allait être entièrement dirigé par l'ennemi, qu'on ne pouvait pas l'aider mais qu'il fallait l'arrêter et qu'on l'arrêterait. Marco tenait à ce que Raymond continuât d'avoir peur, pour autant qu'il fût capable d'un sentiment durable.

Après l'après-midi au bistro hongrois, Raymond s'était enfoncé dans ce qu'il était décidé de considérer comme une position inébranlable. C'était un homme lucide. Il savait qu'il était en excellente santé, aussi bien mentale que physique. Il savait que la santé de Marco n'était plus ce qu'elle avait été. Il savait que c'était Marco qui avait souffert de cauchemars et de dépressions et que, pour des raisons inconnues, ses supérieurs avaient décidé de ménager Marco. Eh bien, se dit Raymond, je le ménagerai encore plus qu'eux. Marco est plus proche de moi que n'importe lequel de ces crétins en uniforme. Raymond mit donc au point sa tactique. Il se plia, ou parut se plier à leurs désirs. On voulait lui faire peur. Il ferait donc semblant d'avoir peur quand on l'observerait, et il s'efforcerait de paraître aussi désemparé qu'un gibier fuyant le chasseur.

Il se souvenait heureusement que la benzédrine qu'il avait prise naguère pour maigrir lui donnait des tremblements dans les mains, et c'était bien commode. Il savait qu'une double dose pouvait produire chez lui une authentique crise de larmes, avec sanglots incontrôlables et tous les signes d'une profonde détresse, et cela aussi lui facilita bien les choses.

Les équipes de surveillance de Marco signalèrent qu'il avait acheté ce produit et les spécialistes en psychologie du groupe confirmèrent les effets que cette drogue ne manquerait pas d'avoir, aussi Marco ne fut-il pas dupe du comportement pitoyable qu'avait parfois Raymond. Il était très fier de Raymond, car il voyait que son ami se donnait un mal incroyable pour satisfaire à ses exigences, mais il n'en demeurait pas moins que tous étaient désarmés dans leurs efforts pour écarter un désastre dont ils ignoraient la forme.

Il y avait pourtant une force inexorable du côté de Marco : unis ou séparément, le FBI, les services de renseignements et la CIA représentaient ce qui se faisait de mieux comme services de police efficaces. Une pareille efficacité fait échec à la loi des grands nombres avec un peu de patience.

18

Eugénie-Rose était à Boston, pour jouer la nouvelle comédie musicale de Justin. Marco comptait la rejoindre le lendemain. Marco et elle avaient des conversations téléphoniques aux heures les plus indues. Ils songeaient toujours à un mariage proche et semblaient plus que jamais convaincus que, dans un monde qui semblait pourtant si peuplé, personne d'autre n'existait.

C'était la veille de Noël. Raymond avait invité Marco à dîner, en lui téléphonant du bureau pour lui dire qu'il avait donné congé pour la nuit à Chunjin et que Chunjin avait protesté. Marco dit que c'était parce que Chunjin était certainement bouddhiste et qu'il ne célébrait pas Noël. Raymond répondit qu'il était sûr que Chunjin n'était pas bouddhiste car il laissait traîner à l'office et à la cuisine des livres de Mary Baker Eddy.

Marco arriva à l'appartement de Raymond à 19 heures, apportant avec lui deux bouteilles de champagne frappé. Raymond avait également mis deux bouteilles de champagne dans le réfrigérateur. Ils décidèrent qu'ils passeraient à table plus tard et s'installèrent dans le bureau de Raymond, derrière la grande baie vitrée. Avec un remarquable sens de l'opportunité, il se mit à tomber de gros flocons, cadeau du petit Jésus lui-même.

Après avoir absorbé deux coupes de bulles dorées, Raymond passa la main sous le fauteuil et, avec gaucherie, tendit à Marco un grand paquet avec un emballage de fête.

— Joyeux Noël, dit-il. Je suis bien content de t'avoir rencontré.

Ces mots dans la bouche de Raymond étaient plus touchants que chez n'importe qui, car alors qu'il se trouvait abandonné dans le temps et dans les ténèbres de l'espace interstellaire, Marco était le seul être au monde, avec Jocie, qui eût reconnu sa présence.

Marco déchira l'élégant papier bleu et or, découvrant les trois volumes de l'*Histoire militaire du monde occidental* de Fuller, reliés en cuir souple. Marco tenait les livres d'une main et de l'autre frappait l'épaule de Raymond qui souriait d'un air embarrassé. Puis il posa les livres sur le bureau et fouilla dans sa poche.

— Joyeux Noël à toi aussi, jeune homme, chanta-t-il, en tendant à Raymond une longue enveloppe plate.

Raymond ouvrit lentement l'enveloppe.

— Attends, attends ! fit Marco.

Il se précipita vers le tourne-disques, feuilleta quelques albums et posa sur le plateau un disque de chants de Noël.

— Bon, tu peux y aller, dit Marco.

Raymond ouvrit l'enveloppe et trouva un bon d'achat de cinquante dollars pour les Pyramides, le magasin d'alimentation de luxe de Broadway. Les chants cristallins résonnaient autour d'eux, et Raymond souriait de son sourire touchant en regardant son cadeau.

Marco songeait à leurs Rois mages, à eux : Gomel, Berezovo et ce vieux chinois, qui avait tendu le revolver à Raymond pour tuer Bobby Lembeck.

— Quel magnifique cadeau, dit Raymond. C'est vraiment formidable !

Ils se rassirent, rassasiés d'avoir donné. Ils regardèrent la neige tomber, écoutèrent le *Mannergesangsverein*, finirent la première bouteille de champagne et se retrouvèrent pleins de l'esprit de Noël. Raymond était en train d'ouvrir la seconde bouteille de champagne lorsqu'il dit d'un ton ferme :

— Le mari de Jocie est mort.

— Ah oui ? fit Marco en se redressant. Quand ça ?

— La semaine dernière.

— Comment l'as-tu appris ?

— Ma mère me l'a dit. Elle avait demandé à l'ambassade de ne pas perdre la trace de Jocie. Ils l'ont prévenue.

— Qu'est-ce que tu vas faire ?

— J'ai vu le sénateur Jordan. Nous sommes assez bons amis. Tout d'abord, ça a été dur parce que ma mère lui avait dit que j'étais homosexuel et qu'il fallait sauver Jocie de moi, mais il était bien obligé de me voir parce qu'il fait de la politique et que je suis journaliste. Au bout d'un moment, quand nous avons fini par convenir que ma mère est un monstre, nous nous sommes retrouvés assez bons amis. Je lui ai demandé si je pouvais lui rendre service. Le journal a un bureau là-bas. Il m'a dit que non. Il m'a dit que ce que je pouvais faire de mieux, c'était d'attendre pour laisser Jocie se remettre ; et puis, si d'ici mettons six mois elle ne rentre pas, il pense que je pourrais peut-être aller la chercher.

— Je pense que ta mère n'a plus rien contre Jocie ?

— Non.

— On change, hein?

— Tâche de ne pas rigoler, et j'en ferai autant, mais c'est exactement le cas. Elle a changé. Le père de Jocie est devenu un personnage très important dans son parti et au Sénat. Ma mère l'a vu venir avant tout le monde et elle a tout fait pour se lier avec lui, mais il ne marche pas, alors elle a dû décider que, si elle ne pouvait pas l'avoir dans son camp, elle pouvait essayer de me marier à sa fille, sans se douter que je monte le sénateur Jordan contre elle et contre Johnny.

— Quelle bonne femme! Si c'était ma femme, je serais probablement devenu dictateur. Au moins.

— Au moins.

— Comment est mort le mari de Jocie?

— Quelle question! Il a été frappé par une main inconnue au cours d'une émeute dans une ville qui s'appelle Tucuman. Il était agronome.

— Quel rapport?

— C'est sans doute pour ça qu'il ne se trouvait pas à Buenos Aires avec Jocie.

— Tu lui as écrit?

Raymond regarda par la fenêtre et secoua la tête.

— J'aimerais bien t'aider à écrire cette lettre, dit Marco.

— Il faudrait que tu m'aides. Je ne peux pas y arriver. Je ne peux pas même commencer. J'ai envie de lui dire des tas de choses, mais ces huit années m'étouffent.

— C'est une question de ton plutôt que de mots, expliqua Marco, qui n'avait pas la moindre idée de ce dont il parlait, mais qui savait qu'il avait des années-lumière d'avance sur Raymond en matière de communication avec autrui. Attends un peu, si tu veux. Mais pas six mois. Je crois que nous devrions lui envoyer une lettre de condoléances. Ce serait une façon naturelle de briser la glace, et après cela nous nous lancerions dans la grande lettre. Mais n'attends pas trop longtemps. Il faut que vous sachiez tous les deux à quoi vous en tenir.

— Comment ça ?

— Il faut qu'elle sache que tu as envie d'elle et... il faut que tu saches si elle a envie de toi...

— Il faut qu'elle ait envie de moi. Qu'est-ce que je deviendrais sans cela ?

— Tu t'en es tiré jusqu'à maintenant. Non, Ben, ça ne marchera pas.

— Il ne faut pas brusquer les choses.

— Bien sûr. C'est ce que je disais au sénateur Jordan.

Le major général Francis Bollinger, dit Frank le Bagarreur, un vieil admirateur de John Iselin, accepta volontiers, sur la suggestion de la mère de Raymond, de prendre la tête d'un comité de patriotes appelé « Dix millions d'Américains mobilisent pour demain ». Cela se passait à un petit dîner intime auquel n'assistaient que Johnny, le général et Mme Iselin, à la résidence des Iselin, à Washington, en janvier 1960. Bollinger promit de tout cœur qu'au matin de l'ouverture de la convention de son parti, en juillet, il apporterait un million de signatures de patriotes demandant que John Yerkes fût désigné comme candidat du parti à la présidence.

Le général Bollinger avait quitté le service pour prendre la tête de la plus grosse société de biscuits pour chiens que le monde eût jamais connue. Lui-même était un patriote depuis de nombreuses années.

Le groupe de Marco laissa l'hiver et le printemps sans prendre aucune mesure, sans découvrir aucune piste. En mars, le FBI apprit que le nom de Raymond se trouvait sur la liste des suspects dans l'affaire du meurtre du député anticommuniste François Orcel, en juin de l'année précédente. Quelques jours plus tard, ils apprirent que le nom de Raymond figurait aussi sur une liste analogue, établie par Scotland Yard après le meurtre de Lord Croftnal. La liste française comprenait les noms de huit Américains ou étrangers séjournant actuellement aux États-Unis et qui avaient pu se trouver à proximité du lieu du crime. La liste de Scotland Yard ne comprenait que trois noms. Les Français et les Anglais consultèrent le FBI. Le nom de Raymond était le seul à figurer sur les deux listes.

À la fin de mai, le sénateur et Mme Iselin prirent une maison à Long Island, pour faire face aux exigences mondaines de la Convention et, ajouta Mme Iselin, pour préparer le retour imminent de la fille du sénateur Jordan, Jocie, qui venait de perdre son mari. Elle confia tout cela au chroniqueur mondain du *Daily Press*. Raymond apprit ainsi le retour de Jocie comme n'importe quel lecteur du journal, et, lorsqu'il eut sa mère au téléphone, il se déchaîna. Elle le laissa l'accabler de reproches jusqu'au moment où elle fut sûre qu'il avait fini. Il parla pendant près de quatre minutes sans s'arrêter, les mots crépitant comme des balles. Lorsqu'elle fut certaine qu'il était calme, elle l'invita à un bal costumé qu'elle organisait le jour même du retour de Jocie de Buenos Aires. Elle était sûre qu'il accepterait, dit-elle, car Jocie avait déjà accepté et cela faisait une éternité que Jocie et lui ne s'étaient pas vus. Elle conserva tout son calme pendant que Raymond lui criait des injures ; puis elle raccrocha l'appareil avec une telle vigueur qu'elle le fit tomber de son bureau. Elle fut prise alors d'une rage encore plus terrible que son fils. Elle saisit le téléphone et arracha le fil du mur puis le lança sur une table de verre à un mètre cinquante de là. Elle ramassa les débris de la table et les projeta dans le petit couloir qui donnait sur la porte ouverte de la salle de bains, découvrant un carrelage rose derrière la paroi vitrée de la cabine de douche. La table fracassa la cloison vitrée, brisa le carrelage et retomba bruyamment dans la baignoire.

Après une nuit d'insomnie, Raymond, qui avait décidé d'aller au bureau à 7 heures le lendemain pour faire ce qu'il avait à faire, finit par s'endormir à l'aube et ne se réveilla qu'à 11 heures. Il faillit assommer Chunjin quand celui-ci lui dit bonjour, car il aurait pu prendre la peine de le réveiller puisqu'il savait que Raymond ne dormait jamais, jamais, jamais plus tard que 8 heures.

Quand Raymond arriva au bureau, il ferma la porte à clé. Prenant son ton le plus désagréable, il annonça à la standardiste qu'on ne devait lui transmettre aucune communication.

— Même par M. Downey, monsieur?

— Non.

— Même pas M. O'Neil, monsieur?

— Personne! Absolument personne! Est-ce que vous pouvez vous mettre ça dans vos têtes?

— Vos têtes, monsieur? Je n'ai qu'une tête, monsieur.

— Je n'en doute pas, répliqua Raymond. Alors pouvez-vous vous mettre ça dans la tête? Pas de communication. Vous comprenez?

— Très bien, monsieur. Entendu.

— Oh! attendez. Je modifie mes instructions. Je prendrai toutes les communications de Buenos Aires.

— Très bien, monsieur. Vous n'avez pas d'autres consignes, monsieur?

Raymond raccrocha alors que la standardiste parlait encore.

Chère Jocie,
C'est une lettre difficile à écrire. C'est une lettre presque impassible pour un homme faible et effrayé. Il faut que je vous dise tout de suite que je vais vous ouvrir mon cœur et que ce sera probablement une longue, longue lettre, si bien que, au cas où cela vous ferait mal de lire ce genre de choses, vous pouvez vous arrêter maintenant et ce sera fini. En vous aimant comme je vous aime (j'allais écrire comme je vous aimais, de façon à pouvoir suivre la progression de cet amour au long des neuf années vides et inutiles passées sans vous) et en sentant mon amour pour vous croître, croître encore sans savoir où engranger cette énorme moisson, j'ai compris qu'il me fallait l'emporter avec moi partout où j'allais, serrée dans mes bras comme de vieux vêtements que personne d'autre ne peut utiliser et dont personne ne veut, mais qui conservent encore une certaine chaleur, si l'on veut trouver quelqu'un pour les porter. Vous allez rentrer à New York le mois prochain. J'ai recommencé cette lettre près de trente fois, mais je ne peux remettre à un autre jour la tâche de l'écrire et de la poster, parce que si je le faisais, elle ne vous parviendrait peut-être pas. Je ne peux pas écrire cette lettre, mais il faut que je l'écrive parce que je sais que je n'ai ni le cran, ni le courage, ni l'assurance que l'on possède quand on a un endroit à soi dans un

monde encombré, et je ne pourrais jamais vous parler de cette douleur et de cette amertume qui…

Il s'arrêta d'écrire. Quelques vraies larmes avaient taché le papier.

19

Le premier incident notable se produisit en mai 1960, le jour où Marco arriva en retard à un rendez-vous qu'il avait avec Raymond au bistro hongrois de Charlie.

Ceux qui n'avaient pas oublié de mettre une pile dans leur sonotone savaient que Charlie le Hongrois était un des patrons de bistro les plus loquaces d'une profession qui n'est pas réputée pour son mutisme. Charlie parlait comme si Sigmund Freud en personne lui en avait donné l'autorisation, que dis-je, l'avait prié de dire à tout le monde tout ce qui lui passait par la tête, malgré une connaissance sommaire de la grammaire. Dix minutes avant l'arrivée de Marco, alors que Raymond était assis au bar, en train de contempler un verre de bière, Charlie avait coincé un bookmaker sur le pas de la porte, un homme qui aurait préféré parler à une nouvelle relation qu'il venait de se faire, une jeune blonde dodue avec une tête de chauve-souris, aussi assoiffée qu'un champ de pétrole en feu. Charlie leur parlait d'une voix forte et vibrante de l'horrible frère aîné de sa femme qui habitait avec eux, il leur racontait comment le beau-frère avait poursuivi Charlie à travers l'appartement pendant toute la journée du dimanche pour lui raconter ce qu'il devait faire de sa vie, sujet de conversation qui lui avait été inspiré par un héritage de deux mille trois cents dollars.

— Vous comprenez, hurlait Charlie, quand vous héritez une somme pareille, vous avez naturellement l'impression que vous avez réponse à tout, et en même temps ça me met dans une situation où je ne peux tout de même pas lui botter le train. Alors, je lui dis avec patience : « Pourquoi est-ce que tu ne ferais pas plutôt une réussite ? »

Raymond était assis sur un tabouret de bar à trois ou quatre mètres de Charlie et il n'écoutait absolument pas la conversation. Il frappa d'un geste autoritaire sur le comptoir. Charlie leva les yeux, irrité.

— Qu'est-ce qu'il y a ? demanda-t-il.

— Donnez-moi un jeu de cartes, dit Raymond.

Charlie regarda le bookmaker, puis leva les yeux au ciel. Il haussa les épaules comme le ténor dans *La Tosca*, ouvrit un tiroir derrière lui, y prit un jeu de cartes bleues et le fit glisser sur la surface polie du comptoir jusque devant Raymond.

Raymond tira le jeu de cartes de sa boîte et se mit à les battre d'un air absent, tandis que Charlie recommençait à raser le bookmaker et la petite blonde. Raymond était en train de faire sa seconde réussite quand Marco arriva, dix minutes plus tard. Il salua Charlie en passant, commanda une bière, puis s'installa au comptoir près de Raymond.

— J'ai été retardé par les encombrements, dit-il. Raymond ne répondit pas.

— Tu es prêt pour dîner, Raymond ? fit Marco, ne se rendant pas compte que Raymond ne faisait pas attention à lui. Mon amie affirme que le moment est venu que vous fassiez connaissance. D'ailleurs, je suis sur le point d'épouser cette petite, et nous voudrions que tu sois notre témoin.

La dame de carreau apparut. Raymond ramassa les cartes, sans s'occuper de Marco. Conscient soudain du silence, Marco examinait Raymond. Celui-ci posa le jeu de cartes sur le comptoir, la dame de carreau sur le dessus, et se mit à la contempler d'un air à la fois détaché et préoccupé, sans s'apercevoir de la présence de Marco. Charlie déposa le verre de bière devant Marco, au rythme de cent trente-sept mots à la minute, puis il tourna les talons, repartant vers le bookmaker et sa mignonne afin de poursuivre son récit :

— ... alors je lui ai dit, à mon beau-frère : « Zut ! Tu n'as qu'à prendre un taxi et aller te jeter dans le lac de Central Park ! » Voilà ce que je lui ai dit...

Raymond passa devant Marco, devant le bookmaker et la fille et sortit du café.

— Hé ! Hé, Raymond ! cria Marco. Où vas-tu ?

Raymond avait disparu. Quand Marco arriva dans la rue, il vit Raymond qui claquait la portière d'un taxi. Le taxi démarra rapidement, tournant le coin de la rue. Marco revint chez Charlie. Il se mit à boire sa bière avec une inquiétude croissante. Cette histoire de réussite le tracassa jusqu'au moment où il parvint à la situer dans ses rêves : c'était un des éléments de ses cauchemars auquel il n'avait attaché aucune signification. Il en avait parlé quand même, mais lorsqu'un jeune médecin particulièrement intelligent avait déclaré que Raymond faisait sans doute avec ses mains quelque chose qui donnait l'impression qu'il faisait une réussite, Marco avait peu à peu laissé ce détail du rêve s'effacer de sa mémoire. Il avait maintenant la conviction que quelque chose d'extrêmement important venait de se passer sous ses yeux, mais il ne savait pas encore quoi.

— Hé, Charlie !

L'autre leva les yeux au ciel, se retourna lentement, jouant le comble de la patience.

— Oui, qu'est-ce qu'il y a ?

— Est-ce que M. Shaw fait souvent des réussites ici ?

— Comment ça, souvent ?

— Ça lui est déjà arrivé d'en faire ici ?

— Non.

— Donnez-moi une autre bière.

Marco se dirigea vers la cabine téléphonique en cherchant de la monnaie dans sa poche. Il appela Lou Amjac. Celui-ci semblait plus maussade que jamais.

— Qu'est-ce qui vous arrive ?

— Raymond est au 22e commissariat, au milieu du parc dans la 86e Rue.

— Qu'est-ce qu'il a fait ? Qu'est-ce qui vous prend ?

— Il a loué un canot et il s'est jeté à l'eau.

— Si vous me faites une blague, Lou…

— Je ne plaisante pas !

— Je vous retrouve là-bas dans dix minutes.

— Colonel Marco !

— Quoi ?

— Ça a fini par casser ?

— Je crois que oui… oui, je crois.

Raymond commença par nier catégoriquement avoir fait une chose pareille, mais une fois la surprise et la gêne passées, et quand il dut bien convenir que ses vêtements étaient trempés, il reconnut qu'un événement passablement insolite s'était produit. Ils étaient installés dans un bureau avec Amjac et Marco. Quand Raymond parut avoir fini de bredouiller, Marco lui parla d'une voix sourde et tendue, comme un dresseur de chiens.

— Nous nous jouons depuis longtemps la comédie, Raymond, et je l'ai supporté parce que je n'avais pas le choix. Tu ne m'as pas cru. Tu as décidé que j'étais malade et que tu devais te plier à cette plaisanterie pour m'aider. N'est-ce pas, Raymond?

Raymond contemplait ses chaussures trempées.

— Raymond! Est-ce que j'ai raison?

— Oui.

— Maintenant, écoute-moi. Tu étais auprès de moi chez Charlie, et tu ne savais pas que j'étais là. Tu faisais une réussite. Tu t'en souviens?

Raymond secoua la tête. Marco et Amjac échangèrent un coup d'œil.

— Tu as pris un taxi jusqu'à Central Park. Tu as loué un canot. Tu as ramé jusqu'au milieu du lac, puis tu as sauté par-dessus bord. Tu as toujours été entêté comme une mule, Raymond, mais nous pouvons trouver trente témoins qui t'ont vu te jeter à l'eau puis regagner la rive, alors ne me raconte pas que tu n'as jamais fait une chose pareille... et cesse de croire qu'ils ne sont pas dans ta tête. Nous ne pouvons pas t'aider, si tu ne collabores pas.

— Je ne me souviens pas, dit Raymond.

Quelque chose s'est passé qui allait lui permettre d'éprouver de la peur. Jocie rentrait. Il risquait d'avoir désormais quelque chose à perdre.

Ce soir-là, la vaste maison du quartier de Turtle Bay se mit à bourdonner d'activité, et cette animation se poursuivit toute la nuit. Un conseil d'experts tomba d'accord pour admettre que la réussite que faisait Raymond était le déclic qui déclenchait le mécanisme ; une fois ce rapport établi, ils se trouvèrent pleins d'admiration pour le technicien qui l'avait conçu. Trois équipes séparées se mirent au travail avec Charlie, le bavard des bavards, le bookmaker et la petite blonde.

Tout d'abord, la blonde refusa de parler, car elle avait toute raison de croire qu'elle avait été appréhendée pour des motifs qui n'avaient rien de politique.

— Je refuse de répondre, déclara-t-elle. On pourrait retenir contre moi ce que je dirais.

Il fallut faire intervenir Marco pour briser cette obstination. Elle connaissait Marco pour l'avoir rencontré chez Charlie, et elle l'aimait bien. Il lui prit la main en lui expliquant d'une voix vibrante qu'elle n'était pas en état d'arrestation et qu'il souhaitait qu'elle lui prêtât son concours.

— Je pige, fit-elle, et tout s'arrangea, bien qu'elle parût à dessein se méprendre sur la sollicitude qu'il témoignait en essayant de s'installer sur ses genoux tandis qu'ils discutaient les divers aspects du problème, mais tout le monde était trop occupé pour y faire attention. Il disparut deux secondes après qu'elle eut déclaré qu'elle serait ravie de coopérer, mais pourquoi fallait-il que ce fût dans des pièces différentes ?

Le bookmaker se montra encore plus réticent. Il se montra un véritable modèle d'astuce, et sa prudence était encore renforcée par le fait qu'il avait plus de vingt-neuf mille dollars de mises sur la sixième course à la Jamaïque, ce qui l'empêchait de s'intéresser à ce que lui racontaient ces jeunes gens. Ils le persuadèrent de prendre un léger sédatif, puis un jeune type particulièrement sympathique l'accompagna dans le couloir principal et, d'un ton confidentiel, le pria de bien vouloir dire ce qui l'avait tellement frappé. Le bookmaker savait : 1) que ces policiers-là n'étaient pas de ceux qui bouclaient les joueurs ; et 2) il avait toujours été sensible aux propos qu'on lui tenait d'un ton aussi confidentiel. Il parla de ses soucis d'affaires. Amjac donna un coup de fil pour connaître le résultat de la course.

Aucun de ses clients n'avait gagné. Le bookmaker s'ouvrit comme une bouche d'incendie.

Quant à Charlie le Hongrois, il n'y eut, bien sûr, qu'à lui donner le signal de départ.

Marco fit cent vingt-cinq réussites jusqu'au moment où les techniciens furent certains, après bien des calculs, de l'endroit où Raymond s'était arrêté dans le bistro de Charlie le Hongrois. Ils se demandèrent si ce n'était pas un système de chiffres qui déclenchait le mécanisme, puis ils essayèrent un système de symboles et se mirent à travailler les couleurs. S'appuyant sur ce qu'ils savaient du psychisme de Raymond, ils éliminèrent les figures mâles, rois et valets. Ils firent travailler Marco sur les quatre dames. Il écarta d'emblée les dames de pique et de trèfle. Ils préparèrent des jeux avec plusieurs dames rouges et Marco effectua un certain nombre de donnes. Il finit par acquérir la certitude que c'était la dame de carreau, et tout à coup, comme on dit que cela arrive aux saints et aux alcooliques, une voix qu'il avait entendue dans ses cauchemars lui parla. C'était la voix de Yen Lo, disant : « La dame de carreau, qui rappelle à tant d'égards la mère de Raymond qu'il chérit et qu'il déteste si fort, est la seconde clé qui déclenchera le mécanisme… » C'était ça ! Marco savait que c'était ça. Charlie le Hongrois, le bookmaker et la petite blonde vinrent à leur tour apporter leur témoignage.

Le FBI appela Cincinnati pour se faire envoyer une douzaine de jeux de cartes truquées, cachetées en usine, qu'un avion militaire transporterait jusqu'à New York. Les cartes arrivèrent à la maison de Turtle Bay à 9 h 40. Un jeu de cartes truquées est un article généralement fabriqué pour les magasins de farces et de prestidigitation. Ils contiennent cinquante-deux exemplaires de la même carte, ce qui facilite le travail du prestidigitateur. Les douze paquets en provenance de Cincinnati étaient composés exclusivement de dames de carreau. Marco se dit que le moment était venu de faire faire à Raymond quelques réussites le matin même.

Une heure après que Chunjin eut fait son rapport à son contact soviétique, depuis la cabine téléphonique de la 59e Rue, devant Central Park, rendez-vous fut pris entre le contrôleur américain de Raymond et un chauffeur de taxi du district de Columbia, qui faisait également office de chef de la sécurité soviétique pour la région. Tandis qu'ils roulaient dans Washington, avec le contrôleur de Raymond comme passager, une conversation animée s'engagea.

Le contrôleur de Raymond déclara tout net au chauffeur de taxi qu'ils seraient stupides de s'affoler parce qu'un idiot avait eu la chance de tomber à son insu sur la bonne combinaison de mots devant Raymond.

— Pardon!

— Quoi donc?

— C'est une question professionnelle à propos de laquelle on ne peut pas me raconter d'histoires. Ça n'est pas possible. Ils se sont acharnés sur lui. Il n'a pas tenu le coup. Et ils ont choisi cette façon insultante de nous informer qu'il a craqué et qu'il est inutilisable pour nous.

— Vous n'avez vraiment pas de nerfs, à la Sécurité. J'ai toujours estimé que les Anglais exagèrent en disant que les États-Unis sont un pays jeune, mais que dire du nôtre… Si nos spécialistes savaient ce que Raymond est destiné à faire, ils ne vous laisseraient pas deviner qu'ils le savent. Dès l'instant où ils découvriront ce que doit faire Raymond, ce qui est pratiquement impossible, ils voudront mettre le grappin sur ceux qui tirent les ficelles. C'est-à-dire sur moi. Puis, par moi, sur vous.

— Mais pourquoi un homme sensé se jetterait-il dans un lac?

— Parce que la phrase « Va te jeter dans le lac » est une formule d'argot américaine et qu'un imbécile est tombé dessus par hasard, voilà tout.

— Je vous assure que je suis malade d'inquiétude.

— Eux aussi, dit le contrôleur de Raymond d'un ton uni.

— Mais comment pouvez-vous être aussi calme?

— J'ai pris un tranquillisant.

— Un quoi?

— Oh! Mais comment pouvez-vous être aussi sûr de ce qui s'est passé?

— Parce que je suis malin. Je ne suis pas un imbécile de Russe. Raymond est en liberté. On le laisse aller et venir. Marco est tendu, il a peur. Lisez les rapports du Coréen, bon sang, et calmez-vous.

— Nous avons peu de temps, et c'est moi qui suis responsable de cette opération.

— Heller, dit le contrôleur de Raymond, si je vous prouvais que Raymond est des nôtres, et non des leurs?

— Comment?

Le policier soviétique dut donner un brusque coup de volant pour éviter une petite voiture étrangère qui débouchait sur sa gauche. Il lança par la vitre ouverte quelques injures dans un anglais violemment teinté d'ukrainien.

— Tu ne peux pas regardé où tu vas, fils de chien?

— Nous avons les nerfs à vif aujourd'hui, n'est-ce pas? murmura le contrôleur de Raymond.

— Ne vous occupez pas de mes nerfs. J'avais priorité! Il a enfreint la loi! Comment pouvez-vous prouver que Raymond n'est pas des leurs?

— Je vais lui faire tuer Marco.

— Ah, ah !

C'était une longue exclamation, douce comme une peau de zibeline.

— Marco s'occupe de cette affaire de contre-espionnage, dit le contrôleur de Raymond. Marco est le seul ami de Raymond. Alors ? Ça n'est pas une preuve ?

— Si.

— Bon.

— Quand ?

— Ce soir, je pense. Déposez-moi ici.

Le taxi s'arrêta au coin de la 19e Rue et de Y. Street. Le contrôleur de Raymond descendit et claqua la portière… trop précipitamment. Il se pinça. Le contrôleur poussa un hurlement. Zilkov stoppa le taxi. Il sauta à terre, contourna la voiture et regarda avec des grimaces de douleur le contrôleur plié en deux et tenant, de sa main valide, celle qu'il venait de coincer dans la portière.

— C'est terrible, dit Zilkov. Terrible. Oh, mon Dieu ! Montez, je vais vous conduire à l'hôpital. Mon Dieu, ce que vous devez avoir mal.

20

Lorsque Raymond rentra du 22e commissariat avec ses vêtements dégoulinants et ses chaussures trempées, l'après-midi se terminait. Il dut ordonner à Chunjin de regagner la cuisine, car l'autre s'obstinait à lui poser des questions ridicules. Il y eut un vif échange de mots désagréables, puis Raymond se doucha et dormit pendant deux heures d'un sommeil sans rêve.

Il s'éveilla en pensant à Jocie. Il se dit qu'elle devait être en train de passer la douane. Il préférait ne pas penser à sa lettre, ne pas se demander si elle l'avait lue ou déchirée avec dégoût ; il ne pouvait pas s'imaginer ce qu'elle éprouvait ou ce qu'elle éprouverait. Il s'habilla lentement et fit sa valise pour le week-end. Il tira le costume de gaucho de son carton et l'emballa avec soin. Tout en le pliant, il sentit la panique l'envahir. Peut-être ce ridicule costume allait-il rappeler à Jocie son mari ? Quelle idée aussi d'avoir commandé une tenue pareille ? Les éleveurs de bétail ne portaient pas de pantalons de soie bouffants. C'était bon pour Yul Brynner ! Que penserait-elle ? Le trouverait-elle cruel, grossier, ou insensible ? Il s'affairait en marmonnant tout seul, s'interrogeant sur les réactions d'une femme qu'il n'avait pas vue depuis qu'elle était une jeune fille, mais sans accorder une pensée au fait qu'il avait sauté d'un canot au milieu d'un petit lac, en plein jour, car cela le gênait de penser qu'il s'était ridiculisé devant tous ces étrangers et ces maudits policiers. Et puis, il préférait ne pas y penser, car il ne pouvait pas se permettre de s'emporter contre Joe Downey, son patron, qui aurait pu au moins avoir le tact d'empêcher la publication de la nouvelle par tous les journaux, et sinon par tous les journaux, en tout cas à la Une de son propre journal.

Il boucla sa valise et la porta jusqu'à la porte de sa chambre, en se demandant ce que Jocie penserait de lui lorsqu'elle verrait ces stupides journaux à l'aéroport. Il ouvrit la porte et entama alors une véritable lutte avec Chunjin entraînant tout à la fois celui-ci et la valise vers le vestibule.

— Bon sang, Chunjin!

Chunjin ne voulait pas le laisser prendre le chemin de fer jusqu'à la maison de sa mère. Protestant avec véhémence, il déclara qu'il n'était pas convenable pour un homme riche de se débattre avec une grosse valise dans un wagon de chemin de fer bondé. Raymond répliqua qu'il ne supporterait pas ce genre d'insubordination et que, si cela continuait, Chunjin pourrait aller boucler sa propre valise et s'en aller pour de bon. Il se sentit ridicule dès qu'il eut prononcé cette phrase, car il se souvint soudain que Chunjin ne dormait pas là et qu'il n'avait donc pas de valise.

Chunjin déclara qu'il avait pris la liberté de louer une automobile ainsi qu'une livrée de chauffeur, dont M. Shaw pouvait voir qu'il portait déjà la tunique. Chunjin annonça qu'il conduirait M. Shaw jusqu'à la maison de sa mère dans des conditions compatibles avec la dignité et la situation de M. Shaw.

— Vous avez loué une voiture?

— Oui, monsieur Shaw.
— Quel genre?
— Une Cadillac.
— Bien! Magnifique! Quelle couleur?
— Gris West Point. Sièges en cuir bleu roi. Du vrai cuir. Poste de radio à l'arrière.
— Magnifique!
— Et ça compte comme frais professionnels.
— Vraiment? Comment ça?
— Vous lirez la brochure qui est dans la voiture, monsieur Shaw.

Chunjin coiffa sa casquette sombre de chauffeur. Il prit la valise des mains de Raymond qui n'opposa plus aucune résistance.

— Nous partons maintenant, monsieur Shaw? Il est 19 heures. Il y a deux heures de route.
— Je ne connais pas la maison, vous savez. Ma mère l'a louée. Je ne sais pas s'il y aura une chambre pour vous.
— C'est mon travail, de trouver une chambre. Vous pas penser. Lisez le journal. Pensez à la situation du monde.

Vêtu de son déguisement de gaucho, Raymond descendit l'escalier de sa mère qui aurait pu être taillé dans une montagne de marbre par des gnomes sortis d'un conte de fées. Ce hall était constellé de reproductions en bronze des signes du zodiaque et on y entendait bourdonner des tubes au néon qui guidèrent Raymond vers le grand salon, sur le seuil duquel le sénateur et Mme Iselin recevaient leurs invités.

Johnny et Ellie (c'était ainsi que la plupart des invités appelaient la mère de Raymond) arboraient des costumes de fermiers qui avaient l'air de sortir de chez

Balenciaga. La mère de Raymond s'était dit que les photos de ces costumes publiées dans la presse feraient bon effet dans l'État natal d'Iselin, où tout reposait sur le beurre ; les électeurs se diraient que Big John ne reniait pas ses origines. Tout en serrant Raymond dans ses bras avec aussi peu d'empressement que lui-même y mettait, elle lui murmura que l'avion de Jocie avait quitté San Juan en retard, mais qu'elle avait téléphoné pour dire qu'elle n'arriverait pas plus tard que minuit et avait demandé avec inquiétude si Raymond serait là. Il eut un instant l'impression qu'il allait s'évanouir.

— Avec inquiétude ? Pourquoi avec inquiétude ? Est-ce qu'elle avait l'air de craindre que je sois là ?

— Oh, Raymond, ne fais pas l'idiot ! Si tu n'étais pas là, crois-tu un instant que les Jordan viendraient ? Va donc prendre un verre, ou un tranquillisant.

— Elle plaisante, fit Johnny. Vous avez l'air en pleine forme, mon garçon. En quoi vous êtes-vous déguisé, en patineur hollandais ?

— Bien sûr, répondit Raymond.

Il fendit la foule, répondant d'un air rébarbatif aux salutations et sentant son cœur battre comme s'il essayait de lui briser les côtes. Il s'arrêta à l'un des quatre bars et but un demi-verre de champagne. Il refusa de danser avec trois jeunes femmes de taille différente. Sa mère le trouva, un peu plus tard, dans le coin du grand salon, derrière un divan pastel.

— On dirait que ta tête va éclater, lui dit-elle. Raymond, je t'en prie, veux-tu prendre un tranquillisant ?

— Non.

— Pourquoi ?

— J'ai horreur des médicaments.

— Tu as un air absolument navrant… Peu importe : dans une demi-heure, elle sera ici. J'ai mal aux pieds.

Si nous nous éclipsions quelques minutes en attendant l'arrivée de Jocie et de son père ? Nous pouvons nous installer dans la bibliothèque et boire un peu de vin frais.

Raymond la regarda dans les yeux et, pour la première fois depuis des années, il lui fit un vrai sourire, et elle se dit qu'il était vraiment beau. Ma foi, il ressemble à papa ! Raymond, son Raymond, ressemblait exactement à son cher, cher papa ! Elle le prit par la main et l'entraîna par deux couloirs jusqu'à la bibliothèque, ce qui amena une invitée à dire à une autre qu'ils avaient l'air de s'en aller faire Dieu sait quoi.

La bibliothèque était une petite pièce agréable. Le quatrième mur était en verre transparent et donnait sur le coin de jardin qui faisait face à la maison de Jocie. Raymond se frotta les mains, très grand et ridiculement beau avec ses courtes bottes, son pantalon bouffant, et sa chemise flottante de soie blanche.

— Tu es sûre qu'ils sont arrivés à l'aéroport ? demanda-t-il en versant le vin dans les verres.

— Je te l'ai dit, répondit sa mère. Elle m'a téléphoné.

Elle se pencha, splendide dans sa robe de gaze rose.

— Raymond ?

— Quoi donc ?

Il lui tendit un des verres. Elle le prit de sa main gauche, qui portait un pansement.

— Qu'est-ce que tu t'es fait à la main ? demanda-t-il.

— C'est à Washington, cet après-midi. Je me suis pris la main dans la porte d'un taxi.

Il ne put réprimer un petit grognement.

— Raymond, dit-elle en faisant passer le verre de vin dans sa main droite et en le levant d'un geste un peu tremblant, pourquoi ne fais-tu pas une petite réussite pour passer le temps ?

21

Marco pressa la cuisse d'Eugénie-Rose, dans un geste qui n'avait rien de sensuel (ou presque) mais qui était surtout un geste de bonne humeur parce qu'enfin, après cette période d'appréhension pénible, ils semblaient arriver à la conclusion qu'ils avaient craint de ne jamais atteindre.

— Hé ! fit Eugénie-Rose.

— Quoi donc ?

— Continue.

Il était minuit passé et c'était le moment où Marco se reposait pour dîner après les innombrables réussites, les interrogatoires de Charlie le Hongrois, du bookmaker et de la petite blonde. Marco savait que la fin était en vue.

— C'est pour demain soir à cette heure-ci ! Demain, je déjeune avec Raymond, puis une petite réussite, puis une bonne conversation à propos du bon vieux temps en Corée et quelques-uns de nos amis russes et chinois, puis quelques suggestions destinées à faire s'écrouler à jamais leur système – ôter les commandes, arracher les fils, si tu veux – et ce sera fini. Fi-ni. Liquidé.

— Terminé.

— Réglé.

— Mission accomplie.

— On n'en parle plus.

Ils étaient dans un restaurant de la 58e ouvert toute la nuit et, quand il ne lui tenait pas les mains, Rosie grignotait un toast à la cannelle, aussi délicatement qu'une souris de dessin animé. Marco engloutissait d'énormes bouchées de bœuf haché à la crème en fredonnant la *Marche nuptiale*.

— C'est joli, l'air que tu fredonnes, qu'est-ce que c'est? demanda-t-elle.

— C'est notre chanson.

— Oh, mon petit Benny! Mon colonel chéri!

22

Raymond trouva les cartes dans le bureau. C'étaient de jolies cartes fournies avec la maison. Elles étaient dorées sur tranche et portaient le nom et la ridicule couronne d'un hôtel pour hommes d'affaires de Chicago. Il commença la réussite. La dame de carreau ne se montra pas à la première donne. Tandis qu'il disposait les cartes avec précision, sa mère restait assise au bord de son fauteuil, la tête enfouie dans ses mains. Lorsqu'elle l'entendit reprendre les cartes, elle se redressa, le visage crispé. Raymond retourna la reine rouge sur le dessus du paquet et l'examina d'un air distrait.

— Raymond, il faut que je te parle d'un problème qui concerne le colonel Marco, et aussi de bien d'autres choses, mais nous n'aurons pas le temps ce soir. On dirait que nous n'avons jamais le temps.

On frappa à la porte qu'elle avait fermée à clé.

— La barbe ! fit-elle. Qui est là ?

— C'est moi, mon chou, Johnny. Tom Jordan est ici. J'ai besoin de toi.

— Très bien, trésor. J'arrive.

— Avec qui es-tu donc ?

— Avec Raymond.

— Eh bien, dépêche-toi. Nous avons à travailler.

Elle revint vers Raymond et mit les mains sur ses épaules. Tandis qu'il observait la reine rouge, elle reprit contenance du mieux qu'elle put. Puis elle se pencha sur lui et prit la carte.

— Je vais l'emporter avec moi, mon chéri, dit-elle. Cela pourrait te porter malheur si je la laissais ici.

— Bien, maman.

— Je reviendrai dès que je pourrai.

— Bien, maman.

Elle quitta la bibliothèque, en refermant la porte à clé derrière elle. Dès qu'elle fut sortie, il y eut un léger bruit à la porte de la terrasse. Raymond leva les yeux juste au moment où la belle et souriante jeune femme refermait la porte derrière elle. Pour le bal costumé, elle s'était déguisée en carte à jouer. Le somptueux capuchon rouge et or tombait de sa couronne jusqu'à ses épaules. Des bijoux incrustés d'or encerclaient la fraise noire et blanche qu'elle avait autour du cou. Un véritable kaléidoscope de motifs métalliques orange, jaunes, rouges, violets, noirs et blancs parsemaient son corsage et sa robe. Elle portait un carré de carton blanc sur lequel étaient dessinés un énorme Q et un carré rouge : c'était la dame de carreau, sa patronne et son destin. Elle lui dit :

— Je vous ai vu par ma fenêtre avant que nous quittions la maison. J'ai cru que mon cœur allait sauter hors de ma poitrine. Je tenais à vous voir en tête à tête. Papa a fait le tour par-devant et, moi, je me suis glissée par cette vieille porte en fer dans le mur.

— Jocie.

C'était Jocie, sa dame de carreau.

Il traversa la pièce et la prit par les épaules, chancelant. Il la regarda avec un amour si intense qu'elle en frissonna. Il l'embrassa. C'était la première fois qu'il l'embrassait après l'avoir possédée complètement en imagination. Il l'entraîna sur le divan et ses mains parcoururent fiévreusement les vêtements royaux et la royale personne, tandis que sa bouche et son corps cherchaient leur salut auprès de la seule femme qu'il aimerait, de la seule femme qui l'eût jamais laissé l'aimer ; c'était la reine de carton qu'il servait et la fille ravissante qu'il avait adorée dès l'instant où il s'était éveillé à la vie auprès d'elle, au sein d'un rêve immense.

Le sénateur Jordan arborait la toge et les sandales d'un législateur romain, ainsi qu'une expression parfaitement neutre. Il se tenait auprès du sénateur Iselin, à égale distance des murs de marbre. Le trio éparpillait des sons au-dessus d'eux. Quand les deux hommes parlaient, c'était d'un ton prudent, comme des bagnards qui font la queue pour avoir leur soupe.

— Je suis ici, déclara le sénateur Jordan à Johnny, parce que ma fille m'a demandé de venir, en me disant que c'était extrêmement important pour elle, pour son bonheur. Il n'y a pas d'autre raison, et ma présence ici ne doit pas être mal interprétée ni exploitée par les usines à racontars que vous contrôlez. Je vous méprise à cause de ce que vous avez fait pour affaiblir notre pays et détruire presque notre parti. Est-ce clair ?

— Mais oui, Tom. Ravi de vous avoir, dit Johnny. J'ai été enchanté quand Ellie m'a dit que nous allions être voisins.

— Et je porte ce ridicule costume parce que ma fille l'a commandé par câble de Porto Rico et m'a demandé de le porter, en m'assurant que je serais moins voyant à cette soirée fasciste.

— Il vous va très bien, Tom. Très bien. Qu'est-ce que vous êtes censé être, un athlète ?

— Un interne. D'ailleurs, j'espère que personne de ce groupe de déments que vous avez invités ce soir et qui nous entourent comme des hyènes ne se trompe sur mon compte. S'ils vous associent avec moi, je prendrai mes dispositions pour vous répudier publiquement, vous et eux.

— Laissez donc, Tom. C'est probablement sur mon compte, mon vieux, qu'ils se font des idées. Mais ils sont très braves. Je suis sûr qu'ils vous plairaient.

Les invités rôdaient autour d'eux. Le parfum de l'ambre se mêlait aux essences d'œillet et de musc, de pépins de citrons, de poudre à canon et de tabac. La mère de Raymond fendit la foule comme un harpon pour accueillir son hôte d'honneur. Elle lui secoua vigoureusement la main, lui répéta à plusieurs reprises combien ils étaient honorés de le recevoir chez eux et elle oublia de demander où était Jocie. Elle pria Johnny de s'occuper de leurs autres invités parce qu'elle voulait avoir une conversation avec le sénateur. Avant de s'éclipser Johnny murmura quelques amabilités et s'en alla serrer des mains.

La mère de Raymond arrêta au passage un serveur et lui prit son plateau. Elle l'emporta dans la direction opposée à celle de la bibliothèque, suivie d'un pas raide par le sénateur, et s'en fut dans la petite pièce que les domestiques appelaient « le bureau du sénateur », car Johnny se plaisait à y boire sans être rasé.

C'était une pièce gaie et colorée avec un tapis blanc éblouissant, des murs noirs, des meubles aux cuivres luisants et des couvertures zébrées. La mère de Raymond posa le plateau sur le bureau noir aux poignées de cuivre, puis demanda à son voisin de s'asseoir et ferma la porte.

— C'est gentil de votre part d'être venu, Tom.

Il haussa les épaules.

— Vous avez dû être étonné d'apprendre que nous avions cette maison.

— Étonné et consterné.

— Vous n'aurez pas à nous voir beaucoup.

— J'en suis sûr.

— J'aimerais vous poser une question.

— Je vous en prie.

— Avez-vous l'intention de continuer à nous manifester cette animosité, à Johnny et à moi ?

Il haussa les sourcils.

— Que voulez-vous dire ?

— Essaierez-vous de barrer la route à Johnny si l'on avance son nom à la Convention ?

— Vous plaisantez ?

— Mon cher Tom !

— Vous allez chercher à faire nommer Johnny ?

— Nous y serons peut-être obligés. Votre réponse m'aidera à me décider. Beaucoup d'Américains considèrent Johnny comme un des rares hommes disposés à se battre jusqu'à la mort pour la sauvegarde de nos libertés.

— Ahahah !

— Beaucoup de gens, je vous assure. Ça représente des voix. Le réseau des Américains loyaux représente cinq millions d'électeurs, sans parler du magnifique travail que fait Frank Bollinger, sans aucune pression de notre part. Il assure qu'il arrivera à la Convention avec une pétition d'au moins un million de signatures en faveur de Johnny, à titre d'acompte sur dix millions.

— Vous ne m'avez pas répondu. Allez-vous chercher à faire nommer Johnny ?

— Non, répondit-elle calmement. Nous n'y arriverions pas. Mais nous pouvons obtenir la vice-présidence.

— La vice-présidence? fit Jordan, incrédule. Pourquoi Johnny voudrait-il la vice-présidence?

— Pourquoi pas?

— Parce qu'il veut le pouvoir et une grande estrade pour danser. Il n'y a pas de pouvoir dans la vice-présidence, et le seul endroit où Johnny puisse en avoir plus que maintenant, c'est la Maison Blanche. Pourquoi se contenterait-il de la vice-présidence?

— J'ai répondu à votre question, Tom, mais vous n'avez pas répondu à la mienne.

— Quelle question?

— Nous barrerez-vous la route?

— Je dépenserai tout ce que j'ai et tout ce que je pourrai emprunter pour vous barrer la route. Je vous méprise et je vous crains, mais j'ai surtout peur pour ce pays quand je pense à vous. Johnny n'est qu'un clown, mais, vous, vous êtes celle qui sourit avec une épée enveloppée dans le drapeau en attendant une chance qui, je l'espère, ne viendra jamais. Je vais vous dire une chose : si, à cette Convention, vous essayez de faire mettre le nom de Johnny sur la liste des candidats, j'entamerai au Sénat une procédure d'interdiction contre votre mari et je l'accablerai sous toute la documentation que j'ai réunie.

La mère de Raymond se leva de son fauteuil, crachant la mitraille.

23

Jocie laissa une longue lettre à son père après s'être changée et avoir fait ses bagages, avant de partir en voiture pour New York avec Raymond. La lettre disait qu'ils allaient se marier tout de suite et qu'ils avaient décidé de le faire discrètement, secrètement même, pour des raisons politiques évidentes. Elle disait aussi combien elle était heureuse, qu'ils rentreraient dès que possible, et elle suppliait son père de ne parler à personne du mariage, car Raymond était convaincu que sa mère l'utiliserait aussitôt à des fins politiques et estimait que les buts politiques de sa mère étaient sans intérêt et même nuisibles.

Jocie et Raymond arrivèrent à l'appartement de celui-ci à 3 heures du matin. Ils se déshabillèrent d'un même geste et se retrouvèrent avidement. Jocie pleurait et riait de joie. Elle avait rêvé. Elle ne l'avait pas attendu si longtemps, elle l'avait rêvé. Elle s'était endormie auprès d'un lac de montagne et elle avait rêvé qu'il avait disparu et qu'ils avaient attendu chacun à un bout du monde que le rêve fût terminé. Il l'aimait ! Il l'aimait !

Raymond adressa une lettre concise à Joe Downey, du *Daily Press*, à propos de ses premières vacances en quatre ans, en expliquant qu'il avait écrit ses chroniques pour cinq jours d'avance et en annonçant sans dire où il allait qu'il rentrerait à temps pour suivre les Conventions.

Ils repartirent pour Washington dans la voiture de Jocie, qu'ils garèrent au garage du Sénat. Ils prirent le premier avion en partance pour Miami, sous les noms de John Starr et Marilyn Ridgeway, puis, dans l'après-midi, un avion de Miami à San Juan, à Porto-Rico.

Ils se marièrent à San Juan à 17 h 37, en utilisant leurs passeports comme pièces d'identité, ce qui aida le juge à se souvenir d'eux, deux jours plus tard, quand le bureau du FBI à San Juan réagit à l'alerte générale lancée par le Bureau. Ils quittèrent San Juan en avion à 19 h 05, et arrivèrent peu après à Antigua, où, sur présentation d'une des nombreuses cartes qui se trouvaient dans le portefeuille de Raymond, il obtint crédit et logement pour leur nuit de noces au Mill Reef Club.

Le lendemain après-midi, ils s'embarquèrent à bord d'un voilier loué avec un équipage professionnellement discret pour un voyage de noces vers les îles de la Guadeloupe, de Saint-Domingue, de la Martinique, de Sainte-Lucie, des Barbades, de Grenada, de Tobago et de la Trinité.

Lorsque la mère de Raymond regagna la bibliothèque et qu'elle ne l'y trouva pas, elle s'affola pour la première fois de sa vie. Elle dut s'asseoir pendant près de vingt minutes pour retrouver son calme. À ce moment, elle avait si grand besoin d'un remontant qu'elle gravit presque quatre à quatre l'escalier de service pour aller chercher de l'héroïne et une seringue. Elle ôta son costume d'élégante laitière et passa tranquillement une tenue qu'elle pourrait porter pour aller à l'aéroport, et de là à Washington. Bien qu'elle eût envoyé les domestiques chercher

Raymond dans toute la maison et dans le jardin, et qu'elle fût elle-même allée voir dans sa chambre, elle se fiait à l'intuition qui lui disait qu'il avait dû s'enfuir, que son mécanisme s'était brisé. Elle était absolument sûre que, puisque le mécanisme avait été déclenché par la reine rouge, lorsqu'elle avait écarté celle-ci il aurait dû rester dans la bibliothèque jusqu'à la fin de ses jours, ses facultés cessant de fonctionner, si le mécanisme fonctionnait comme prévu. Elle avait de bonnes raisons de s'affoler.

Chunjin s'aperçut de la disparition de Raymond deux heures plus tard environ, mais l'alarme fut aussitôt transmise au réseau soviétique par l'intermédiaire d'une table d'écoute à Arlington, en Virginie, si bien qu'ils furent au courant de la disparition de Raymond avant que sa mère pût gagner Washington pour les prévenir. Ils étaient affolés, eux aussi. Ordre fut donné à tous les services de retrouver la trace du fugitif, mais, comme ils bornèrent leurs recherches au territoire continental, ils n'arrivèrent à aucun résultat, et les jours passèrent.

Le FBI reprit sa surveillance à la Martinique. Les policiers parvinrent à persuader deux hommes d'équipage de déserter, sur quoi deux agents du Bureau s'enrôlèrent à bord du voilier comme manœuvres.

Le Bureau avait découvert la voiture de Jocie au garage du Sénat. Raymond et elle furent aussitôt identifiés. Le Bureau s'apprêtait à en discuter avec le sénateur Jordan quand on signala leur mariage à San Juan. Les noms de M. et Mme Raymond Shaw apparurent sur la liste des passagers de la Panam pour Antigua, tout de suite après au Mil Reef Club, puis à la Martinique, où les deux agents s'embarquèrent pour protéger le couple ignorant.

Si Marco n'avait pas voulu jouer les gentlemen – s'il n'avait pas été aussi persuadé du caractère sacré du voyage de noces –, il aurait été un de ces deux agents, et il aurait eu dans son sac un jeu de cartes comprenant cinquante-deux dames de carreau, déclarèrent par la suite les donneurs de bons conseils. Ils ne risquaient cependant rien, estimait-il, tant qu'ils étaient en mer, aussi fit-il le projet d'aller rendre visite à Raymond le plus tôt possible lorsqu'il serait rentré de voyage de noces.

Jocie et Raymond rentrèrent à New York le vendredi soir précédant le lundi où la Convention devait s'ouvrir à Madison Square Garden. Ils avaient été absents vingt-neuf jours. Ils s'installèrent dans l'appartement de Raymond, bronzés et débordants de joie. Il fallut deux coups de téléphone pour retrouver le père de Jocie, car il avait fermé la villa de Long Island pour revenir s'installer dans la maison de la 63e Rue. Il insista pour fêter leur mariage le soir même, ce qu'ils firent dans un restaurant italien de la 55e Rue. La ville commençait à s'animer avec la venue de politiciens-hommes d'État, d'hommes d'État-politiciens et de simples arnaqueurs, aussi fût-ce un jeu d'enfant pour le rival du *Daily Press* d'apprendre la petite réunion familiale, et un photographe eut tôt fait d'apparaître sur les lieux, de prendre un cliché et de confirmer l'histoire du mariage. Dans ces circonstances, Raymond expliqua aussitôt à Jocie qu'il n'avait d'autre solution que d'alerter son propre journal, car cela ferait vraiment mauvais effet si les concurrents publiaient la chose les premiers ; aussi envoya-t-on d'urgence un photographe et un reporter du *Daily Press* dans ce restaurant, qui jusqu'alors n'était connu que pour servir les plus formidables Martini du monde. Le *New Yorker* ne manqua pas d'observer que les deux journaux qui avaient annoncé le mariage Jordan-Shaw au même moment, le faisaient sous une forme presque identique. Les deux journaux parlaient de *Roméo et Juliette*, pièce à succès d'un auteur anglais dont le sujet avait été emprunté à l'Italien Massuicio di Salerno. On évoquait à propos du marié la Maison des Montaigu (Iselin) et pour la mariée celle des Capulet, et chacun commentait à sa façon la violente hostilité des deux sénateurs, rappelant l'extraordinaire conférence de presse du sénateur Iselin, la semaine précédente, au cours de laquelle il avait accusé le sénateur Jordan de haute trahison en brandissant des papiers qui apportaient « la preuve absolue » que Jordan avait vendu son pays aux Soviets et en déclarant que, dès que le Sénat se réunirait, il demanderait : 1) l'interdiction du sénateur Jordan ; 2) un procès à l'issue duquel le seul verdict possible serait « la pendaison de ce traître à la liberté et à la seule conception parfaite de la vie ». Pour toute réponse, le sénateur Jordan avait fait distribuer à toutes les agences de presse une feuille ronéotypée portant cette seule phrase : « Laisserez-vous encore longtemps cet homme se servir de vous et vous duper ? »

Le sénateur Jordan ne fit pas allusion à l'attaque d'Iselin devant les jeunes époux, au restaurant. Il savait qu'ils n'en entendraient parler que trop tôt.

Avant que les articles et les photos annonçant le retour de Raymond et son mariage n'aient paru dans les éditions du matin, des amis, des agents et des sympathisants avaient transmis la nouvelle aux services de sécurité soviétiques. Les dirigeants exprimèrent leurs souhaits à Mme Iselin à Washington, et le lendemain matin elle téléphona à Raymond. Elle le gronda gentiment de ne pas lui avoir fait part de son grand bonheur et se montra si convaincante que Raymond eut l'impression de s'être assez mal conduit envers elle.

Elle lui annonça que le vice-président et le président de la Chambre venaient chez les Iselin à 15 heures pour une réunion concernant les droits civiques et que, puisqu'ils avaient décidé qu'il serait profitable de laisser connaître la nouvelle au public par une « indiscrétion », elle avait aussitôt décidé de s'adresser à son fils, dont la chronique était reproduite par une chaîne de journaux. Tout le monde avait approuvé son choix. Il devrait donc prendre aussitôt un avion pour Washington, de façon qu'elle puisse le documenter sur cette réunion. Raymond accepta.

Sans réveiller Jocie, il laissa un mot expliquant pourquoi il devait s'en aller en ajoutant qu'il écrirait l'article à Washington le soir même et qu'il serait de retour le lendemain matin.

Raymond apprit l'extraordinaire attaque de Johnny contre son beau-père en lisant un journal et il en éprouva à la fois une rage folle et la joie la plus pure : la teneur même de l'attaque libérait en lui quelque chose qu'il avait toujours eu envie de faire, mais qu'il avait toujours réprimé au point de ne jamais le reconnaître. Il allait se rendre chez les Iselin, enfermer Johnny dans une pièce et le battre, le battre, le battre. Une autre inspiration lui vint : il allait raser le crâne de sa mère.

Jocie apprit l'attaque dont avait été victime son père en lisant le même journal du matin. Les allusions aux accusations portées par Iselin la stupéfièrent : elle avait vécu si longtemps en Argentine qu'elle n'était pas blindée contre les allégations de Johnny. Elle s'habilla aussitôt, téléphona à son père pour lui annoncer qu'elle arrivait et sortit en courant, emportant une petite valise et laissant un mot à Raymond pour lui expliquer brièvement ce qui s'était passé et lui demander de venir le plus tôt possible, le lendemain matin, à la maison de son père.

Le colonel Marco, toujours plongé dans ses rêveries matrimoniales, attendit trop longtemps, dans sa crainte de déranger les jeunes époux. Lorsqu'il se rendit à l'appartement de Raymond avec son jeu de cartes truqué pour balayer de l'esprit de Raymond les mécanismes destructeurs qu'on y avait installés, Raymond et Jocie étaient partis tous les deux. Personne ne répondit à son coup de sonnette pour lui dire où ils étaient allés. Chunjin aperçut le visiteur en entrouvrant la porte de service.

La mère de Raymond ne lui laissa pas l'occasion de mettre à exécution ses projets de vengeance lorsqu'il arriva à Washington. Quand il se précipita dans son bureau, au premier étage, un bureau décoré comme l'intérieur d'un cercueil, elle lui conseilla de faire une petite réussite pour passer le temps, ce qui l'arrêta dans son élan. Elle ferma la porte à clé.

La dame de carreau était la quatorzième carte de la première donne. Raymond écouta avec attention ce que sa mère avait à lui dire. Elle l'interrogea et il lui fit un rapport détaillé sur les circonstances dans lesquelles il avait disparu de la maison de Long Island. Elle en fut si soulagée qu'elle éclata d'un rire nerveux lorsqu'il lui parla du costume de Jocie et de sa totale docilité à la dame de carreau. Lorsqu'elle eut séché ses larmes (de joie), elle en vint au fait et lui exposa ce qu'il aurait à faire.

Elle avait reçu l'ordre de mettre à l'épreuve le mécanisme de réflexes de Raymond et, comme le sénateur Jordan représentait un danger pour Johnny et pour ses projets, elle avait porté son choix sur lui. Elle donna ses ordres à Raymond avec clarté et concision. Il était 11 h 22 du matin. Raymond allait se rendre au bureau de Washington du *Daily Press* et parler des problèmes que posait la Convention avec le chef du bureau, de façon à bien établir sa présence dans la ville. Il déjeunerait ensuite au Club de la presse et bavarderait au bar avec le plus grand nombre possible de gens. Raymond rétorqua qu'il ne connaissait personne. Sa mère lui dit qu'il connaissait les journalistes de Washington. Il convint que oui.

— Eh bien, fit-elle, tu n'as qu'à te planter auprès d'eux et leur parler, et ce sera un tel choc pour eux qu'ils ne seront pas près d'oublier que tu as passé ce week-end à Washington.

Après le déjeuner, il se rendrait au Capitole et trouverait un prétexte pour aller rendre visite au président. À 17 heures, il s'arrêterait dans la salle de presse de la Maison Blanche et agacerait Hagerty en insistant pour obtenir un rendez-vous le lendemain matin à 7 heures. Hagerty ne pourrait pas accepter, même s'il pouvait supporter l'idée de prendre le petit-déjeuner avec Raymond, à cause de l'ouverture de la Convention, le lundi matin, mais l'insistance de Raymond ne manquerait pas de l'exaspérer et il se souviendrait que Raymond était à Washington le samedi et le dimanche. À 18 h 15, il retournerait au Club de la presse pour trois quarts d'heure, puis reviendrait chez les Iselin pour dîner avec des amis. Ce serait un dîner sans cérémonie, mais avec un certain nombre de gens bien, tels que le juge Calder, le sous-secrétaire au Trésor, un jeune avocat dont elle avait oublié le nom et sa charmante femme. À 23 h 45, un camion de dépannage de télévision se trouverait à l'entrée de service de la maison avec, au volant, son propre valet de chambre, Chunjin. Raymond s'installerait à l'arrière du camion, où il y aurait un matelas. Il dormirait pendant tout le trajet jusqu'à New York. C'était bien compris? Oui, maman. Chunjin lui donnerait un revolver muni d'un silencieux et le déposerait devant la maison de Jordan, dans la 63e Rue, vers 3 h 45. Chunjin lui remettrait les clefs de la maison. Raymond examina un plan de la maison tandis que sa mère lui expliquait comment il trouverait la chambre à coucher du sénateur, au premier étage, après être d'abord passé dans la bibliothèque au rez-de-chaussée, au cas où le sénateur souffrirait d'insomnie. Tout cela serait aussi facile que la liquidation de M. Gaines, mais il ne devait pas prendre de risques. Une fois la mission accomplie, il devait remonter dans le camion et se rendormir aussitôt. Chunjin le réveillerait lorsqu'ils seraient de nouveau à la porte de service de la maison des Iselin. Il devrait regagner sa chambre, se déshabiller, mettre son pyjama, et dormir jusqu'au moment où on l'appellerait et, bien sûr, il ne devrait se souvenir de rien, ce que d'ailleurs il ne risquait pas.

24

Marco découvrit très vite que Raymond était à Washington. Mais en apparaissant au Club de la presse, Raymond échappa sans s'en douter aux hommes du groupe de Marco. Le groupe avait désespérément déployé toutes ses forces. Ils savaient comment résoudre l'énigme, c'est-à-dire qu'ils avaient la clé entre les mains, mais ils n'arrivaient pas à trouver la serrure. En se rendant au Capitole et à la Maison Blanche un samedi après-midi, Raymond continuait à se montrer exactement où on ne l'attendait pas, si bien qu'ils le manquèrent une fois de plus. Cinquante minutes après qu'il eut quitté le bureau du *Daily Press* et que le chef du bureau fut parti en week-end, deux hommes du groupe de Marco y arrivèrent pour se mettre en faction en attendant le retour de Raymond. À la Maison Blanche, Raymond annonça qu'il passerait le week-end à Washington, mais Hagerty lui dit qu'il n'aurait pas le temps de prendre le petit-déjeuner avec lui alors qu'une convention nationale s'ouvrait le lundi.

Comme on savait que Raymond détestait sa mère et son beau-père, et comme les collaborateurs de Marco estimaient qu'il n'adresserait plus jamais la parole aux Iselin après la venimeuse attaque de Johnny contre

Jordan, ils manquèrent encore une fois Raymond en ne surveillant pas la maison Iselin.

Juste avant minuit, Raymond prit place à l'arrière du camion, s'étendit et s'endormit. La pluie commençait à tomber. Lorsque le camion sortit du tunnel Lincoln, à New York, il y avait en outre du tonnerre et des éclairs, mais Raymond dormait et s'en moquait bien.

La mère de Raymond s'était montrée miséricordieuse. Elle avait parfaitement compris comment fonctionnait le mécanisme de Yen Lo. Elle savait que Raymond devait faire ce qu'on lui disait de faire, qu'il n'avait aucun sens du Bien ou du Mal, qu'il ne pouvait éprouver aucun remords, mais elle avait deviné qu'il devait conserver un certain sens des profits et des pertes, qu'il saurait, le moment venu, qu'en tuant le sénateur Jordan il perdrait quelque chose et que pour sa femme aussi ce serait une perte énorme. Aussi, par bonté d'âme, ordonna-t-elle à Chunjin de laisser Raymond dormir jusqu'à ce qu'il fût à une centaine de mètres de la maison Jordan.

Chunjin arrêta le camion de l'autre côté de la rue. Il pleuvait fort et ils semblaient être les seuls êtres vivants dans la ville. Trois autres voitures étaient garées dans les parages, ce qui était peu. Chunjin se pencha par-dessus la banquette et secoua Raymond.

— Il est temps de faire le travail, monsieur Shaw, dit-il.

Raymond se réveilla aussitôt. Il se redressa et escalada la banquette pour venir s'asseoir auprès de Chunjin.

Chunjin lui remit le revolver auquel était fixé un silencieux, ce qui le rendait encombrant et à peu près impossible à mettre dans une poche.

— Vous connaissez ce genre de revolver? demanda-t-il.

— Oui, répondit Raymond d'un ton morne.

— Je vous conseille de le garder sous votre manteau.

— C'est ce que je vais faire, dit Raymond. Je ne me suis jamais senti aussi triste.

— C'est normal, dit Chunjin. Toutefois, monsieur, si vous faites le travail vite, ça sera fini pour vous et pour lui – bien que évidemment, ce ne soit pas pareil. Quand le travail est fini, vous oubliez.

Il pleuvait comme dans les films. La pluie ruisselait sur les vitres et faisait un vacarme de tambour sur le toit du camion.

— Je fais le tour du pâté de maisons avec la voiture, monsieur Shaw, dit Chunjin. Si je ne suis pas ici quand vous sortez, vous allez lentement vers le coin de la 3ᵉ Avenue. Apportez le revolver avec vous.

Raymond ouvrit la portière.

— Monsieur Shaw?

— Quoi?

— Tirez dans la tête. Après la première balle, approchez, et tirez une autre balle.

— Je sais. Elle m'a expliqué.

Il ouvrit rapidement la portière, sortit précipitamment et la claqua derrière lui. Il traversa la rue tandis que le camion s'éloignait, le pistolet dissimulé sous son imperméable, la pluie giflant son visage.

Les passe-partout lui ouvrirent les portes de la maison. Au rez-de-chaussée, il n'y avait pas de lumière, sauf la veilleuse au pied de l'escalier. Raymond se dirigea vers l'escalier, le pistolet dans sa main gauche. Lorsqu'il posa le pied sur la première marche, il entendit un bruit au fond de la maison. Il s'immobilisa en attendant de pouvoir l'identifier.

Le sénateur Jordan apparut en pyjama, en pantoufles et en robe de chambre. Ses cheveux argentés dépeignés faisaient comme une auréole de plumes autour de sa tête. Il aperçut Raymond mais ne manifesta aucune surprise.

— Ah, Raymond… Je ne vous avais pas entendu entrer. Je ne vous attendais pas avant le petit-déjeuner, demain matin. La faim m'a pris. Si seulement j'avais aussi faim dans un restaurant que quand j'ai dormi quelques heures dans un bon lit, je serais plus rond et plus large que la femme-éléphant du cirque. Vous avez faim, Raymond ?

— Non, monsieur.

— Montons. Je vais vous servir un whisky. Pour lutter contre la pluie.

Il passa devant Raymond et le précéda dans l'escalier.

— Jocie m'a dit que vous aviez dû aller voir votre mère et le président de la Chambre.

— Oui, monsieur.

— Comment allait le président ?

— Je… je ne l'ai pas vu, monsieur.

— J'espère que vous ne vous êtes pas trop énervé à propos de ces accusations d'Iselin ?

— Monsieur, quand j'ai lu cette histoire dans l'avion, en me rendant à Washington, j'ai décidé ce que j'aurais dû décider il y a longtemps. Je me suis dit que je lui devais une bonne correction.

— J'espère que vous n'avez pas…

— Non, monsieur.

— En fait, une attaque de John Iselin peut me rendre de grands services. Je vais vous montrer mon courrier. Je n'ai jamais reçu autant de lettres d'approbation en vingt-deux ans de Sénat.

— Je suis heureux de l'entendre, monsieur.

Ils pénétrèrent dans la chambre du sénateur.

— La bouteille de whisky est sur ce bureau, dit le sénateur en se recouchant et en tirant les couvertures. Servez-vous. Qu'est-ce que vous tenez donc là ?

Raymond leva le revolver et le considéra comme s'il ne le savait pas trop lui-même.

— C'est un revolver, monsieur.

Le sénateur contempla avec stupéfaction le revolver puis Raymond.

— C'est un silencieux? parvint-il à dire.

— Oui, monsieur.

— Pourquoi avez-vous un revolver?

Raymond parut essayer de répondre, mais il en était incapable. Il ouvrit la bouche, puis la referma. Il l'ouvrit encore, mais il n'arrivait pas à parler. Il leva lentement le pistolet.

— Raymond! Non! cria le sénateur. Que faites-vous?

La porte à l'autre bout de la chambre s'ouvrit toute grande. Jocie entra en disant :

— Papa, qu'y a-t-il? Que se passe-t-il?

Juste au moment où Raymond tirait. Un trou apparut comme par magie sur le front du sénateur.

— Raymond! Raymond! Raymond, mon chéri! s'écria Jocie.

Il ne parut pas l'entendre. Il s'approcha rapidement du sénateur et lui tira une autre balle dans l'oreille droite. Jocie ne put contenir ses hurlements. Elle se précipita sur lui, les bras tendus d'un air implorant, le visage horrifié. Il l'abattit sans faire un geste. La balle lui traversa l'œil droit. La tête renversée en arrière, les genoux pliés en avant, elle s'effondra à ses pieds. La seconde balle lui passa par l'œil gauche.

Il éteignit la lampe de chevet et descendit l'escalier à tâtons. Il ne pouvait plus maîtriser son chagrin, mais il ne comprenait pas pourquoi il pleurait.

Lorsqu'il s'installa sur le matelas, à l'arrière du camion, les sons qu'il émettait étaient si pitoyables que Chunjin, si impassible qu'il fût, en fut profondément ému. Il prit le revolver de la main de Raymond et lui assena un coup de crosse sur la nuque, le plongeant ainsi dans un oubli salvateur.

Les corps furent découverts le matin par la domestique des Jordan, Nora Lemmon. La radio et la télévision interrompirent à 11 h 18 toutes leurs émissions pour annoncer la nouvelle. À Washington, par une série de coups de téléphone aux agences de presse, le sénateur Iselin déclara que ces deux meurtres confirmaient ses accusations de trahison contre Jordan, qui avait certainement été assassiné par des agents soviétiques désireux de le réduire au silence. Les éditions du lundi matin de tous les journaux étaient en vente dans les grandes villes dès le dimanche après-midi, cinq heures avant l'heure habituelle.

La mère de Raymond ne l'éveilla pas lorsque le FBI téléphona pour demander si elle pouvait dire où se trouvait son fils. Le colonel Marco téléphona de New York, en tant qu'ami intime de Raymond, disant qu'il craignait que Raymond n'eût tenté un geste désespéré dans son chagrin. Il supplia presque Mme Iselin de lui dire où se trouvait son fils pour qu'il pût le réconforter. La mère de Raymond s'administra une bonne dose d'héroïne le dimanche après-midi car elle ne pouvait chasser de son esprit le portrait de cette ravissante morte qui la dévisageait en première page de tous les journaux. Elle sombra dans un profond sommeil. Johnny téléphona aux agences de presse pour annoncer que sa femme était accablée par le décès de sa bru, qu'elle aimait comme une fille. Il déclara aux journaux qu'il n'assisterait pas à l'ouverture de la Convention,

« même si cela doit me coûter la Maison Blanche », en raison du terrible deuil qui venait de les frapper. Quand on lui demanda où se trouvait son beau-fils, le sénateur répondit que Raymond « était certainement en retraite, en priant Dieu de l'aider à supporter tout cela ».

25

Le dimanche soir, Marco buvait du gin, la tête sur les genoux d'Eugénie-Rose, en écoutant un disque de cithare, et il ne s'arrêta que lorsque le gin eut estompé les contours de sa mémoire. Il avait le regard fixé au plafond et son visage ressemblait à un masque aztèque. Rosie ne lui avait pas dit un mot, car elle avait trop de questions à lui poser, et cela faisait un moment qu'ils se taisaient car il avait trop de choses à lui dire. Il tira de sa veste, accrochée au dossier d'une chaise, quelques feuilles de papier.

— J'ai pris ça dans les dossiers cet après-midi, dit-il. C'est un rapport oral. Un type a enregistré ça sur magnétophone en Argentine. Tu veux me le lire?

Rosie prit le document et lut tout haut:

— Ce qui suit est la transcription d'une conversation entre Mme Seward Arnold et l'agent Graham Dundee, dactylographiée par Carmelita Barajas en présence de Dolorès Freg, le 16 février 1959.

Rosie attendit un moment, comme si elle voulait poser une question, puis parut se raviser. Elle poursuivit sa lecture tandis que Marco continuait à regarder dans le vide. Elle lut d'une voix lente et douce:

DUNDEE — Madame Arnold, voici la mission la plus bizarre qu'on m'ait jamais confiée. J'ai passé la moitié de la nuit à me demander comment je pourrais essayer de vous expliquer ce que l'on m'a chargé de vous demander.

MME ARNOLD — Qui vous a envoyé, monsieur Dundee?

DUNDEE — Je ne sais pas. Si je le savais, on m'aurait sans doute interdit de le révéler. Je suis médecin. Psychiatre. Je suis attaché au ministère de la Justice du gouvernement des États-Unis. Voici mes papiers.

MME ARNOLD — Je vous remercie, mais...

DUNDEE — On m'a fait venir de New York par avion pour discuter avec vous et, quand nous aurons terminé, je reprendrai le premier avion pour New York. C'est un voyage terrible, quand on le fait dans ces conditions.

MME ARNOLD — Cela a l'air extrêmement important.

DUNDEE — Vous pouvez en être sûre.

MME ARNOLD — Mais en quoi puis-je vous aider? Dieu merci, je ne suis pas un personnage important. S'agit-il de mon père?

DUNDEE — Non, madame Arnold. Il s'agit d'un nommé Raymond Shaw. *(Ici un silence de onze secondes.)* Vous souvenez-vous de Raymond Shaw?

MME ARNOLD — Oui.

DUNDEE — Voulez-vous me dire ce que vous savez de lui, madame Arnold?

MME ARNOLD — Mais pourquoi?

DUNDEE — Je ne sais pas. Je sais seulement que je dois vous poser ces questions, en espérant que vous y répondrez. En tant que psychiatre, on m'a chargé d'étudier et de recueillir des renseignements sur le caractère, la personnalité, les habitudes, les réactions, les inhibitions, les refoulements, les idiosyncrasies et les tendances de Raymond Shaw depuis quatorze mois. On ne m'a pas dit pourquoi. Je sais seulement qu'il s'agit d'un travail d'une extrême importance.

MME ARNOLD — Cela fait sept ans que je n'ai pas vu Raymond Shaw et que je ne lui ai pas parlé, monsieur... Docteur Dundee.

DUNDEE — Je vous remercie.

MME ARNOLD — Je n'étais qu'une jeune fille. Je veux dire que je ne recueillais pas délibérément des renseignements sur son compte. Au fond, pour me faciliter les choses, vous pourriez peut-être me dire ce que vous savez de Raymond Shaw.

DUNDEE — Ce que je sais? Madame Arnold, j'en sais plus sur lui qu'il n'en sait lui-même, mais je n'ai pas le droit de le dire, et même à vous, car tout ce qui concerne Raymond Shaw est strictement confidentiel: ses distractions et ses habitudes sont des renseignements secrets, ses pensées et ses rêves sont ultrasecrets. Voulez-vous me parler de lui?

MME ARNOLD — Raymond avait vingt et un ou vingt-deux ans quand je l'ai vu pour la première fois. J'ai trouvé, et je trouve encore, que c'était un très bel homme. Il y avait dans ses yeux une telle expression de regret... Je n'ai jamais connu quelqu'un qui ait vu Raymond. Mon propre père, qui est un homme sensible et qui s'intéresse aux autres, n'a jamais su le voir. Mon père n'a vu qu'un enfant dégingandé et névrosé qui semblait faire la tête et qui vous dévisageait grossièrement au moindre mouvement, comme les chats. La mère de Raymond ne l'a certainement jamais *vu*. Je ne suis même pas sûre qu'elle l'ait jamais regardé.

DUNDEE — Pourtant, c'était sa mère.

MME ARNOLD — Cette froideur, ce manque d'amitié, cette façon de se replier sur lui-même...

DUNDEE — Mais il n'était pas invisible pour vous.

Mme Arnold — Non. Il me permettait de le voir. Il était très timide. Il y avait tant de tendresse en lui… Il était presque pathétique dans son besoin de plaire. Il était économe de ses affections, sauf avec moi. Il ne livrait ses pensées qu'au compte-gouttes. Quand il a compris que je l'aimais, il devint très différent.

Dundee — Madame Arnold, je ne chercherai pas à noyer le poisson. Ce que je dois vous demander est d'une extrême importance et concerne les facteurs psychiques essentiels, vous pouvez en être sûre, sinon je ne me permettrais jamais de vous poser une question aussi extraordinaire, mais voyez-vous, nous… je…

Mme Arnold — Vous voulez savoir si Raymond m'a jamais possédée? Si nous avons couché ensemble? C'est ça, docteur?

Dundee — Oui. Je vous remercie, c'est cela, madame Arnold. Je vous écoute.

Mme Arnold — Je regrette qu'il n'ait pas… que nous ne l'ayons pas fait. Je l'aurais bien voulu et je n'aurais pas pu vous le dire. Mais comme il ne l'a pas fait, je peux vous en parler. Raymond n'a jamais… nous n'avons jamais… Nous n'avons même jamais échangé un baiser, docteur Dundee.

Marco tendit le bras et reprit le document des mains de Rosie. Il le replia et le remit dans la poche de sa veste.

— Qui était Mme Arnold? demanda Rosie. C'était Jocie, l'amie de Raymond?

— Oui, sa femme.

Il se leva péniblement. Il emporta dans la cuisine la bouteille de gin vide, d'un pas légèrement vacillant, et la déposa soigneusement dans une corbeille à papier. Il prit une autre bouteille. En revenant, il ramassa le journal qu'il avait apporté et qui était resté plié sur une table près de la porte. Il laissa tomber le journal sur les genoux de Rosie, puis s'assit auprès d'elle.

— Raymond a abattu sa femme d'un coup de revolver, ce matin, annonça-t-il.

Elle essaya de lire le journal et de regarder Marco en même temps. La lecture du journal lui inspirait de la stupeur et la vue de Marco de l'horreur, tant il avait l'air ravagé. Il but quelques doigts de gin tiède tandis qu'elle lisait l'article. Quand elle eut terminé, elle dit :

— Le journal ne dit pas que Raymond a tué sa femme.

Marco ne répondit pas. Il but d'un air songeur, tout en écoutant la cithare, puis il s'effondra parmi les horribles roses du tapis bleu. Elle le prit dans ses bras et l'embrassa, puis le traîna par les pieds dans la chambre, le déshabilla et le mit sur le lit.

26

Raymond regardait la dame de carreau sur le dessus du paquet de cartes, tandis que sa mère lui parlait.

— … Et Chunjin te donnera un fusil de précision de l'armée soviétique. C'est une arme démontable qui se range dans une sacoche que tu peux porter avec toi comme une trousse de docteur. Tu l'emporteras à Newark. Nous voici enfin parvenus au bout de cette terrible route, Raymond chéri. Après des années et des années, et tant de souffrances, cela va être bientôt fini. Nous avons conquis le pouvoir et maintenant qu'ils nous l'ont donné, ils peuvent commencer à avoir peur. Maintenant, mon très cher, nous allons pouvoir nous venger de ce qu'ils t'ont fait, de ce qu'ils m'ont fait et de ce qu'ils ont fait à ta ravissante Jocie.

La mère de Raymond s'était fait une piqûre juste avant cette séance, et l'héroïne lui réussissait. Ses yeux bleus et magnétiques semblaient étinceler. Elle portait un peignoir chinois d'une teinte si claire qu'elle contrastait avec le bleu de ses yeux. Ses jambes magnifiques étaient étendues devant elle sur la chaise longue, et tout homme, sauf son fils ou son mari, en eût été ému. Sa voix s'était adoucie, car elle suppliait, et elle avait des accents nouveaux destinés à la duper elle-même.

Au cours des années qui s'étaient écoulées depuis le retour de Raymond, la partie de son esprit qui cherchait à sauver son équilibre, qui s'efforçait de lui apprendre à se pardonner et à se sauver elle-même, s'était préparée au jour où il faudrait tout expliquer à Raymond et attendre son pardon.

— Je suis certaine que tu ne comprendras jamais tout à fait, mon chéri, et je sais que, dans l'état où tu es en ce moment, c'est comme si j'essayais d'avoir une conversation avec quelqu'un qui se trouve sur une étoile lointaine, mais pour la paix de mon âme, il faut que ce soit dit. Raymond, il faut que tu le croies : je ne savais pas qu'ils feraient ce qu'ils t'ont fait. Je les ai servis. J'ai pensé pour eux. Je leur ai fourni la plus solide tête de pont qu'ils auront jamais dans ce pays, et pour me remercier ils t'ont pris ton âme. Je leur ai dit de me fournir un assassin. Je voulais un tueur qui m'obéirait, et ils t'ont fait cela parce qu'ils croyaient que cela me lierait davantage à eux. Quand je suis entrée dans cette chambre de la clinique Swardon à New York pour faire la connaissance de cet assassin parfait et que j'ai découvert que c'était mon fils... mon fils dont on avait changé et perverti l'esprit, quand j'ai vu qu'on avait coupé tous les ponts derrière nous... Mais nous sommes au bout maintenant et c'est à nous de façonner l'avenir à notre gré, car tout comme je suis une mère avant tout, je suis une Américaine aussi, et quand je prendrai le pouvoir, je les ferai traîner dans la boue pour ce qu'ils t'ont fait en me sous-estimant comme ils l'ont fait.

Elle lui prit la main et l'embrassa avec une ardente dévotion, puis elle lui prit la tête à deux mains et la considéra tendrement.

— Comme tu ressembles à papa ! Tu as ses mains et la même façon fière de regarder. Et quand tu souris ! Souris, mon chéri…

Raymond sourit docilement. Elle retint son souffle.

— Quand tu souris, Raymond chéri, je me retrouve une petite fille et le miracle de l'amour recommence. Souris-moi encore mon amour. Oui. Oui… Maintenant, embrasse-moi. Embrasse-moi vraiment.

Ses longs doigts s'enfoncèrent dans les épaules de Raymond et l'attirèrent auprès d'elle sur la chaise longue, et tandis que sa main gauche entrouvrait le peignoir chinois, elle songea à papa et au bruit de la pluie dans le grenier quand elle était une petite fille, et elle retrouva l'extase paisible qu'elle avait perdue depuis si longtemps.

27

Théodore Roosevelt a dit que les droits démocratiques ne sont pas complets s'ils ne comprennent pas le droit pour les électeurs non seulement de choisir entre les candidats désignés mais aussi de décider qui doivent être ces candidats.

Dans l'histoire politique américaine, trois méthodes principales ont été utilisées par les partis pour désigner les candidats : le comité électoral, la Convention, les élections primaires directes. On a vite écarté le système du comité électoral, car cela donnait au législatif une influence anormale sur l'exécutif. La méthode de la Convention fut utilisée pour la première fois en 1831 par le parti antimaçonnique, mais le défaut fondamental de ce système est la méthode qui préside au choix des délégués à la Convention. L'origine des élections primaires directes est un peu obscure, mais on admet généralement qu'elle a été adoptée par le parti démocrate dans le comté de Crawford, en Pennsylvanie, en 1842 ; il fallut toutefois attendre l'élection de Robert M. La Follette comme gouverneur du Wisconsin, au début de 1900, pour voir un leader politique réussir à passer grâce à des élections directes à l'échelon de l'État.

Comme il n'existe aucun règlement pour la contrôler, la Convention nationale est devenue l'une des plus remarquables institutions politiques du monde. Dans aucun autre pays, le choix de dirigeants nationaux, dont l'influence se fera profondément sentir dans le monde entier, et l'élaboration d'une politique en apparence sérieuse, ne se trouvent placés entre les mains d'une assemblée d'environ trois mille délégués et suppléants hurlants et qui ont à peine été consultés. M. Ostrogorski, un observateur français de la politique américaine, écrivait en 1902 à ce propos : « On comprend à quelle parodie des institutions populaires on vient d'assister. Une foule avide de gens en place ou qui voudraient y être, déguisés en délégués du peuple sous prétexte de tenir le grand conseil du parti, se sont livrés, quand ils n'en ont pas été victimes, à des intrigues et à des manœuvres ayant pour objet la magistrature suprême de la plus grande république des deux hémisphères : la succession de Washington et de Jefferson. Quand on repense à la scène à laquelle on vient d'assister et qu'on passe en revue la succession des présidents, on constate que, s'ils n'ont pas tous été de grands hommes – loin de là –, ils ont tous été des hommes honorables. Et l'on ne peut s'empêcher de répéter le vieux dicton américain : "Dieu veille sur les ivrognes, sur les petits-enfants et sur les États-Unis." »

Le climat de bienvenue dans lequel s'ouvrit la Convention de 1960 était comparable à celui de bien des Conventions précédentes. Les hôtels avaient été décorés de guirlandes. Les distilleries avaient fourni à tous les cafés des affiches de propagande qui portaient au verso le même message au nom de l'autre parti, dont la Convention aurait lieu trois semaines plus tard.

Les rues de la ville étaient envahies par des filles aux hanches larges, coiffées de chapeaux de cow-boy en papier. Des plaisantins entraient à cheval dans le hall des hôtels. D'autres tiraient au pistolet à eau sur les passants. On méprisait ou on utilisait les vieux hommes d'État, selon les besoins. La Brigade de la voie publique s'acharnait à lutter contre les pickpockets. Les teintureries de trente-huit hôtels se trompèrent dans la livraison de cent quatre complets d'hommes. Des pétitions furent soumises à des comités par les porte-parole des agriculteurs, des syndicats, des organisations féminines, des mouvements de tempérance, des anciens combattants, des sociétés antivivisectionnistes. On savait qu'en moyenne on utiliserait deux mille cent quatre serviettes de toilette par jour. Un délégué fut arrêté, mais bientôt relâché, pour avoir lutté avec un crocodile vivant, sur la plage Duffy, afin d'attirer l'attention sur le courage d'un candidat de Floride à la vice-présidence. Le plus grand insigne électoral du monde était porté à la boutonnière par une nuée de ravissantes jeunes cultivatrices venues de la côte nord-ouest du Pacifique, bien que leur candidat fût originaire du Missouri (mais il se trouvait être marchand de fruits en gros). À 8 heures, deux heures avant l'ouverture de la Convention le lundi matin, Marco s'adressa à deux cents agents du FBI et des services de renseignements et à trois cent dix policiers, hommes et femmes, en civil, de la police de New York, réunis dans les coulisses de Madison Square Garden. Marco était si éperdu d'inquiétude que sa main tremblait. Après les instructions données par Marco, d'autres instructions plus précises furent données à l'échelon de chaque escouade jusqu'au moment où Marco, Amjac, Lehner et l'inspecteur en chef de la police de New York eurent la certitude que chaque homme savait ce qu'il devait faire.

La vingt-septième convention nationale du Parti fut ouverte par Mlle Viola Narvilly, du Grand Opéra d'Indianapolis, qui chanta l'hymne national. Comme l'expliqua son impresario, c'était un morceau « rudement vache » à chanter, et Mlle Narvilly avait dû littéralement se décrocher les cordes vocales pour émettre ces notes qu'un compositeur idiot avait cru géniales lorsqu'il les avait écrites. L'impresario de Mlle Narvilly voulut boxer le président de la Convention : celui-ci les avait pratiquement suppliés de venir ouvrir la séance en chantant cette foutue chanson et on n'avait pas télévisé un seul plan de Mlle Narvilly.

Lorsque le président de la Convention eut obtenu l'aide de deux membres du service d'ordre pour se débarrasser de l'impresario de Mlle Narvilly, il déclara la séance ouverte. Près de six cents délégués sur les trois mille s'installèrent pour écouter le discours de bienvenue du sénateur du parti de New York. Le président prononça ensuite son allocution, et la salle s'emplit un peu plus, puis l'on passa aux questions d'accréditement, de règlement intérieur, d'ordre du jour et de résolutions, qui occupèrent agréablement le temps jusqu'au moment où l'orateur-vedette prit la parole.

Bien que le sénateur Iselin et sa femme n'assistassent pas à la séance du premier jour, un quartier général Iselin occupait tout un étage du plus grand hôtel du West Side, près de Madison Square Garden. Le Réseau des Américains loyaux avait installé des bureaux de recrutement dans le hall de tous les hôtels « officiels » de la Convention et loué un magasin en face de la porte du Garden. Avant la Convention, c'était une maroquinerie et c'en serait de nouveau une après la Convention. Un journal enthousiaste rapporta que ces bureaux de recrutement avaient enregistré l'inscription de quatre mille deux cents membres (Mme Iselin avait jugé prudent de faire inscrire les mêmes cent personnes à plusieurs reprises pour créer une émulation), mais le nombre exact de nouvelles recrues ne put être déterminé avec précision.

Le lundi, fidèle à sa parole d'officier et de gentleman, le général Francis Bollinger, « Frank le Bagarreur », prit la tête d'un défilé réunissant des présidents de groupes locaux des « Dix millions d'Américains mobilisent pour demain », et descendit la 8e Avenue de Columbus Circle jusqu'à Madison Square Garden. Ils étaient deux cent quarante-six provenant des quarante-neuf États, plus un bataillon irrégulier composé d'épouses et de filles loyales, de badauds new-yorkais et d'une voiture de police. Ils descendirent l'avenue avec Frank le Bagarreur, tenant d'une main gantée un bout de la pétition qui s'étendait sur plusieurs centaines de mètres et contenait au moins quatre mille signatures, dont beaucoup provenaient de la propre famille du général, histoire de faire nombre. Beaucoup de journaux se trompèrent dans le chiffre qu'ils citèrent, allant jusqu'à parler de 1 064 219 signatures, bien qu'à aucun moment le représentant d'aucun journal n'eût tenté de faire le compte. La pétition réclamait de façon pressante la nomination de John Yerkes Iselin comme candidat à la présidence des États-Unis, sous le slogan de « L'Homme qui sauve l'Amérique ».

Mme Iselin arriva au quartier général de Johnny à 20 heures, le lundi. Au cours des heures suivantes, elle reçut les candidats éventuels à la présidence avec leur manager, dans diverses pièces de son appartement.

À 1h10, elle conclut l'accord qu'elle recherchait et promit tout l'appui du sénateur Iselin au candidat de son choix, obtenant en échange l'assurance qu'il serait nommé candidat au poste de vice-président et en renonçant pour Frank le Bagarreur au portefeuille de secrétaire d'État.

La plate-forme électorale du parti fut présentée à la Convention le mardi matin et le mardi après-midi, en même temps que furent prononcés de nombreux discours.

L'appel des candidats commença le mardi après-midi, 12 juillet. Le discours du candidat, la démonstration qui suivit, le discours d'appui et la démonstration qui suivit, tout cela mena la Convention jusqu'à 18h21. Le même rituel pour le second candidat retint l'attention de la Convention jusqu'à 22h35. Le troisième candidat fut désigné au premier tour, à l'unanimité comme l'avaient été dix candidats du parti depuis 1900, à 00h41 le 12 juillet 1960, moment où la Convention s'ajourna jusqu'à midi le lendemain ; elle se réunirait alors pour examiner quel serait le candidat au poste de vice-président, puis elle entendrait le lendemain soir les discours historiques des deux candidats définitifs.

28

Raymond quitta l'hôtel de Newark, où on lui avait dit de se reposer, le mercredi à 16 heures. Il tenait sous le bras une serviette de cuir d'aspect fort banal. Il prit le métro jusqu'à Times Square. Il erra un moment dans la 42e Rue ouest, puis se retrouva au coin de Broadway et de la 44e Rue. Il entra dans un drugstore. Il changea un quart de dollar au débit de tabac et entra dans une des cabines téléphoniques au fond du magasin. Il composa le numéro du bureau de Marco. L'agent de garde lui répondit. Il était seul dans la grande maison de Turtle Bay.

— Le colonel Marco, s'il vous plaît ?

— Qui le demande ?

— Raymond Shaw. C'est personnel.

L'agent prit une lente inspiration puis exhala lentement.

— Allô ! Allô ! fit Raymond, qui croyait qu'on avait coupé.

— Je suis là, monsieur Shaw, dit l'agent d'un ton dégagé. Je crois que le colonel Marco s'est absenté un moment, mais il ne va sûrement pas tarder. Il a dit que, si vous appeliez, il voulait savoir où il pourrait vous rappeler. Si vous voulez bien me donner votre numéro, monsieur Shaw…

— C'est que…

— Il va revenir d'un instant à l'autre.

— Je ferais peut-être mieux de le rappeler. Je suis dans un drugstore et…

— J'ai des consignes précises, monsieur Shaw. Si vous voulez me donner le numéro…

— Le numéro de cette cabine est Circle 8, 9, 6, 3, 7. Je vais rester ici sans doute une dizaine de minutes et prendre le café.

Il raccrocha et le journal alors tomba de sa poche et s'étala sur le sol, révélant la manchette : « Le mystère subsiste à propos du double meurtre du sénateur et de sa fille. » Raymond ramassa le journal et le remit lentement dans sa poche. Il se jucha sur un tabouret près du comptoir et attendit qu'on vînt prendre sa commande.

L'agent de garde composa rapidement un numéro. La ligne était occupée. Il attendit avec agacement, les yeux clos, puis les rouvrit et refit le numéro. Toujours pas libre. Il remonta sa manche et contempla pendant trente secondes sa montre-bracelet, puis recommença. Cette fois, on répondit.

— Allô, Garden.

— Ici, Turtle Bay. Passez-moi Marco. Signal rouge.

— Voulez-vous ne pas quitter ?

La voix tonnante de l'orateur qui occupait la tribune fut interrompue sur tous les haut-parleurs de Madison Square Garden. La vaste salle parut un instant un musée de figures de cire où s'entassaient trois mille personnages. Une nouvelle voix pressante retentit. Elle contrastait si fort avec le pur silence qui l'avait précédée après deux jours de grandiloquence que tous les délégués se sentirent menacés.

« Colonel Marco ! Colonel Marco ! Signal rouge ! Signal rouge ! Colonel Marco ! Signal rouge ! »

La voix se tut et le silence de nouveau régna dans les haut-parleurs. Les journalistes se mirent aussitôt à harceler des gens qui n'y connaissaient rien pour savoir ce que signifiait cette interruption, ce que c'était que ce signal rouge, et l'expression se retrouva dans les éditions du matin puis fut reprise et reprise encore pour finir par être employée dans les émissions de variétés télévisées pour appeler les comédiens.

Marco était assis dans les coulisses, un téléphone à la main, entouré d'agents du FBI et de policiers. Amjac avait aux oreilles un casque branché sur une table d'écoute et Lehner en surveillait une autre. Les enregistreurs tournaient. Cinq minutes huit secondes s'étaient écoulées depuis que Raymond avait appelé. Marco composa le numéro. Il suait à grosses gouttes.

Le téléphone sonna dans une cabine vide. Il sonna encore, et encore. Un homme se glissa dans la cabine pour répondre. C'était Raymond.

— Ben ?

— Oui, mon vieux.

— Tu as lu ce qui s'est passé ?

— Oui. Je sais, je sais.

— Comment a-t-on pu ? Comment ça a-t-il pu arriver ? Jocie… comment est-ce possible ?

— Où es-tu, Raymond ?

Les hommes qui entouraient Marco parurent se pencher en avant.

— Je me demande si je ne deviens pas fou. J'ai des rêves épouvantables, comme tu en avais. Mais le plus insensé, c'est comment on a pu… Ben ! On a tué Jocie ! Quelqu'un a tué Jocie !

Il parlait d'une voix rauque et qui s'étranglait.

— Où es-tu, mon vieux ? Il faut que nous en parlions. Nous ne pouvons pas discuter au téléphone. Où es-tu ?

— Il faut que je te parle. Il faut que je te parle…

— Je vais venir te rejoindre. Où es-tu?

— Je ne peux pas rester ici. Il faut que je sorte. Il faut que je prenne l'air.

— Rendez-vous au journal?

— Non, non!

— Au Parc, alors?

— À Central Park?

— Bon.

— Au zoo, Raymond. Devant la buvette, ça te va?

— J'arrive.

— Tu avais raison, ils sont dans ma tête.

— Prends un taxi et file à Central Park.

— Entendu.

Raymond raccrocha. Marco reposa violemment l'appareil et pivota dans son fauteuil tournant. Amjac et Lehner hochèrent la tête en chœur.

— Il est dans un triste état, fit Lehner.

— Je vais le prendre en main. Il faut que tout ça se passe normalement. Raymond doit avoir l'impression d'être en sûreté, et puis il faut l'amener à faire une réussite. Donnez-moi des cartes.

Lehner prit un paquet de cartes truquées sur la longue table disposée sur des tréteaux et le lança à Marco. Il en fourra un autre paquet dans sa poche à titre de souvenir. Un policier qui venait de finir son service entra.

— Vous vous rendez compte? dit-il. Ils viennent de désigner cet idiot d'Iselin comme candidat à la vice-présidence.

Marco poussa un grognement. Il tourna les talons et se précipita vers la sortie de la 49e Rue.

Raymond était assis dans la pâle lumière d'un soleil voilé de fumées, tournant le dos aux immeubles de parvenus de Central Park South, les yeux fixés sur une tasse de café. En l'apercevant, Marco éprouva un choc, comme un coup de marteau. Il se rendit compte soudain qu'il n'avait jamais vu Raymond mal rasé, portant une chemise sale ou des vêtements dans lesquels il avait l'air d'avoir passé la nuit. Le visage de Raymond semblait s'affaisser : on aurait dit un petit garçon à qui on eût arraché toutes ses dents.

Marco s'assit en face de Raymond devant la petite table de jardin. Il n'y avait que huit ou neuf personnes à la terrasse. Marco et Raymond avaient beaucoup de place. Marco posa la main sur la main sale de Raymond, aux ongles bordés de noir.

— Salut, petit, murmura-t-il.

Raymond leva la tête ; il avait les yeux pleins de larmes.

— Je ne sais pas ce qui m'arrive, dit-il, et Marco sentit le déchirement que devait éprouver Raymond.

Dans le grand bassin, les phoques criaient et plongeaient bruyamment. Autour du bassin des phoques s'épanouissait un jardin mobile de ballons attachés à des bicyclettes, à des voitures d'enfants, à de petits poignets. Quelque part derrière Marco on nourrissait les grands fauves.

— Ils sont bien dans ma tête, comme tu disais, n'est-ce pas, Ben ?

Marco acquiesça.

— Est-ce qu'ils… est-ce qu'ils peuvent me pousser à faire quelque chose ?

Marco acquiesça moins vigoureusement.

— J'ai fait un rêve affreux… oh, mon Dieu, affreux… j'ai rêvé que ma mère et moi…

Raymond avait le regard si fou que Marco ne pouvait le supporter. Il ferma les yeux et esquissa une vague prière. Un ballon en caoutchouc rebondit sur la terrasse et vint se loger aux pieds de Marco. Un petit garçon au visage comique et aux cheveux de caniche se précipita pour le reprendre. Il se cramponna au bras de Raymond en se penchant pour le ramasser, puis repartit à toutes jambes en criant quelque chose à ses camarades.

— Ben, qui a tué Jocie?

Marco ne pouvait lui répondre.

— Ben… est-ce que… est-ce que c'est moi? Ça se pourrait, n'est-ce pas? C'était peut-être un accident, mais ils voulaient que je tue le sénateur Jordan et… est-ce que j'ai tué ma petite Jocie?

Marco ne pouvait supporter plus longtemps ce spectacle. Il dit charitablement:

— Si tu faisais une petite réussite, pour passer le temps?

Et il glissa le paquet de cartes truquées sur la table.

Il vit Raymond se détendre. Raymond prit les cartes et se mit à les battre machinalement.

Marco devait être sûr que sa reine rouge l'emporterait sur toutes les autres. Il n'avait jamais eu l'occasion de lire les instructions complètes de Yen Lo. Marco considérait donc maintenant le jeu truqué, conçu tout d'abord pour faire gagner du temps en faisant apparaître tout de suite la reine rouge, comme une police d'assurance qui devait être sept fois plus puissante que l'unique dame de carreau utilisée par l'ennemi. Chaque fois qu'apparaissait la reine rouge dans la réussite de Raymond, c'est-à-dire dès la première carte, il essayait d'arrêter la réussite: c'était chez lui un réflexe. Mais Marco lui ordonna de continuer, de disposer les sept paquets de cartes, et Raymond finit par se trouver devant un panthéon de reines rouges.

Où était Jocie ? se demandait Raymond en contemplant la cohorte de reines en grand apparat. Par le truchement de Marco, elles se mirent à lui ordonner d'ouvrir les grandes portes de jade qui donnaient sur un sévère couloir du Temps menant au vieil homme au sourire gai et desséché qui disait s'appeler Yen Lo. Où était Jocie ? M. Gaines était un brave homme, mais on lui avait dit de le supprimer. Amen. Il avait dû tuer à Paris ; il avait tué à Londres, sur ordre exprès de la dame de carreau, qui avait des succursales dans les principales villes. Amen. Où était Jocie ? Le magnétophone dissimulé sous l'aisselle de Marco tournait. Raymond contemplait les sept reines et parlait. Il raconta ce que lui avait dit sa mère. Il expliqua qu'il avait abattu le sénateur Jordan et que… qu'il avait… qu'il avait abattu le sénateur Jordan et qu'après…

La voix de Marco lui rappela sèchement qu'il devait oublier ce qui s'était passé chez le sénateur Jordan jusqu'au jour où lui, Marco, lui dirait de s'en souvenir. Il demanda à Raymond ce qu'on lui avait dit de faire à New York. Raymond le lui dit.

Finalement, quand Marco eut obtenu des réponses à toutes ses questions, mais pas avant, le colonel Marco vit clairement ce qu'ils allaient devoir faire. Marco pensa à son père, à son grand-père et à l'armée. Il songea à sa propre vie et à ce qu'elle signifiait. Il décida pour eux deux ce qu'il allait faire.

Ils quittèrent la terrasse, longèrent le bassin des phoques et traversèrent le jardin où ondulaient les fleurs colorées des ballons. Ils passèrent devant des arbres aux noms latin et se frayèrent lentement un chemin parmi la foule des flâneurs, des amoureux et des rêveurs.

Au coin de la 60ᵉ Rue et de la 5ᵉ Avenue, Marco descendit du trottoir, précédant Raymond de deux pas, puis se retourna pour lui dire de se hâter, quand la voiture louée par Chunjin le heurta. Elle le projeta à quelques mètres de là. Un attroupement se forma comme des moucherons dans le soleil. Un agent arriva en courant car une femme s'était mise à hurler comme une bécasse. Chunjin se pencha et ouvrit la portière.

— Montez, monsieur Shaw. Vite, s'il vous plaît.

Raymond monta dans la voiture, tenant toujours sa serviette, et il claqua la portière tandis que la voiture filait vers le parc. Chunjin en sortit au carrefour de la 72e Rue, traversa Broadway et repartit vers le centre. Ils n'échangèrent pas un mot avant d'avoir atteint le petit hôtel miteux de la 49e Rue ouest, où Chunjin lui remit une clé portant le numéro 301, lui souhaita bonne chance et lui serra la main, tout en plongeant son regard dans les yeux jaunes et tragiques de Raymond ; il lui dit de descendre, puis il repartit avec la voiture en direction de l'ouest.

Dans la chambre 301, Raymond se changea. Il entra à Madison Square Garden par une porte de la 49e Rue ; il était 17 h 45 et l'animation était bien calmée. Les discours des candidats désignés devaient être retransmis par toutes les chaînes de télévision de 22 heures à 22 h 30 du soir, après quoi la campagne commencerait.

Raymond était habillé comme on le lui avait dit : en ecclésiastique, avec un col dur, un feutre noir et de grosses lunettes d'écaille. Il avait au coin de la bouche un gros cigare et portait une serviette sous le bras. Il avait l'air surmené, préoccupé et de mauvaise humeur. Tout le monde le vit. Personne ne le reconnut. Il traversa le grand hall et monta l'escalier d'un pas lent, comme un homme qui va s'acquitter d'une corvée. Lorsqu'il ne put aller plus loin, il suivit la galerie supérieure, vidée à cette heure, sans se soucier de ce qu'il voyait de la salle, six étages plus bas. Portant toujours sa trousse, il grimpa l'échelle de fer scellée au mur, puis arriva, sept mètres plus haut, à la coursive qui partait du mur, et allait jusqu'à une cabine suspendue au-dessus du vide et qui était une cabine de projecteurs qu'on n'utilisait que pour les représentations théâtrales. Il s'introduisit dans la cabine grâce à une clé, et referma la porte derrière lui. Il s'assit sur une caisse, ouvrit sa sacoche, y prit le fusil de précision et se mit à le monter avec soin. Lorsqu'il se fut assuré que tout était en ordre, il prit le viseur télescopique dans son étui de chamois et le fixa sur le canon.

29

Marco luttait pour tuer le temps. Il faisait tout son possible pour faire traîner les choses, tandis qu'on l'aidait à s'habiller. Il avait besoin de temps pour que Raymond le retrouve, pour que l'inexorable horaire de la télévision mette tous les appareils en action. Marco pensa au visage de John Yerkes Iselin, et il se força à fasciner encore ses gestes.

Son bras droit était en écharpe, bandé de la main à l'épaule. Il avait l'impression qu'on lui avait arraché un côté de la figure : la peau était partie et, sous le pansement d'une blancheur de neige, son visage était aussi noir que la face cachée de la Lune. Il avait quatre côtes cassées du côté gauche et il était étroitement bandé. Il était à demi anesthésié pour ne pas trop souffrir, et il ne savait plus très bien où il en était. Deux hommes l'habillaient aussi rapidement qu'il le leur permettait, bien que personne ne pût s'apercevoir qu'il cherchait à gagner du temps.

Amjac et Lehner étaient accroupis par terre autour d'un magnétophone et le seul bruit qu'on entendait dans la pièce, hormis le souffle rauque de Marco et ses petits gémissements, c'était la voix de Raymond, sur fond sonore de rires et de cris d'enfants, rugissements de fauves affamés, cris des phoques et doux bruissement de deux cents ballons rouges, verts et jaunes fendant l'air à cent soixante mètres à l'heure. Tous les yeux étaient fixés sur l'appareil qui disait :

— Non, je ne pense pas que la tenue ecclésiastique ait une signification symbolique. Ma mère non plus. Avant tout, ce sera un bon camouflage. Elle a peut-être pris ses dispositions pour que je me fasse prendre après l'avoir tué : j'imagine qu'alors on me dénoncera comme un communiste au passé chargé, suffisant pour me faire pendre. Si je suis pris, je dois déclarer le second jour, après m'être fait prier, que le Kremlin m'a ordonné de procéder à l'exécution. Ma mère compte absolument les mouiller, mais je ne crois pas qu'elle veuille me compromettre délibérément, car elle était vraiment très bouleversée et très affectée, pour la première fois de sa vie, quand elle a découvert qu'ils m'avaient choisi comme tueur. Elle m'a raconté qu'ils avaient tout gâché en faisant ça et que, quand Johnny et elle entreraient à la Maison Blanche, elle allait déclencher une guerre sainte qui les balayerait de la surface de la Terre. Elle est folle, bien entendu. Il va y avoir une épouvantable pagaille dans l'amphithéâtre quand ils auront été abattus, et je suis sûr que la tenue ecclésiastique m'aidera à m'éclipser. Je dois partir tout de suite, mais le fusil reste là-bas : c'est un fusil militaire russe.

La voix de Marco dit dans le magnétophone :

— Tu as bien dit : quand ils auront été abattus ? Tu as bien dit : ils, au pluriel ?

— Mais oui. J'ai la consigne de tirer une balle dans la tête du candidat à la présidence et une dans l'épaule gauche de Johnny Iselin, et quand la balle touchera Johnny, elle brisera un petit flacon de cristal que ma mère a cousu sous le tissu de sa veste : il aura l'air tout poisseux de sang. Il ne sera pas blessé, car il sera protégé par un pare-balles du menton aux hanches. Ma mère a dit que c'était un rôle en or pour Johnny, parce qu'il a toujours tendance à forcer et que cette fois ça ne fera pas de mal. Le choc de la balle le renversera, évidemment, mais il se relèvera vaillamment au milieu du chaos. Johnny prononcera un discours avec le cadavre du candidat sur les bras, un discours bref, mais ma mère dit que c'est le plus émouvant qu'elle ait jamais lu. Cela fait plus de huit ans qu'ils y travaillent, ici et en Russie. Ma mère demandera à des hommes qui se trouveront sur l'estrade de prendre le corps des bras de Johnny, car après tout ce n'est pas Tarzan, et puis Johnny fera son numéro au micro et devant les caméras, tout ruisselant de sang, repoussant ceux qui voudront venir à son secours, défendant l'Amérique même au péril de sa vie, poussant à l'hystérie tout un peuple de téléspectateurs, tirant cette Convention derrière lui pour qu'elle adopte une plate-forme qui le portera jusqu'à la Maison Blanche, avec des pouvoirs auprès desquels la loi martiale semblera de l'anarchie, dit ma mère.

— Quand abattras-tu le candidat, Raymond? demanda la voix de Marco.

— Ma mère veut qu'il soit mort six minutes environ après le début de son discours, selon la vitesse à laquelle il lira, juste au moment où il dira : «Je ne demanderais pas à un seul de mes concitoyens de faire, pour défendre sa liberté, un sacrifice que je ne serais pas moi-même prêt à faire de bon cœur : celui de ma vie… »

— D'où tireras-tu?

— Il y a une cabine de projecteurs qu'on n'utilise pas sous le toit. Je n'y suis jamais allé, mais ma mère dit que de là je serai parfaitement bien pour tirer. Elle installera Johnny sur l'estrade derrière le candidat, un peu sur sa gauche, ce qui me permettra de faire pivoter le canon et de l'avoir dans ma mire en perdant le minimum de temps. Voilà. C'est un plan très solide.

— Ils le sont tous, dit la voix de Marco. Il va y avoir une ou deux modifications importantes, Raymond. Oublie ce que ta mère t'a dit. Voici ce que tu vas faire.

Il y eut un déclic. Le ruban s'arrêta sur l'appareil.

— Qu'est-ce qui s'est passé ? dit aussitôt Amjac.

— Le colonel a arrêté le magnétophone, dit Lehner, qui observait Marco.

— Venez, dit Marco. Nous ne disposons plus que de quelques secondes. Allons-y. Il sortait déjà, les entraînant avec lui.

— Mais qu'est-ce que vous lui avez dit, mon colonel ?

— Ne vous inquiétez pas, dit Marco en marchant à grands pas. L'armée veille sur les siens.

— Vous voulez dire : sur Raymond ?

Ils s'entassèrent dans l'ascenseur.

— Non, répondit Marco. Je pensais à deux autres choses : à un certain général Jorgenson et aux États-Unis d'Amérique.

30

Un grand silence se fit parmi les délégations dans l'immense auditorium lorsque le président annonça que, dans quelques minutes, leurs candidats affronteraient les caméras de télévision et que, pour la première fois, quatre-vingts millions d'électeurs américains verraient ensemble le prochain président et le prochain vice-président des États-Unis. La Convention éclata en applaudissements. Au milieu des acclamations les gros bonnets du parti, gouverneurs, furent installés sur l'estrade, suivis des deux candidats désignés et de leurs épouses.

Ils avancèrent solennellement. Le sénateur Iselin et sa femme semblaient particulièrement impressionnés. Ils hésitaient, ils étaient extrêmement pâles, ce qui fit dire à plus d'un délégué, membre du comité, journaliste et spectateur que la terrible responsabilité, le fardeau vraiment énorme de cette charge, n'avait jamais manqué de rendre humbles tous ceux qui s'apprêtaient à l'assumer et que John Iselin ne faisait pas exception à la règle. Lorsqu'il s'assit, il tremblait bel et bien et il semblait – lui que les vastes auditoires et les discours avaient toujours stimulé – nerveux et plein d'appréhension, voire effrayé. On apercevait sa femme, une superbe créature toujours à ses côtés, une vraie lutteuse qui, plus d'une fois, avait regardé la subversion en face, lui parler sans cesse, trop bas pour qu'on pût l'entendre.

— Reste tranquille, crétin ! Il n'a jamais manqué son coup au fusil. Johnny ! Bon sang, Johnny, si tu remues, tu risques d'être blessé. Laisse-le viser et s'habituer à cette lumière. Pourquoi es-tu en nage ? Tu ne seras touché que quand le discours aura commencé. As-tu pris tes pilules, Johnny ! Dis, les as-tu prises ? Je le savais. Je savais que j'aurais dû rester avec toi pour te les faire avaler moi-même.

Elle fouilla dans son sac, parvint à extraire les trois comprimés d'un flacon et à les placer sur la face adhésive d'un ruban de scotch dans son sac. Très gracieusement et avec l'amabilité d'une réceptionniste de chez Schrafft, elle fit un petit geste à un jeune homme assis au bord de l'estrade et lui demanda un verre d'eau.

Le candidat commençait son discours. D'une voix un peu sourde mais bien articulée, il remercia les délégations de l'honneur qu'elles lui avaient fait.

Seule la petite estrade de l'orateur était éclairée. Trois rangs en avant, tourné vers l'obscurité de la salle, un des hommes de Marco était accroupi dans une travée, avec un émetteur portatif. Il parlait dans le micro à voix basse, faisant le compte rendu de ce qui se passait sur l'estrade, et si les délégués assis près de lui avaient remarqué sa présence, ils croyaient sans doute que c'était un radio-reporter. Pourtant, ce qu'il disait aurait intrigué n'importe quel auditoire :

— Elle vient de se faire apporter un verre d'eau. Elle le tripote longuement. Elle fait quelque chose avec le bord du verre. Je ne suis pas sûr. Attendez… Je crois qu'elle a collé quelque chose sur le bord du verre… Elle vient de tendre le verre à Iselin.

Sur l'estrade, derrière l'orateur et un peu à gauche, la mère de Raymond dit à Johnny :

— Les comprimés sont sur le bord du verre. Prends-les en buvant. Là. Voilà. Maintenant ça va aller. Reste tranquille, mon chou. Tu ne sentiras qu'un choc à l'épaule, comme un très violent coup de poing. Un simple coup de poing, c'est tout. Et puis tu te redresses, tu fais ce que tu as à faire et c'est dans la poche. Détends-toi. Détends-toi, mon chou.

Marco, Amjac et Lehner grimpaient les escaliers. Lehner tenait un micro dans lequel il parlait. Le discours du candidat retentissait dans tous les haut-parleurs et Amjac disait, comme s'il avait avec lui-même une conversation très animée :

— Oh, bonté divine, c'est trop tard, c'est trop tard.

Marco était un peu gêné dans ses mouvements par ses bandages, mais il guidait la petite troupe.

En arrivant en haut, ils se mirent à courir vers l'échelle de fer, tandis que la voix du candidat poursuivait :

— … un sacrifice que je ne serais pas moi-même prêt à faire de bon cœur : celui de ma vie.

Amjac criait :

— Oh ! Seigneur, non ! lorsqu'ils entendirent le premier coup de feu.

— Non ! Non ! hurla Amjac, puis le second coup de feu claqua, et une vague de stupeur déferla sur l'auditoire tandis que les gens comprenaient ce que signifiait la première détonation.

Le vacarme qui montait de la salle était horrible. Lehner s'arrêta pour s'adosser au mur, collant les écouteurs à ses oreilles, en essayant d'entendre le message de leur agent qui se trouvait sur l'estrade.

— Quoi ? Quoi ? Plus fort ! Aaaaaah ! (Un long soupir.)

Il retira les écouteurs et se tourna vers Amjac, l'air hébété.

— Il a tiré sur Iselin, puis sur sa mère. Ils sont morts. Pas le candidat. Johnny et sa femme sont morts.

Amjac pivota sur ses talons.

— Mon colonel ! cria-t-il. Où est le colonel ?

Il leva les yeux et vit Marco qui s'avançait péniblement sur la coursive conduisant à la cabine des projecteurs.

— Colonel Marco ! hurla Amjac.

Marco se retourna sans s'arrêter et agita la main gauche : sa main tenait un jeu de cartes. Ils le virent arriver devant la porte de la cabine et l'ouvrir d'un petit coup de pied.

Lorsqu'ils débouchèrent sur la coursive, Marco avait disparu dans la cabine. La porte s'était refermée. Amjac s'engagea dans la coursive, suivi de Lehner. Ils s'arrêtèrent soudain en voyant la porte s'ouvrir et livrer passage à Marco. Il ne pouvait pas refermer la porte derrière lui à cause de son bras en écharpe, mais ils ne distinguaient rien dans l'obscurité de la cabine. Ils reculèrent en le voyant approcher, et ce fut alors qu'ils entendirent le troisième coup de feu dans la cabine, bref, sec et net.

— Pas de chaise électrique pour un décoré de la médaille d'honneur, dit Marco ; et il se mit à redescendre péniblement l'échelle de fer, prêtant fiévreusement l'oreille au souvenir de Raymond, au moindre signe indiquant qu'il n'avait jamais vécu – mais rien ne vint.

CHEZ LE MÊME ÉDITEUR

Jeffrey Archer
FRÈRES ET RIVAUX

Maternité de Hartford, Connecticut, début des années 1950. Un bébé, Fletcher Davenport, vient de mourir. Au même étage, des jumeaux naissent et une infirmière substitue à l'enfant mort l'un des fils Cartwright.

Les deux frères grandissent sans se connaître dans des milieux que tout sépare : la famille Davenport est l'une des plus grosses fortunes de l'État, le père de Nathan Cartwright un modeste courtier d'assurances.

Mais tous deux sont ambitieux et mènent leur carrière avec succès. Ils n'auraient jamais dû se croiser. Un meurtre va lier leurs destins. La politique en fera des rivaux implacables. Qui d'Abel ou de Caïn l'emportera ?

Né en Angleterre en 1940, ***Jeffrey Archer*** *sort diplômé d'Oxford et se tourne vers la politique. En 1969, il devient le plus jeune membre du Parlement britannique, qu'il quitte en 1974 pour vivre de sa plume. Pari réussi puisqu'il est aujourd'hui l'un des auteurs britanniques de thrillers le plus lu au monde. Traduit dans 25 pays, son roman* Seul contre tous *a reçu le Prix Polar étranger à Cognac en 2009.*

« Un tour de force ! »
L'Amour des livres

978-2-35287-165-1 / H 50-7045-3 / 512 pages / 7,65 €

William Diehl

LA LOI DU SILENCE

Los Angeles, 1941. Le sergent Bannon est appelé pour constater le décès de Verna Wilenski, une femme retrouvée morte dans sa baignoire, électrocutée.

Bannon découvre que 100 000 dollars dorment sur le compte en banque de la défunte et que ce même compte est alimenté depuis vingt ans par des fonds en provenance de la ville voisine de San Pietro…

Quelqu'un achetait-il le silence de Verna? Que savait-elle à propos du règlement de comptes qui, en 1921, vit trépasser le shérif local?

Personne ne veut parler, et surtout pas Thomas Culhane, héros de la Grande Guerre et actuel shérif de San Pietro, qui cherche à se faire élire gouverneur de Californie.

***William Diehl** (1924-2006), journaliste et photographe, décide de devenir écrivain le jour de son cinquantième anniversaire. Il est l'auteur de thrillers traduits dans le monde entier, dont* Peur primale *(La Marginale, 1996), porté au cinéma avec Richard Gere, et* Régner en enfer *(Lattès, 2000).* La Loi du silence *a initialement été publié aux éditions de l'Archipel en 2003 sous le titre* Eureka.

« Un thriller irrésistible
par l'auteur du célèbre *Peur primale.* »
Le Midi Libre

978-2-35287-398-3 / H 50-9892-6 / 576 pages / 8,65 €

Christopher Reich

COURSE CONTRE LA MORT

Juillet 1945. Depuis deux mois, le cauchemar nazi a pris fin. Pour Erich Seyss, officier SS et ancien champion d'Allemagne du 100 mètres, le rêve du « Reich de mille ans » promis par le Führer vient de s'écrouler. Mais il n'est peut-être pas trop tard pour lui donner une nouvelle chance et faire voler en éclats la paix que préparent les Alliés.

Le jour où Seyss parvient à s'échapper du camp où il est interné, un homme comprend qu'il faut agir : Devlin Judge, du Tribunal militaire international. Il lui reste sept jours pour arrêter le fugitif, l'homme le plus rapide d'Europe. Sept jours avant que débute la conférence qui décidera de l'avenir de l'Occident…

Dans l'Allemagne en ruine de l'immédiat après-guerre, Christopher Reich a imaginé une intrigue diabolique – digne des meilleurs romans de John Le Carré, Ken Follett ou Frederick Forsyth.

***Christopher Reich** est né à Tokyo en 1961. De son passage dans une grande banque suisse, il a tiré un thriller,* Compte numéroté *(Albin Michel, 2000), qui a été un succès mondial. Il vit aujourd'hui en Californie où il se consacre à l'écriture.*

« Une chasse à l'homme
menée à un rythme trépidant. »
Claude Mesplède

978-2-35287-113-2 / H 50-5918-3 / 576 pages / 8,65 €

Cet ouvrage a été composé
par Atlant'Communication
au Bernard (Vendée)

Impression réalisée par

BLACKPRINT IBERICA

en juillet 2013
pour le compte des Éditions Archipoche

Imprimé en Espagne
N° d'édition : 265
Dépôt légal : août 2013